한산수첩

한산수첩

초판 1쇄 발행 2012년 6월 29일

지은이 유익서
펴낸이 강수걸
펴낸곳 산지니
편집 박미라, 양아름, 권경옥, 손수경, 윤은미
디자인 권문경
등록 2005년 2월 7일 제14-49호
주소 부산광역시 연제구 거제1동 1498-2 위너스빌딩 203호
전화 051-504-7070 | 팩스 051-507-7543
홈페이지 www.sanzinibook.com
전자우편 sanzini@sanzinibook.com
블로그 http://sanzinibook.tistory.com

ISBN 978-89-6545-180-8 03810

* 책값은 뒤표지에 있습니다.
* 파본은 구입하신 서점에서 바꾸어 드립니다.
* 이 도서의 국립중앙도서관 출판시도서목록(CIP)은
e-CIP 홈페이지(http://www.nl.go.kr/cip.php)에서 이용하실 수 있습니다.
(CIP 제어번호 : CIP 2012002979)

한산수첩

유익서 소설집

산지니

차례

한산수첩 8

그 못난 사람

1

한산도는 뭍이나 진배없는 곳이다. 카페리가 아침 일곱 시부터 저녁 여섯 시까지 하루 열두 차례 통영과 한산도를 왕래하였다. 거대한 물고기의 아가미처럼 쩍 벌어진 이물로 승용차는 물론 레미콘 트럭도 오르고 내리는 두 척의 철선이 매미 같은 특급 태풍이 몰아치지 않는 한 운항을 멈추지 않는다며, 한산도에 거처를 알선해 준 현지인은 어깨를 으쓱 추어올렸다. 비록 섬이지만 육지 나들이에 별 불편이 없으리라는 현지인의 호언에 나는 그다지 신경 쓰지 않았다. 내 형편이, 뭍이나 섬을 가릴 처지가 아니었다. 기거할 수 있는 거처를 구하는 것이 급하였다. 자고 먹고 할 공간이 있다면 책상 하나 놓을 자리 없겠는가. 내가 하려는 작업 여건은 책상

하나와 전등 하나만 있으면 충분했다. 그런 공간만 주어진다면 뭍이나 섬이나 그 어느 쪽이라도 마다할 이유가 없었다. 그러므로 현지인의 호언은 들으나마나 한 객쩍은 소리에 지나지 않았다. 그러나 어쨌든 뭍과 내왕이 용이하다는 게 위안이 되기는 했다.

한산도에 거처를 정한 후 보낸 겨울 한철, 뭍에 나간 것이 고작 한 달에 한 번꼴이나 되었을까. 꼭 필요한 경우가 아니면, 거의 뭍나들이를 하지 않고 세상과 격절하듯 섬에서만 지냈다. 우체국과 하나로마트와 식당은 물론 가게도 두어 군데 있어 생활하는 데는 별 불편이 없었다. 절기가 바뀌는 3월 들어서는 두어 번 뭍 나들이를 하였다. 한 번은 서울에 볼일이 있어서였고, 한 번은 윤이상 국제음악제의 개막작인 가극 '오르페오와 에우리디체' 를 관람하기 위해서였다. 가극 관람은, 멀리 타지에서도 구경을 오는데 지척인 한산도에 기거하면서 유수한 국립오페라단의 공연을 감상하지 않는 것은 현지인의 잇속을 도외시한 어리석은 짓 같아 우정 마음을 크게 먹고 나선 것이었다.

그날, 가극을 관람한 후 카페리에 승선하여 섬으로 돌아오는 동안 줄곧 마음이 울적하였다. 2층 객실에 앉아 창밖에 전개되어 있는 잔잔한 바다와 바다에 떠 있는 평화로운 작은 섬들과 날개를 활짝 펴고 비상하거나 혹은 하강하는 갈매기들을 눈으로 좇고 있었으나 정작 마음속에서는 가극 관람으로 인한 어두운 상념들이 번다히 오락가락하고 있었다.

객석을 꽉 메운 관객들, 막이 내린 후 몇 차례 이어진 커튼콜, 눈부신 스포트라이트를 받으며 뛰어나와 박수에 답례하는 상기된 출연자들의 의기양양한 모습, 눈에 보이는 것마다 부럽지 않은 것이 없었다. 반사적으로, 그런 화려하고 고양된 분위기와는 정반대인 초라하고 빈약하기 짝이 없는 우리 전통음악 공연장의 스산한 광경이 서글프게 갈마들었다. 반 정도도 차지 않은 썰렁한 객석, 무대가 바뀌어도 잘 나오지 않는 관객의 박수소리, 무슨 침묵의 형벌이라도 치르고 있는 사람들처럼 소리 없이 조심조심 무대에 오르고 내려가는 기죽은 출연자들. 우리 전통음악 공연장에서는 의기양양함이라든가 고양된 분위기 따위는 찾아볼 수 없었다. 그런데 서양 가극 공연장의 저 화려함과 고양된 분위기라니. 소리도 형체도 없이 흐르는 는개 속에 내던져 있기라도 한 듯 마음속까지 척척하게 젖어 들었다. 게다가 여간해서는 그런 서글픈 현실이 개선될 것 같지 않아 속앓이가 더욱 깊어졌다.

서양음악 애호가가 3천만 명에 이른다면, 우리 전통음악 애호가는 고작 2, 3백만 명에나 이를까. 애호가 대비에 있어 벌써 십 대 일 정도의 차이가 났다. 공연장을 찾는 관객 숫자 또한 그에 비례할 것은 자명한 이치이다. 그러니 서양음악 공연장은 만석을 이루고 전통음악 공연장은 늘 썰렁하고 쓸쓸한 것이다.

시장이 세상을 좌우한다고 한다. 수요자가 많은 서양음악은 번성하고 수요자가 적은 전통음악은 쇠락의 길을 걷기 마련이라는 것이다. 시장 원리를 신봉하는 사람은 그런 주장을 당연한 것으로 받아들이고 다른 의문은 갖지 않을 것이다. 그러나 세상 일이 어디 꼭 그렇기만 한가. 시장 형성이 인위적인 조작과는 거리가 먼 자연 발생적 현상만이라면 누가 공연히 서운해하고 신경을 곤두세우겠는가.

우리는 서양에서 수입한 문화로 살아온 지 오래이다. 세상살이의 제도와 문화가 서양에서 도입한 양식으로 거의 이루어져 있다. 전통의 때가 끼지 않은 외래 것은 고급문화의 위상을 누리고 있고 전통이 잔존해 있는 우리 것은 하류취급을 받으며 천덕꾸러기로 전락해 있다. 이렇듯 우리 문화를 지워 버리고 서양에서 수입한 문화로 사유하며 살아온 것이 약 한 세기에 이른다. 음악도 예외가 아니어서 그동안 우리는 서양음악 중심으로 교육받고 그것만을 즐겨 왔다. 그리하여 서양음악 애호가가 인위적으로 대량생산된 것이다. 앞으로 30년 또는 50년, 음악교육을 전통음악 중심으로 시행한다면, 혹시 그런다면 30년 또는 50년쯤 후에는 우리 전통음악도 현재 서양음악처럼 많은 애호가들로부터 융숭한 대접을 받으며 영광을 누리게 될는지 모를 일이다. 그렇지만, 이런 강고한 세계화 시대에 어찌 그런 요행을 바랄 수 있겠는가. 생각하면 생각할수록, 치유 불능의 신병을 비관하는 중환자처럼 마음이 자꾸만 약해져 갔다. 그런 서글픈 상념에 육신을 점령당한 채 한동안 자신을 방기하고 있던 나는 낯선 인기척에 문득 옆을 돌아보았다. 통로를 사이에 두고 건너편 의자에 한 여자가 앉으며 인기척을 내고 있었다.

자리에 앉은 여자는 정면에다 시선을 던져 놓고 있었다. 정면 벽에는 LCD 텔레비전이 걸려 있었다. 화면에서는 연예인들의 시시껄렁한 놀이가 한창이었다. 봐도 그만 안 봐도 그만인 그런 프로그램을 방송국에서는 왜 많은 돈을 들여 제작해 방영하는지, 볼 때마다 시청료의 쓰임새에 신경이 곤두서는 그런 연예인들의 농담 따먹기식 장난이 이어지고 있었다. 여자의 눈은 정면을 향해 있었으나 텔레비전을 보고 있는 것 같지는 않았다. 순간, 여자의 옆얼굴이 낯설지 않았다. 어디선가 본 것 같았다. 여자의 옆모습은 대개 비슷한 것인가. 잠시 그런 혼란을 느끼며 관심을 거두려던 순간, 눈이 마음의 움직임을 외면하고 여자를 계속 지켜보았다. 여자는 이마에 흘러 내려와 있는 머리카락이 눈썹을 간질이는지 그것을 오른손으로 쓸어 올렸다. 그 순간 나는 기시감에 잠시 멈칫하며 주의를 집중했다. 그래, 얼마 전 바로 저런 모습을 봤어, 불현듯 그런 생각이 떠올랐다. 그래 문화회관 대극장에서도 통로를 사이에 두고 앉은 한 여자가 이마에 흘러 내려온 머리카락을 오른손으로 쓸어 올렸었다. 여자의 옆모습이 기억에 아슴푸레 떠올랐다. 눈이 향해 있는 곳에 마음은 가 있지 않은 것 같은 공허한 시선이 상기되었다. 바람이 없는데도 바람을 막으려는 듯 여자는 오른손을 가끔 들어 얼굴을 가리고는 했다. 천장의 불이 꺼지기까지 약 10여 분, 그동안 여자는 서너 차례나 손을 올려 무엇인가를 가리는 시늉을 거듭했다. 그 때문에 나는 여자의 의식이 현실의 자장을 벗어나 있다고 느꼈었다. 긴 무적이 울리고, 이어 천장의 불이 꺼지고, 오케스트라의 연주가 시작되자 어둠에 가려 여자의 움직임을 더 식별해 볼 수 없었지만, 그래 바로 그때의 모습을 그대로 되풀이하고 있었다.

'에우리디체가 살아 있다면 저런 모습을 하고 있을까?'

2막과 3막 사이 긴 휴식 시간에 여자를 다시 보며 그런 생각이 머리를 스친 순간, 그 생각이 엉뚱하게도 입을 통해 여자를 향해 날아갔었다. 내가 당황할 겨를도 없었다. 우리가 에우리디체와 오르페오의 신비한 사랑을 같은 시각 같은 장소에서 함께 지켜보며 정서적 충동을 함께 다스리고 앉아 있었다는 사실이 새삼스러워 문득 말이 생각에 앞서 허공으로 날아올라 여자의 귀에 닿은 것이었다. 여자는 나를 말끄러미 바라보았다. 그리고 눈에 바람 같은 것이 일렁거렸다. 입술을 약간 펼치는 모양이, 마음이 우호적으로 움직이는 반응 같았다. 경계심이나 거부반응 같은 것이 아니라, 오히려 친근감을 느끼게 하는 따뜻함이 느껴졌다. 다행히 여자는 다른 반응은 더 보이지 않고 곧 앞으로 눈을 돌리고 말았다.

나는 카페리에서 여자를 다시 보리라고는 생각지 못했었다. 통로를 사이에 두고 문화회관 대극장에 나란히 앉아 있던 여자가 섬으로 가는 배에서도 통로를 사이에 두고 나란히 앉아 있다니, 우연이겠지만 우연 같지가 않았다. 어떤 필연적인 인연의 연결고리가 작용하고 있는 것인가. 1백여 분 동안 같은 시간 같은 공간에서 같은 대상을 바라보며 비슷한 정서적 굴곡을 축음기의 바늘처럼 오르내렸을 여자와 내가 어찌 여기서 섬으로 가는 카페리의 진동을 또 함께 느끼고 있단 말인가.

우연은 거기서 그치지 않았다. 배에서 내려 대기하고 있던 버스를 타려는데 여자가 앞서 버스를 오르고 있었다. 공교롭게도 여자는 오른편에 나는 왼편에, 또 통로를 사이에 두고 앉게 되었다. 눈길이 자꾸만 여자를 향해 나아가는 걸 어떻게 제어할 수가 없었다. 여자도 내게 관심이 쏠렸으나 안 그런 척하려고 애를 쓰고 있는 것 같았다. 여자는 진두에서 내리고 나는 한 정거장을 더 가 야소마을에서 내렸다. 버스에서 내려 거처로 가는 동안 줄곧 왜 진두에서 여자와 함께 내리지 않았는지, 좀스럽고 내숭으로 똘똘 뭉친 자신의 못난 성격이 한없이 원망스러웠다. 좋은 기회였는데, 말벗 하나 마땅히 없어 아쉬웠던 터, 차라도 한잔 하자고 제의했다면 여자는 흔쾌히 응낙할 것 같았는데, 그런 미련이 자꾸만 스스로를 못난 놈이라 욱대겼다.

2

여기 어디 사시나 봐요.

면사무소가 있는 진두마을에서 함께 내리지 않아 다시는 못 만나게 될 것으로 생각하며 아쉬워했지만, 여자는 문득 내 앞에 다시 모습을 나타냈다. 몽돌해변에서였다. 몽돌해변에서 여자와 다시 조우하게 된 것은, 한산도에 들어온 후 틈만 나면 섬 이곳저곳을 기웃거리며 배회하던 새로 익힌 습관의 부수물이었다. 그날도 오후 산책길에 내 발걸음이 우연히 몽돌해변으로 향했고, 거기에 앉아 있던 여자와 조우하게 되었던 것이다. 내가 여자의 옆으로 다가가 걸음을 멈추고 무슨 말을 어떻게 던져야 할까 망설이고 있는 사이, 여자가 먼저 내게 말을 던지며 알은체를 했다. 문명으로부터 한참 외진 이런 데 살 사람으로는 보이지 않는다는 뜻 같았다.

이제 막 생의 신산스러움을 알 만한 그런 나이쯤 되었을까. 맵시 있는 옷차림이며 상앗빛 얼굴, 물어볼 필요도 없었다. 여자는 이곳 몽돌해변 봉암마을 사람이 아닌 게 분명했다. 마을사람에게 바다란 새삼스러울 것 하나 없이 늘 보는 일상의 대상일 뿐이다. 일없이 혼자 해변에 나와 새삼스러운 태도로 바다를 마주하고 앉아 노닥이고 있을 마을사람은 하나 없었다.

예, 정리할 것이 있어 한동안 머물고 있습니다.

정리할 것이 있다, 말을 해 놓고 보니 그럴듯하다는 생각이 들어 속으로 미소 지었다. 평생소원이 무엇이냐고 묻는다면, '상상의 바다에 빠져 마음껏 허우적거리다 생명을 소진하는 것' 이라고 말할 준비를 하고 산 것이 불혹 이래 몇십 년은 되었다. 마음은 갈급했으나 소망을 이룰 기회는 좀처럼 주어지지 않았다. 생활의 밧줄이 나를 꽁꽁 옭아매고 한 발짝도 벗어나지 못하게 옥박질렀다. 뜻 둔 바대로 삶을 엮어 내지 못한 회한은 깊었다. 아무리 억눌러도 한여름 뭉게구름처럼 일어나는 번민과 초조감이 빚어낸 마음의 고통을 감당하지 못해 나오느니 탄식이며 한숨이었다. 그러구러 산처럼 거대하던 희망이 아귀로 쥘 수 있는 조약돌만 하게 졸아든 것을 문득 알아차리고 보니 어느새 생의 마지막 자락까지 밀려와 있었다.

그걸 깨달았을 때의 허탈감이라니, 감당할 수 없을 만큼 격렬했다. 일순, 지난날이 모두 다 지워지고 하얀 공백상태가 되었다. 경로우대를 받을 만큼 살았으니 수명은 웬만큼 누렸다고 할 그 긴 세월이 전부 지워지고 하얀 공백상태가 되고 말다니, 그 허망함에 치를 떨었다. 이렇게 끝낼 수만은 없지, 무슨 수를 내야지. 그 공백에다 무슨 그림이라도 그려 넣어야 해. 능력이 모자라 아름다운 그림을 그려 넣지 못한다면 하다못해 무슨 무늬나 아니면 진흙발자국이라도 찍어 넣어야 해. 그렇지 않고서야, 애탄지탄 고생으로 일관해 온 지난날이 모두 무의미해지고 말 터인데 이렇게 끝내기에는 너무 억울하지 않은가. 그래서 이제라도 생각의 바다에 빠져 마음껏 허우적거릴 작정으로 집을 등지고 멀리 이곳 남쪽 섬으로 내려온 것이었다. 그러나 여자에게 그런 나의 내력이 무슨 소용에 닿겠는가. 가슴속에 소용돌이치는 그런 말 대신 나온 것이 '정리할 것'이 있다고 한 것이었다.

무엇인가, 생에 방점 같은 것을 찍겠다는, 엄숙한 각오 같은 것이 느껴집니다.

나는 아차 싶었다. 섣불리 속을 드러내 보인 것 같아 얼굴이 화끈 달아올랐다. 말로써 속을 드러내지는 않았으니, 그렇다면 내 얼굴에 그런 기색이 드러났던 것인가. 표정 하나 에두르지 못하다니, 어쨌든 민망스러운 일이었다.

내가 원래 표정관리가 서툽니다. 연기는 젬병이지요.

그건, 육신의 관리보다 정신의 관리에 치중하는 사람들의 특성이라 들은 적이 있습니다.

그럼 내가 육신보다 정신을 소중하게 여기는 사람 같다는 말씀입니까.

그런 분이 아니라면, 자기 인생에 방점을 찍을 궁리 같은 건 하지 않았을 것입니다. 그래 성과는 좀 있습니까.

순간 심장에 칼이 푹 꽂히는 전율을 견디며 여자를 설핏 곁눈질했다. 여자의 얼굴은 바다를 향하고 있었다. 나는 여자와 두어 걸음 떨어진 곳에 바다를 마주하고 앉았다. 여자는 고개를 돌려 나를 쳐다보지 않았다. 오른손에 뭔가를 쥐고 그것을 어루만지고 있었다. 먹빛 몽돌이었다. 여자는 그 먹빛 몽돌에 시선을 집중하고 있었다. 여자의 정령이라도 스며들어 있는 것인가, 몽돌은 유난히 반들거렸다. 해변을 뒤덮고 있는 다른 몽돌과는 차이가 완연했다. 오랜 자연의 운행과 시간이 공들여 빚어낸 그 몽돌은 작지만 세상 이치를 다 함축하고 있다고 속삭이고 있는 듯했다. 그 돌은 지상의 모든 존재의 아픔을 깊이 품고 있는 것 같았다. 그런 생각 때문인가, 작은 몽돌은 은가루를 뿌린 듯 햇빛을 되쏘고 있는 바다의 윤슬처럼 눈이 부서 오래 바라보고 있을 수가 없었다.

눈을 드니, 수평선 대신 가까이 병풍처럼 둘러서 있는 여러 섬들이 어떤 그림 속 풍경처럼 아련하게 건너다 보였다. 파도가 거품을 일으키며 쉴 새 없이 해안을 오르내렸고 몽돌이 서로 몸을 비비며 물결을 따라 오르내렸다. 몽돌이 파도를 따라 서로 몸을 부딪치며 오르내릴 때마다 쉴 새 없이 만들어 내는 자그르르, 자그르르 하는 소리가 아득한 시대로부터 전해 오는 무슨 음악소리처럼 신비하게 들렸다. 햇빛을 받아 은가루를 뿌린 듯 강렬하게 반짝이는 바다의 윤슬과 멀찍이 수평선을 대신하고 있는 여러 섬들, 그리고 몽돌이 오르내리며 연주하는 음악소리가, 영원히 닿을 수 없는 어떤 선경에라도 들어와 있는 것처럼 아련한 느낌을 주었다.

한 번은 군소를, 한 번은 해삼을 건져 올린 적이 있습니다.

성과라니, 고작 몇달 동안 무슨 내세울 만한 성과가 있었겠는가. 궁색한 나머지 무심코 나온 말이었다. 엉뚱했으나 나로서는 달리 대답할 말이 없었다. 이곳에 내려온 후 나날을 상상의 바다에 빠져 지내고 있는 것은 맞았다. 그러나 사실대로 말하는 것이 대답으로서의 구색이나 격을 제대로 갖추고 있는 것 같지가 않았다. 그래 생각해보니, 섬 이곳저곳을 기웃거리며 구경하고 다닌 것이 내세울 만한 성과라면 성과였다.

집을 나서면, 사방에 구경거리 아닌 것이 없었다. 자연스럽게 산책이 일과 중의 하나로 자리 잡았고, 자전거가 생기고부터는 나들이 영역을 넓히고 횟수도 늘려 낯선 것을 많이 구경하고 다녔다. 자전거를 타고 하포까지 가는 것은 어렵지 않은 일이었다. 진두, 야소, 의암, 죽전, 하포 이런 인근 마을의 방파제마다 낚시꾼 없는 날이 없었다. 설 명절과 강풍에 배가 뜨지 못하는 날을 제외하고는 한겨울에도 낚시꾼들이 낚싯대를 바다에 드리우고 학꽁치나 감성돔이나 볼락을 낚고 있었다. 낚시는 할 줄 몰랐지만, 고기 낚는 것을 구경하는 것은 즐거웠다. 옆에 서서 감성돔이나 볼락을 낚아 올릴 때의 조사의 표정을 보고 있으면 절로 흥겨워졌다.

그날도 하포마을 방파제에서 낚시꾼들의 조황을 기웃거리다 물속 바위 위에서 낯선 물체를 하나 발견하였다. 검은 바탕에 흰 반점이 뿌려진, 생긴 것과 크기가 꼭 내가 쓰고 다니는 귀마개 달린 겨울모자처럼 둥글넓적한 놈이 곰실곰실 움직이고 있었다. 나는 소름이 쪽 끼쳤으나 무릅쓰고 물속에 손을 집어넣어 놈을 냉큼 건져 올렸다. 눈어림보다 물이 깊었던지 팔뚝까지 푹 옷이 젖고 말았다. 별 저항 없이 잡혀 올라온 놈은 해면처럼 느물느물했다. 옆에서 나를 지켜보고 있던 낚시꾼이, 군소네요. 참 좋은 걸 잡았습니다. 해초만 먹고 자라 영양만점이지요. 그건 제사상에도 올리는 겁니다. 장기판 훈수하듯 그런 말을 했다. 나도 군소는 알고 있었다. 횟집에서 가끔 맛을 보기도 했다. 타이어 조각처럼 새까맣고, 입에 넣고 씹으면 고무처럼 질기고 쌉싸래한 맛이 우러났다. 무말랭이처럼 잘게 썰어 놓은 것만을 봐 원래 생긴 모양은 알지 못했다. 그 영양가에 대해 동석한 친구의 칭송이 없었다면 결코 입에 넣고 싶지 않은 이물스런 맛이었다. 그 군소가 이렇게 생겼다니, 신기하였다.

얼른 배를 따세요. 속을 발라내고 살짝 데쳐야 합니다. 열을 가하면 쪽 오그라듭니다. 그것을 잘게 썰어 초장이나 기름장에 찍어 들면 먹을 만합니다. 다시 그 낚시꾼이 훈수를 하였다. 나는 낚시꾼의 훈수를 따를 마음이 내키지 않았다. 우선 칼을 가지고 있지 않았다. 낚시꾼으로부터 칼을 빌린다 해도 배를 딸 엄두가 나지 않았다. 더구나 그 쓴맛이라니, 아무리 제사상에 올릴 만큼 귀하고 영양가 만점의 해산물이라 할지라도 별로 군침이 돌지 않았다. 나는 축 늘어진 놈을 낚시꾼에게 건넸다. 자신 없습니다. 괜찮다면 드리겠습니다. 내 말에 낚시꾼의 얼굴이 환해졌다. 얼른 받아 접이 칼을 꺼내 펴더니 물로 내려가 삽시에 놈의 배를 갈랐다. 내장을 발라 버리고 물에 헹구었다. 잘 먹겠습니다. 낚시꾼은 옆에 있던 냄비에 놈을 넣으며 고맙다고 인사했다.

해삼도 하포 방파제에서 건져 올렸다. 군소와 달리 해삼은 자주 봐서 그 생김새를 잘 알고 있었다. 해삼의 맛과 영양가는 널리 회자되어 있었으므로 그것을 발견했을 때의 기쁨은 군소를 발견했을 때와는 비교할 수 없을 만큼 컸다. 마침 옆에 아무도 없었다. 놈은 물속 바위 위에 붙어 꼼짝도 하지 않았다. 나는 그러나 서둘러 물속에다 팔을 넣어 갈매기가 고기를 채듯 날렵하게 건져 올렸다. 건져진 놈은 몸을 웅크리며 물을 뿜었다. 갈색의 놈은 한 뼘이 넘는 길이에 굵기가 내 팔뚝만 했다. 마침 눈에 띈 비닐봉지에 물을 떠 놈을 담았다. 놈을 담은 비닐봉지를 자전거 앞에 걸고 방파제를 나오는데, 마침 그물 손질을 하고 있던 장년의 남자가 비닐봉지를 빤히 바라보았다.

나무해삼이네요. 그러면서 시틋한 표정을 지었다. 크고 굵은 해삼을 저녁 먹을거리로 생각하며 내심 기뻐하고 있던 나는 뜨악했다. 여기 사람들은 그건 먹지 않습니다. 풀빛이 도는 것이라야 제맛이 나지 그건 나무해삼이라고요, 원 딱딱해서! 하며 고개를 저었다. 그렇듯 탐내는 대상이 아니어서 이토록 클 수 있었던 것인가. 나는 그때까지의 흐뭇했던 기분이 싹 가시는 서운함을 다스리며 사내를 쳐다보았다. 아니, 그렇다고 영 못 먹는 것은 아닙니다. 내 틀어진 기분을 알아차렸던지 사내는 얼른 고쳐 말했다. 생으로 먹으면 딱딱해서 걸리지만 살짝 데쳐 먹으면 그 맛이나 그 맛이나 다 비슷합니다, 하고 한발 물러섰다. 그러나 이미 사내의 말은 내게 위안이 되지 않았다. 나는 그것을 장만하는 것도 힘들 것 같았지만 별로 좋지도 않다는 것을 굳이 들고 집으로 갈 마음이 싹 가셔 버렸다. 쓰일 데가 없어 제 수명을 다 누렸다는 노거수가 상기되었고, 두루 쓰이지 않아 내가 이 나이까지 살 수 있었던 것인가, 그런 서글픈 생각이 들기도 했다. 나는 다시 방파제로 돌아가 물속의 적당한 바위를 골라 그곳에다 놈을 놓아 주었다.

눈도 한 번 내리지 않았습니까.

군소와 해삼 이야기가 끝나자 여자가 맞장구라도 치듯 눈 이야기를 꺼냈다. 그러고 보니, 눈도 빼놓을 수 없는 큰 구경거리였다. 3주 전쯤이었다. 겨울 한철을 다 보낸 후 봄 절기로 접어든 3월에 첫눈이 내렸다. 여섯 시 반경, 따뜻한 잠자리에서 나오기 싫어 뭉그적거리고 있는데 마을회관의 스피커에서 이장의 알리는 말씀이 우렁우렁 울려 나왔다. 10여 년 만에 폭설이 내렸으므로 연세 많은 분들은 나들이를 삼가시고, 일곱 시 카페리는 운항을 하지 않으므로 버스 또한 운행하지 않는다는 사실을 공지했다. 눈이라니, 반가운 마음에 얼마나 내렸나 하고 밖으로 나가 봤다. 담장 위에 쌓인 것이 고작 2.5센티미터쯤 될까 말까, 아주 적은 양이었다. 양평의 집에서는 열 배가 넘는 2, 30센티미터 적설을 가끔 봐 왔던 터였으므로, 그만한 강설을 두고 폭설이라 하다니, 이곳 사람들의 눈에 대한 관념을 짐작하며 실없이 웃음을 흘렸다. 한 30분 있다 다시 이장의 알림 방송이 크게 울려 나왔다. 오늘 초등학교는 휴교하므로 학생은 집에서 자습하라는 당부의 내용이었다. 눈이 계속 내리고 있기는 했으나 4센티미터에도 이르지 않은 적설량을 가늠하며, 이만한 눈에 학교가 휴교를 다 하다니, 나는 이곳 사람들에게 있어 눈이 가진 위력을 새삼스럽게 실감했다.

눈이 내린 것이 3주쯤 전이었다. 그러므로 여자가 이곳에 머문 것이 한 달소수쯤은 넘었을 것으로 짐작되었다. 비슷한 시기에 가까운 곳에서 같은 일을 경험했으므로 친근감을 느낄 수도 있지 않겠느냐는, 그런 말 같기도 했다.

그렇지요. 이곳처럼 요란하게 눈을 맞이하는 곳도 없을 것 같습니다.

여자가 힐끔 나를 쳐다보았다. 그러나 눈에 웃음을 머금거나 입술 끝을 말아 올리거나 얼굴의 표정을 바꾸지는 않았다.

3

죽음으로도 갈라놓을 수 없는 사랑이 세상에 정말 있을까요.

며칠 후 나는 다시 여자와 마주쳤다. 여자는 며칠 전과 똑같은 모습으로 몽돌해변에 앉아 바다 바라기를 하고 있었다. 내가 옆으로 다가가자 나를 쳐다보지도 않고 그렇게 물었다. 나는 밑도 끝도 없이 뜬금없는 물음에 잠시 어리둥절했다. 여자는 대답을 들을 때까지 얼마든지 기다릴 수 있다는 듯 한참 침묵을 지키고 있었다. 대답을 찾지 못한 내가 도리어 초조했다.

오르페오와 에우리디체의 경우, 죽음도 왜 둘을 갈라놓을 수 없었을까요.

아, 그 말이었구나. 여자는 가극에 대해 말하고 있었다. 가극의 내용을 두고 상념에 사로잡혀 있었던 모양이었다. 아무리 애를 써도 머릿속을 맴도는 상념을 쉽사리 비워 낼 수 없는 경우도 있는 것이다. 얼마 전 문화회관 대극장에서 통로를 사이에 두고 함께 관람했던 가극 '오르페오와 에우리디체' 의 신비한 사랑이 여자의 머릿속에서 번민의 씨앗으로 자라고 있었던 것일까. '그것은 사랑의 힘이라고 하지 않았던가요.' 팸플릿에서 읽은 것 외에 다른 대답을 찾을 수가 없었다. 그러나 여자의 기대에 부응하지 못할 선부른 대답 같아 입 밖에 내서 말하지는 않았다. 여자는 스스로 수없이 많은 대답을 마련해 두고 그 가운데 하나를 선뜻 낙점하지 못해, 주저하고 망설이고 있는 눈치였다. 자문자답. 굳이 대답을 필요로 하지 않은 질문을 던진 것이었다. 나는 대답으로부터 자유로워졌고, 동시에 기분이 고양되는 느낌을 받았다. 안 그런 척했지만 극장에서도 카페리에서도 버스에서도 여자가 내게 관심을 두고 있었음을 그 말에서 한 번 더 분명히 느낄 수 있었기 때문이었다. 마음의 문을 활짝 열어 두고 내가 그 문으로 들어오기만을 기다리고 있기라도 한 것일까. 안도감과 함께 기분이 고양되었다.

사랑의 힘이 이루어 낸 것이라고 하지 않았던가요.

자문자답을 한없이 되풀이하고 있는 것인지, 여자는 한참 동안 움직임도 말도 없었다. 여자의 침묵이 너무 길어지는 것에 불안감을 느낀 나머지 이윽고 나는 조심스럽게 입을 열었다. 섣부른 대답으로 엉뚱하다는 핀잔을 듣기보다 역시 팸플릿에서 읽은 기억을 더듬으며 조심스럽게 말한 후 반응을 살폈다. 독창적인 것은 아니지만 무난한 대답은 되리라 생각했으나, 아니나 다르랴, 여자는 고개를 저었다. 고개를 저어 내 말을 부정하고 나서 조심스럽게 입을 열었다.

사랑의 힘이라면, 사람마다 지닌 사랑의 질량이나 부피가 다 똑같을 거 아니에요. 그런데 왜 그 두 사람의 사랑만 특별하냐구요.

사랑이 집으로 삼고 있는 몸과 정신이 누구나 똑같을 터이므로 사람마다 사랑의 질량이나 부피가 다르지 않을 것이고 따라서 사랑의 실현이란 사람마다 다 똑같아야 하지 않겠느냐는 주장으로 들렸다. 그러나 어디 그렇겠는가. 나는 대꾸할 말이 얼른 떠오르지 않았다. 여자의 상념이 나를 훨씬 앞지르고 있다는 깨우침이 내 입을 무겁고 더디게 만들었다.

여자도 한동안 말이 없었다. 몸의 움직임도 거의 보이지 않았고 표정의 변화도 없었다. 이윽고 여자가 움직였다. 그러나 그 움직임은 손에 쥐고 있던 몽돌을 문득 들어 귀 가까이로 가져가는 작은 동작에 지나지 않았다. 미간을 좁히고 실눈을 지으며 귀에 댄 몽돌에 정신을 집중하였다. 몽돌이 무엇인가를 속삭이고, 여자의 마음이 그것을 듣고 있다는 태도로 보였다. 몽돌을 응시하고 있는 골똘한 표정을 달리 해석할 길이 없었다. 몽돌은 무슨 언어로 생각을 표현하고 여자는 그 언어를 어떻게 알아듣는 것일까. 존재하는 것은 모두 제 나름의 언어를 지니고 있는 것일까. 그것이 의성적인 것이든 의태적인 것이든, 아니면 다른 어떤 존재, 예컨대 바람이나 습기나 햇빛이나 그늘이나 별빛 같은 것에 반응할 때 각기 색깔이나 모양을 달리 짓는 것으로써 의사를 표시하는 것이든 어떻든 다른 존재물과 소통할 수단을 지니고 있기라도 한 것일까. 그리고 다른 존재물의 언어를 지득하고 파악하는 능력 또한 모든 존재물이 제각각 선험적으로 지니고 있기라도 한 것일까. 여자의 태도는 나로 하여금 그런 사변적 상념에 빠지도록 자극하고 유도하였다.

무심코 주머니에 손을 넣은 나는 초콜릿이 만져지자 마음이 환해졌다. 여자와의 대화 단절을 회복할 어떤 적당한 말도 떠오르지 않고 있던 터, 나는 초콜릿을 꺼내 여자에게 내밀었다. 이미 몽돌의 속삭임을 다 듣고 났던지 여자의 시선은 햇빛이 심해의 이야기를 끊임없이 낚아 올리고 있는, 물비늘이 눈부신 바다 위를 떠돌고 있었다. 그러나 다시 보니 정작 아무것도 보고 있지 않은 것 같았다. 손이 미치지 않아 앉은걸음으로 여자에게 다가가려 하자 무릎 아래에 있던 자갈이 서로 부딪치며 아우성을 질렀다. 그 소리에 여자가 현실로 돌아왔다. 자기에게로 벋어 있는 내 손에 눈이 와 닿았고 손끝에 겸연쩍게 들려 있는 초콜릿을 비로소 알아차렸다. 여자의 손이 내 손 쪽으로 벋어 왔다. 주저와 망설임을 감추려 하지 않는 그 손은 느리고 더디게 다가왔다. 무안하여 벋었던 손을 거둬들일까 말까 망설이는 순간 여자의 손이 초콜릿을 채 갔다. 주저와 망설임으로 포장된 것과는 달리, 채 갈 때는 날렵했다. 잠깐 망설이며 나를 쳐다본 후 여자는 초콜릿 포장을 뜯었다. 그것을 한 입 베어 물고 천천히 맛을 봐 가며 씹었다. 여자의 어딘가 비현실적인 지금까지의 자태와는 달리 입모습이 매우 현실적으로 느껴져 안도감이 들었다.

바다, 섬, 해무, ……아름답지 않습니까?

여자는 어디서 온 것일까. 무슨 사연이 있어 이곳 봉암마을을 찾아와 머물며 해변을 서성이거나 앉아 바다 바라기를 하고 있는 것일까. 당치않은 상상인지 모르지만, 자기 시간의 진행을 멈추기 위해 와 있을 것 같다는 인상이 짙었다. 다른 사람과 눈을 마주치려 하지 않는 도피적 태도, 가까운 데 있는 것에는 관심을 두지 않고 늘 먼 데다 눈을 주고 있는 아득한 시선, 마치 바람을 견디고 있는 것처럼 스산한 여자의 모습이 그런 위태한 느낌을 갖게 했다. 그러나 어찌 남의 감정이나 정서적 성역을 섣불리 침범하겠는가. 그래서 하나마나한 궁색한 질문으로 자리를 얼버무렸다.

저를 이곳으로 유인한 사람의 안목을 인정할 수밖에 없을 것 같아요. 그는 이곳을 사람들이 꿈속에서나 그려 볼 수 있는 그런 아름다운 곳이라고 했거든요.

왼쪽 몽돌해변이 끝나는 지점에서 곧장 추봉도 허리께를 감고 올라가는 구배진 오르막길과 정면의 바다, 그 건너의 파도에 늘 적당히 흔들리며 떠 있는 여러 섬들, 오른쪽 몽돌해변 끝에 봉긋이 솟아올라 검푸른 해송으로 뒤덮여 있는 동산, 여자는 이러한 것들을 한 바퀴 휘둘러보았다. 자기가 한 말을 스스로 확인해 보려는 것 같았다. 사람들이 꿈속에서나 그려 볼 수 있는 그런 아름다운 곳이라, 기대했던 것보다 훨씬 재치 있는 현답이라 생각되었다.

그 사람은, 어디 있습니까?

아차 싶었다. 후회는 늘 때늦은 것이다. 여자에게 있어 건드려서는 안 될 금기사항을 섣불리 건드린 것이었다. 얼굴이 하얗게 질렸다. 여자의 눈에 일순 눈보라가 휘몰아쳤다. 얼마 후 가까스로 혈색이 돌아온 여자는 잠시 숨을 고르고 난 후 평정을 되찾았다. 그리고 내 질문을 비켜 가기 위한 방편인 것인지.

사람마다 지닌 사랑의 질량은 같겠지요. 하지만 성격에 따라 그것을 표현하는 방법은 각기 다를 수밖에 더 있겠어요.

짐짓 맥락을 잃은, 아까 내가 대답을 유보했던 질문에 스스로 해답을 제시하고 나섰다. 사람마다 지닌 사랑의 질량이나 부피가 다 똑같을 터인데, 왜 에우리디체와 오르페오 두 사람의 사랑만 특별하냐던 항의성 질문에 내가 대답을 망설인 것은 여자가 신화적 존재와 인간을 구분해 생각지 못할 까닭이 없는데 그렇게 묻는 데에는 분명 다른 이유가 있을 것으로 짐작되었기 때문이었다. 이번에도 여자는 나를 쳐다보지 않고 몽돌을 이리저리 손안에서 굴리고 있었다. 자책하고 있던 내 질문을 훌쩍 건너뛰어 무안을 덜어 준 것이다. 사람마다 지닌 사랑의 질량은 같겠지요. 하지만 성격에 따라 그것을 표현하는 방법은 각기 다를 수밖에 더 있겠어요. 너무나 자명한 사실이었다. 사족을 달 여지가 없었다. 사람마다 지닌 사랑의 질량이 아무리 같다 할지라도 어찌 그 표현이 여일하겠는가. 성격에 따라 차이가 있을 것이 분명했다.

더구나 영생을 누리는 존재와 죽음이 주어진 존재의 차이는 비교할 수도 없을 만큼 클 테지요.

생각의 서고에 오래 꽂아 둔 애장본이나 머리맡의 수택본을 꺼내 읽듯이 말했다. 그 말에 생각의 더께가 느껴졌다. 그러나 내게는 불길한 예감이 들었다. 영생을 누리는 존재라면 신적인 존재를, 죽음이 주어진 존재라면 사람을 두고 하는 말일 것이었다. 시들지 않는 영원한 젊음을 지닌 신화적 존재에 대한 선망과 노쇠와 죽음이라는 한계를 지닌 인간이 필연적으로 겪는 비극에 깊은 원망을 품고 있다는 것인가.

'오르페의 유언', 들어 보셨어요.

나는 고개를 끄덕였다. 장 콕토가 감독한 영화를 언젠가 본 적이 있었다. 바로 우리가 본 가극의 인물 오르페우스를 소재로 했으되 원형을 철저히 해체하여 현대화하고, 시인의 번민과 비극적 운명을 상징적으로 그린 영화였다.

그걸 무대에 올린 적이 있어요.

여자는 잠시 망설이는 눈치더니, 아끼던 물건을 품속에서 꺼내 보이듯이 조심스럽게 말했다.

아, 그랬던가. 어쩐지 말 한마디 한마디에서 지적인 냄새와 사유의 깊이 같은 것이 느껴진다 싶더니, 그것이 가극을 보고 난 후 지난 며칠 동안 단기간에 오르내린 생각이 아니라 오랜 기간 숙성시킨 것이었음을 알게 하였다.

대학로에서는 대체로 큰 마로니에 극장 무대에 올렸었지요. 하지만 우리를 기다린 것은 참담한 실패밖에 없었어요.

내 머릿속에서는 윤활유를 뿌린 기계처럼 무엇인가 생각이 활기를 띠고 작동하기 시작했다. 여자가 말한 '우리' 라는 말 속에 '저를 이곳으로 유인한 사람' 이 포함되어 있으리라는 짐작도 그 생각 속에 들어 있었다. 여자가 연극에 관여했다면 제작 스태프로서였을까, 연기자로서였을까. 스태프로서였든 연기자로서였든 '오르페의 유언' 을 무대에 올린 적이 있다면, 가극 '오르페오와 에우리디체' 에 관해 내가 미치지 못할 영역까지 깊고 넓게 알고 있을 것임에 틀림없었다.

원래 오르페우스의 운명은 해피엔딩으로 이루어진 것이 아니었지요.

아니나 다를까, 여자는 나로서는 금시초문의 사실을 들고 나왔다. 나는 말실수를 줄이기 위해 가급적 입을 다물고 있기로 작정했다. 아무런 반응을 보이지 않은 채 바다에다 눈을 던져 놓고 여자의 다음 말을 기다렸다. 얼마 기다리지 않아 여자가 다시 입을 열어 말했다.

오르페우스는 아름다운 님프 에우리디체와 결혼합니다. 그러나 한 청년이 그녀에게 사랑을 고백하며 접근하자 그 마수를 벗어나기 위해 도망치다 뱀에게 물려 그만 숨을 거두고 맙니다. 아내를 잃은 슬픔을 견디지 못해 고통을 겪던 오르페우스는 하프를 들고 아내를 찾으러 용감하게 지하세계로 내려갑니다. 명계의 왕 하데스는 오르페우스의 하프 연주를 듣고 감동한 나머지 그의 소원대로 에우리디체를 데리고 지상으로 나가도록 허락합니다. 초목도 춤추게 하고 사이렌의 요사스런 노래도 잠재웠던 오르페우스의 하프 연주는 마침내 죽었던 사랑하는 아내를 되살려 내는 놀라운 힘을 발휘한 것입니다.

그러나 오르페우스는 아내를 되돌려 줄 때 반드시 지켜야 한다는 하데스의 경고를 어기게 됩니다. 신뢰란 믿을 때는 숭고하지만 믿지 않을 때는 고도의 위험을 내포한 의심의 늪이 되는 것입니다. 자기를 데리러 명계로 내려온 것만으로도 사랑의 확인은 충분했을 터인데, 당장 낭군의 사랑을 확인하고 싶어 안달하는 에우리디체의 성화를 견디지 못한 오르페우스는 세상으로 나오던 길에 그만 하데스의 엄중한 경고를 어기고 결국 아내를 뒤돌아보며 그녀가 원하는 대로 자기의 사랑을 확인시켜 줍니다. 그 순간 에우리디체는 다시 죽어 명계로 떨어지고, 낙심천만한 오르페우스 홀로 지상으로 돌아오게 됩니다. 천신만고 끝에 다시 찾은 사랑을 잃은 오르페우스는 아내를 그리워하며 사랑의 고통에 시달립니다. 그런 그에게 다른 여자가 눈에 들어올 리 없었지요. 세상의 모든 여자를 무시하고 백안시했습니다. 그런 안하무인의 오만한 태도에 격분한 트라키아 여인들이 분풀이로 그를 끝내 살해하고 맙니다. 그리고 시체를 가리가리 찢어 하프와 함께 강물에 던지고 말지요. 오르페우스는 그런 불행한 최후를 맞이한 것입니다.

여자는 그 분야에 공부가 많았던지 이야기를 술술 풀어냈다.

그렇지만, 우리가 본 가극에서는 사랑의 승리를 구가하지 않았습니까.

나는 성급하게 묻지 않을 수 없었다. 왜 오르페오와 에우리디체는 죽음도 둘을 갈라놓을 수 없는 것이지요, 하고 여자가 먼저 내게 질문을 던지지 않았던가. 우리가 본 가극은, 비록 하데스의 경고를 어기고 아내를 뒤돌아보며 사랑을 확인한 순간 에우리디체가 죽어 다시 명계로 떨어지지만 사랑의 신 아모레가 나타나 사랑을 잃은 고통에 시달리는 오르페오를 가엾이 여긴 나머지 에우리디체를 되찾아 주는 내용으로 되어 있었다. 지하세계를 빠져나와 세상으로 돌아온 두 사람은 사랑의 신전에 도착하여 '사랑이여 승리하라' 는 노래를 목청껏 부르며 힘껏 포옹하는 것으로 행복한 끝을 맞이한다.

오르페우스 이야기는 여러 사람의 손에 의해 여러 차례 변주되어 왔습니다.

여자는 조심스럽게 입을 열었다.

제가 아는 것만도 폴리치아노의 '오르페오 이야기', 몬테 베르디의 '오르페오', 오펜바하의 '지옥의 오르페우스', 아까 말했던 장 콕토의 '오르페의 유언' 그리고 우리가 봤던 글룩의 '오르페오와 에우리디체' 등 여러 차례 달리 쓰여졌습니다. 중세부터 현대에 이르기까지, 시대마다 달라진 문화와 정서적 변화 추이에 따라 변용되어 왔지요. 그 가운데서도 글룩의 '오르페오와 에우리디체'가 두 세기 반을 넘게 자주 무대에 올려지고 가장 널리 사랑받아 온 이유는, 사랑의 승리를 구가하는 내용으로 바뀌어 쓰여졌기 때문이 아니겠는가, 저는 그렇게 생각해 왔습니다. 하기야 오르페우스 이야기는 시대마다 사람들의 필요에 의해 다르게 고쳐 쓰여 왔으므로 앞으로 또 어떤 필요에 의해 어떻게 다르게 쓰여질지 모를 일이기는 합니다만…….

사랑은 꼭 이루어져야 한다……. 너무, 좀 작위적인 것 아닙니까!

지하의 왕 하데스의 경고를 어긴 데 대한 벌로서 다시 잃은 아내를 사랑의 신 아모레의 도움으로 되찾아 오는 오르페오의 사랑의 힘은 그가 치른 고통의 질량에 비례한 것이라고 팸플릿에 설명되어 있었다. 여자는 의외라는 표정을 짓고 고개를 갸우뚱 기울였다. 생각지 못한 이야기라는 눈치가 아니면, 동의하고 싶지 않다는 내면의 저항을 그렇게 나타낸 것으로 보였다.

사랑의 힘이란, 아무리 강조해 보여 준다 해도 지나친 법은 없을 거예요.

아무리 그렇다 하더라도 에우리디체의 환생, 그것은 뜨거운 피가 흐르는 인간의 일은 아닐 것이다. 영생을 누리는 신들의 몫일 뿐이지, 죽음이라는 궁극적인 구원이 주어진 인간의 일은 아닐 것이다. 그렇지만 어찌 그런 항변을 할 수 있겠는가. 나는 좀 눅눅한 기분으로 입을 다물고 바다를 바라보았다.

그럼, 글룩은 사람들에게 더 강한 사랑의 힘을 보여 주고 싶었던 것이었군요.

얼마 후 나는 혼잣소리처럼 중얼거렸다.

아마, 사람들이 갖지 못한 것을 보여 줄 필요를 느꼈던 것 아닐까요!

4

오늘 또 뵙는군요.

그날따라 몽돌해변에 여자가 보이지 않자 여자가 머물고 있는 민박집을 기웃거려 볼까, 잠시 망설이다, 아쉽지만 오늘은 그냥 산책이나 하고 돌아가자고 마음을 다독였다. 다소 맥 빠진 기분으로, 몽돌해변에 산책을 오면 으레 돌고 가는 코스인 오른쪽 끝 해송이 울창한 동산으로 발걸음을 옮겨 놓았다. 거북등처럼 봉긋이 솟아오른 동산을 빙 돌아가며 관광객의 편의를 위해 콘크리트길이 조성되어 있었다. 인공적인 것을 싫어하는 친환경적인 인사는 이맛살을 찌푸릴 우려가 없지 않았으나, 걷기에 편하기는 했다. 게다가 길 아래 바다에 발을 담그고 있는 동산 자락은 갯바위로 이루어져 있었다. 바다 가운데 홀로 떨어져 있는 염에 세워진 등대를 건너다 보며 동산 모퉁이를 돌아가던 나는 그만 걸음을 멈추었다. 여자가 눈에 들어왔던 것이다. 여자는 길 아래 널따란 갯바위 위에 앉아 있었다. 여자를 발견한 나는 주저하지 않고 길 아래로 내려갔다. 나의 인기척을 이미 느끼고 있었던지 고개를 쳐들지도 않고 여자는 말했다.

그러게요. 오늘은 또 어떤 말을 듣게 될지 벌써부터 기대가 큽니다.

나는 앉을 만한 자리를 찾아 두리번거리며 대답했다. 지난번 만났을 때 들었던 그리스 신화와 연극에 대한 이야기를 상기하며 오늘은 여자가 또 무슨 이야기로 내 정서적 현을 탄주하게 될지 은근히 기대가 되었다. 여자는 오늘도 먹빛 몽돌을 손에 쥐고 있었다. 크기와 모양이 언제나 똑같은 것이었다. 여자는 빙그레 미소 지었다.

지금 앉아 있는 모습이 마치 오래전부터 그래 왔던 것처럼 매우 자연스러워 보입니다.

그렇지 않아도 여기 이 자리에 몇 번 앉아 있기는 했습니다.

여자는 나를 쳐다보지 않았다. 옆얼굴에서, 미소를 띠고 있음을 알 수 있었다. 사람이 살아 있고서는 흐르는 시간을 멈출 방법은 없을 것이리라. 여자가 풍기는 위태한 분위기에 나는 그런 당치않은 저항감 같은 것을 느끼며 생각했다.

어떤 못난 사람이 종적을 감춘 곳이 여기 어디랍니다.

어떤 못난 사람이란, 함께 '오르페의 유언'을 무대에 올렸고 여자를 이곳으로 안내했다는 사람을 두고 한 말임을 알아차린 나는 문득 긴장했다. 어투에 비장감이 묻어 있었다. 어투가 그렇지 않더라도 한 사람이 행방을 감춘 곳이라면 자연 그런 충동을 느꼈을 것이리라.

휴대폰 위치추적을 의뢰했더니 마지막 사용처가 이곳 어디랍니다. 그리고 휴대폰도, 그 못난 사람도 여기 어디서 사라지고 말았지요.

여기 어디가 '그 못난 사람'이 사라진 곳이란 설명이었다. 섬뜩한 기운이 머리를 스쳐 갔다. 그 사람의 행방에 대한 질문을 받고 격렬하게 반응하던 여자의 모습이 떠올랐다. 여기 어디에 지하세계로 통하는 거울의 문이 있을 것이라 믿으며, 그를 찾으러 명계로 내려갈 각오가 되어 있다는 말은 아니기를 빌고 싶었다. 한편으론 거울의 문을 찾을 때까지 이곳을 떠나지 않으리라는 자기 다짐 같기도 했다. 그의 행적을 찾기 위해 여기저기를 샅샅이 살피고 다녔을 여자의 모습이 환히 그려졌다.

여기 어디가 휴대폰 사용의 마지막 지점인지 모르지만, 어떤 행위의 마지막 지점인지 그것은 알 수 없는 일 아닙니까.

나는 갑자기 마음이 다급해졌다. 여자가 이곳에 머무는 것이 위험해 보였다. 여자를 이곳으로부터 멀리 떼어 놓고 싶은 충동에 불현듯 나온 말이었다. 이곳 몽돌해변이 여자의 최종 목적지가 되어서는 안 된다는 사실을 강조하고 그것을 뒷받침할 수 있는 어떤 물증을 제시하고 싶은 생각에 조바심이 일어났다. 그러나 어떤 못난 사람에 대해서도 그리고 눈앞의 여자에 대해서도 아는 것이 전혀 없는 나로서야 무슨 말을 어떻게 더 할 수 있겠는가. 뾰족한 대책이 없었다. 답답한 마음에 자연 눈이 바다를 향해 달아났다.

여자가 갑자기 내 눈앞에 손을 불쑥 들이밀었다. 손바닥 위에 먹빛 몽돌이 놓여 있었다. 여자가 늘 손에 쥐고 이리저리 굴리던 그 몽돌이었다. 손때가 묻어 반들반들 광택이 흐르고 있었다. 손을 뻗어 여자의 손 위의 몽돌을 집어 들었다. 까만 몽돌 가운데에 물고기 한 마리가 새겨져 있었다. 도다리 같기도 하고 광어 같기도 한 넓적한 물고기 문양이었다.

그가 늘 지니고 다니던 것이에요.

여자가 해변에서 주운 것이 아니라, 어떤 못난 사람이 오래전부터 간직하고 있던 것을 여자가 받아 지니게 되었다는 말이었다. 그 내력이야 어찌됐든 이곳 몽돌해변의 몽돌과 모양이 비슷한 것으로 미루어 이 돌의 출처가 짐작되고도 남음이 있었다.

이것이 이 모양이 될 때까지 얼마나 오랜 시간이 걸렸을까.

여자는 그렇게 말하며 나를 쳐다보았다.

제가 한 말이 아니라 그 못난 사람이 한 말이에요. 영원을 품고 있는 돌이라나 뭐라나.

그러고 보니, 내가 처음 이곳 몽돌해변에서 느꼈던 감회가 상기되었다. 5, 6백 미터에 이르는 짧지 않은 해변에 아기 조막만 한 크기의 까만 조약돌이 뒤덮여 있었다. 모래가 깔린 해변만을 봐 왔던 내게는 낯선 풍경이었다. 돌은 굵기가 일정하고 대개가 먹빛을 띠고 있었다. 이 고장 사람들은 그 돌을 두고 몽돌이라 일렀다. 모난 데가 없고 몽글게 생긴 데서 몽돌이라 이름 붙여졌을 것으로 짐작되는 그 돌은 시간, 인내 같은 그런 추상적인 관념을 불러일으켰다. 한눈에, 시간의 시달림을 견뎌 온 인내의 결정체로 보였다. 돌임자는 그 돌에서 과거, 현재, 미래를 다 아우르는, 영원이라는 실재하지 않는 시간을 명상했었다고 여자는 비꼬듯이 말했다.

그는 현재의 자신에게서 자기를 찾지 않고 까마득한 먼 과거에서 자기를 찾으려는 퇴행성 환자였어요.

그 말을 이해하는 데는 설명이 더 필요했다. 말이라고 들으면 다 이해되는 것은 아니다. 설명이 많이 필요한 말도 있는 것이다.

그는 신화나 전설을 무대에 올리는 데 열정적이었어요. 과거는 소멸한 것이고 현재는 실재하는 것이며 미래는 희망의 대상이라는 사실을 그는 받아들이려 하지 않았어요. 과거는 현재의 거울이고 현재는 과거의 재현이며 미래 또한 과거의 연장이라 굳게 믿고 있는 것인지, 우리가 살고 있는 이 엄연한 현상계의 질서와 법칙에는 관심을 별로 두지 않았어요. 논리와 이성이 가닿지 않는 신비한 비실재의 현상을 보다 근원적인 것이라 맹신하며 거기에 경도되어 현실을 무시했어요. 걸핏하면 '위너스 네버 퀴트 앤드 퀴터스 네버 원' 이라는 경구를 입에 달고 다니며 꽁무니에 불이라도 붙은 듯 허겁지겁 정신없이 뛰었지만 현실이 배제된 관념의 세계를 누가 신뢰하고 호감을 갖거나 공감을 하겠어요. 실패는 예정되어 있었고 그의 행적과 항상 동행했어요. 그가 만약 세상에 쌔고 쌘 성공한 사람들 반만이라도 현상계의 법칙에 따른 수긍할 만한 세계와 가치관을 가지고 무대작업을 했더라면 어디 실패만 했겠어요. 현실에서는 숭고함도, 존귀함도, 영원한 가치도 찾아볼 수 없다고 백안시했으니, 현실이 그에게 보복을 하지 않고 어찌 그냥 놔둘 수 있었겠어요.

여자는 나의 존재를 전혀 의식하고 있지 않은 것 같았다. 얼굴에는 냉랭한 비웃음이 맴돌고 있었다. 가슴속에 울분이 계속 들끓고 있었던지 흥분을 감추지 못하고 목소리를 높였다.

나는 그 못난 사람이라는 사람의 성향을 알 만했다. 그는 이상주의자임에 틀림없었다. 현실의 가치보다 이상을 우선시하는 그런 사람들은 대개 현실을 가볍게 여기기 마련이다. 그런 이상주의자들이 자칫 빠지기 쉬운 함정이 원시종교가 아니면 신화와 전설인 경우가 많았다. 현실의 장점은 외면하고 현실의 약점만을 침소봉대하는 그런 자학적 성향을 지닌 사람들의 공통점이라 할까. 그들은 현존하는 사람들에게 실질적 이익을 주지 못하는 관념적 가치에 몰두해 자기의 재능을 허비하는 경향이 강했다. 여자의 울분을 이해할 만했다. 여자를 위로하고 싶었으나 위로할 말이 없었다. 위로하자면 그 못난 사람을 폄훼해야 마땅할 터인데, 내게는 그럴 의

향이 조금도 없었다. 나도 그와 비슷한 부류의 인간, 즉 그에게 동질감을 강하게 느끼며 마치 내가 여자로부터 질타를 당하고 있는 것처럼 속으로 아픔과 혼란을 겪고 있었기 때문이었다.

신화란 그것을 받아들이는 사람에 따라 다르게 변형될 수 있는 것 아닌가요.

무엇인가 말을 하지 않으면 안 될 것 같아 무심코 한마디 던졌다. 그런데 기다렸다는 듯 여자는 그 말을 받아 말했다.

그래요. 맞아요. 그런데 왜 그 못난이는 글룩의 가극 대본을 쓴 카르차비지처럼 사랑의 힘 같은 것을 구현할 생각을 못했을까요? 신화의 본질인 보편적 개념을 시원적이고 우주적 원전으로 무대에 구현하겠다는 것도 좋아요. 하지만 시대마다 달라지는 문화적 환경과 정서적 환경에 맞춰 변통할 줄도 알아야지요. 왜 오로지 신화의 원형에만 매달리느냐 말입니다. 그리고 실패를 무슨 훈장처럼 자랑스럽게 여기는 못된 문화적 허영심과 자만심은 또 뭐냐고요. 실패를 현실로 받아들여야지, 비겁하게 뭐 '시간과 동행할 수 있는 영원한 자장으로 들어가는 입구' 로 간다는 문자 하나 달랑 남기고, 어떻게 흔적도 없이 사라져 버려요…….

여자는 격렬하게 도리질을 해댔다. 여자의 비난은 신랄했다. 나는 가슴에 통렬한 아픔을 느꼈다. 그럼 나는 어떤가. 나는 현실에 충실했던가. 아무도 알아주지 않고, 돌아오느니 냉대와 무관심밖에 없는 우리 전통음악을 붙들고 평생 애면글면 발버둥쳐 온 나는 현실로부터 어떤 비난과 질책을 듣고 보복을 당해야 하는가. 지금

내가 겪고 있는 섬 생활이 곧 현실의 보복인 것인가. 여자의 비난과 원망은 '그 못난 사람' 에게 퍼부은 것이 아니라 마치 내게 퍼부어지고 있는 것이나 다름없었다. 그 못난 사람과 내가 다른 데가 어디 하나나 있단 말인가.

5

갯바위 이후 여자를 다시 볼 수 없었다. 여자가 머물던 민박집에 들러 볼 생각도 해 보았으나 불길한 예감을 미리 확인하는 어리석은 짓 같아 내키지 않았다.

'그 못난 사람' 이 밟은 길을 따라 시간과 동행할 수 있는 영원의 자장으로 들어갔던지, 아니면 '그 못난 사람' 을 되찾아 오기 위해 몽돌 하나를 손에 쥐고 용기를 발휘하여 거울 문을 통해 지하세계로 내려갔던지, 여자는 불원간 용초도나 추봉도 어느 해변에 밀려와 있게 되리라! 그런 짐작으로 머릿속이 어두워졌다.

그러나 얼마 후, 신문 지상에 그 여자의 얼굴이 떠올라 있었다. 이번에도 옆모습이었다. 동아연극상 연출, 연기 두 부문의 수상자로서였다. 거기서 나는 여자의 이름을 처음 알았다.

한산수첩 7

통학선

1

물, 높은 데서 낮은 데로만 흐르는 것이 아니라네. 그것을 담고 있는 그릇이 일정한 시기에 따라 이리 기울고 저리 기울어, 그릇의 기울기에 따라 방향을 바꿔 가며 올려 흐르기도 내려 흐르기도 하는 것이 물이라네. 그 흐름의 주기에 맞춰 살아 있는 것의 생체 또한 반응하여 올려 흐르거나 내려 흐르거나 박동하며 일정한 리듬을 갖는 것이지. 스스로의 의지와 활동에 의해 자리를 옮겨 다닐 수 있는 동물은 말할 것도 없고, 항상 주어진 자리를 굳게 지키고 서 있어야 하는 소나무나 바위도 또한 다를 바 없다네. 그것은 쉬지 않고 흐르는 물을 거스르며 굳건히 같은 자리에 서서 영구히 아픔을 견디고 앓아야 하는 섬도 예외가 아니라네. 지구의 내재적 리듬을 가장 생생히 느낄 수 있는 곳이 어디라 생각하나. 속으로 영구히 아픔을 견디며 앓고 있는, 섬이라네. 비진도에 와서야 나는 모든 존재의 본질은 흐르는 데 있다는 걸 새삼 깨달았다네. 뿐인가, 여기 와서 비로소 나의 실체와도 맞닥뜨렸다네. 이상하게 들리나. 올려 흐르지도, 내려 흐르지도 못하고 고여 지내야 하는 도시 생활에서는 의식할 수 없던, 여기 와서야 느낀 뒤늦은 각성과 함께였다네.

휘가 보낸 메일 중의 하나이다. 섬에 와서 모든 존재의 본질이 흐르는 데 있다는 걸 새삼 깨달았다니. 비진도는 존재의 본질까지 투시해 볼 수 있도록 지혜의 눈을 뜨게 해 주는 신비한 섬이란 말인가. '비로소 나의 실체와 맞닥뜨렸다네.' 어떤 경우에 자신의 실체와 맞닥뜨릴 수 있다는 것인가. 다른 섬에서는 볼 수도 느낄 수도 없는 특별한 것이 비진도에는 있다는 메시지였다. 나를 비진도로 유인하기에 충분한 내용의 메일이었다.

비진도에 가는 것은 일도 아닐 것 같아, 곧 간다 간다 하면서도 그것이 마음처럼 쉽게 이루어지지 않았다. 가까운 거리에 있었으나 바다에는 내가 걸어갈 수 있는 길이 없었기 때문이다. 비진도에 들어간 후 한때 휘는 메일을 자주 보내 왔다. 메일에는 비진도에 관한 풍광들이 넘실대고 있었다. 화가인 휘가 실제 존재하는 것보다 더 많은 것을 깊이 꿰뚫어 보는 형안을 지녔을 것이 분명하므로, 비진도의 여러 풍광에 마음껏 신비의 색채를 입혀 그려 내는 것을 누가 탓할 수 있겠는가. 그의 메일은 비진도에 관한 찬탄으로 넘쳐 나고 있었다. 휘를 어서 만나고 싶기도 했지만, 그동안 부풀어 오른 비진도에 관한 호기심 또한 얼른 해소해야 할 당면 과제로 여겨졌다. 더구나 내가 연락이 뜸하자 반응이 심드렁하다 여겼던지 지난봄부터 휘의 메일이 끊어졌다.

휘에게 소식을 알리기란 손바닥 뒤집는 것보다 쉬운 일이었다. 전화도 있고 메일도 있었다. 그러나 언제라도 마음만 먹으면 할 수 있다는, 그런 쉬운 수단에 대한 과신이 문제였던지, 아니면 직접 찾아가 놀라게 해 주고 싶다는 개구쟁이 같은 마음이 작용한 것이 문제였던지, 전화를 하거나 메일을 보낼 마음이 별로 일어나지 않았다. 내가 한산도에 건재하듯 휘 또한 바로 눈앞의 용초도 너머 비진도에 건재하고 있으리라는 믿음이 바빠하는 마음을 다독거렸기 때문이었을 것이리라. 세 철 동안 마음은 늘 휘에게 가 있다시피 했으나 실제 비진도행은 차일피일 미루어졌다.

변명이라면, 다른 것이 없었다. 바다에서 길을 찾기가 쉽지 않았던 까닭이었다. 손을 뻗으면 금방 잡힐 것처럼 가까운 용초도의 잘록한 허리부위에 비진도 밧섬산[外島山] 세모꼴 봉우리가 머리를 내밀고 있었다. 램프 요정이나 비형랑이 아니라도 다리만 좀 긴 사람이라면 훌쩍 건너갈 수 있을 것 같은 지근거리였다. 그러나 거기로 가는 길은 결코 가깝지 않았다. 한산도에서 카페리를 타고 통영으로 나가 하루에 세 차례밖에 없는 정기 여객선의 시간에 맞춰 허둥지둥 서둘러 그것을 타고 한 시간 남짓 흔들리다 보면 비진도의 외항 선착장에 닿을 수 있다 하였다. 시간을 요령껏 맞추면 한나절

길이었고 좀 여유를 부리며 머뭇거리면 하룻길이었다. 낙관보다는 비관 쪽에 비중을 두고 머뭇거리며 뜸을 들이는 성격 탓이리라. 한나절 길이라는 생각보다 하룻길이라는 관념이 내게는 훨씬 더 강했다. 그 하룻길이라는 시간의 양감이 나의 발목을 자꾸만 무겁게 잡았던 것이다.

그러나 비진도 가는 길은 거기에만 있는 것이 아니었다. 내가 몰라서 그렇지 훨씬 쉽고 빠른 길이 있었다. 면 소재지에 하나뿐인 한산중학교에서, 인근 용초, 좌도, 비진 등 섬에 사는 학생들을 등하교시키는 통학선을 운행하고 있었던 것이다. 동네 사람과 이런 저런 이야기를 나누던 중 무심코 비진도에 한번 가 보고 싶지만 가는 길이 멀어 망설이고 있다고 했더니, 통학선 선장에게 한번 부탁해 보라고 했다. 통학선에 대해 까맣게 모르고 있던 나는 귀가 번쩍 뜨였다. 음료수를 사 들고 선장을 찾아가 부탁을 했더니, 그러라고 선선히 승낙했다.

선장의 선선한 승낙이 도리어 동티를 냈던 것인가, 이튿날 당장 비진도행을 실행에 옮기려던 나는 뜻밖의 복병을 만났다. 안개였다. 이것저것 배낭을 챙긴 다음 날씨가 어떤가 보려고 우윳빛 안창을 열었더니 예기치 않았던 안개가 시야를 차단했다. 창문을 열면 전개되던 바다와 섬과 하늘 등 모든 풍경이 하나 남김없이 지워지고 없어 숨이 콱 막혔다. 바로 앞 담장이 간곳없고, 집 앞의 한길도, 한길 건너 방파제도, 방파제의 선착장도 모두 행방을 감추고 없었다. 그렇지만 약속을 했는데 어쩌겠는가. 밖으로 나갔더니 지

척도 분간되지 않고 척척한 안개가 얼굴에 휘감겼다. 그래도 혹시나 하여 안개 속을 더듬으며 통학선 계류장으로 나가 봤다. 여섯 시까지 나오면 된다 하던 선장은 물론 기관장이나 갑판장도 보이지 않았다. 한 삼십여 분 동안 안개 속을 서성거리다 아무도 만나지 못하고 그만 집으로 돌아오고 말았다.

이튿날도, 그 이튿날도 안개가 물러가지 않았다. 선장을 찾아갔더니, 그렇지 않아도 통학선을 운행하지 못해 걱정이 태산 같다며, 그렇지만 이런 해미 속을 어찌 위험을 무릅쓰고 운행할 수 있겠느냐고 머리를 저었다. 다른 배와의 충돌을 우려하여 안개를 경계하고 조심하지 않을 수 없는 선장의 입장을 담담히 설명했다. 너무나 당연한 조처로 여겨져 나의 조급한 마음을 내비칠 수가 없었다. 이곳 한산도의 안개는 5월, 6월 두 달 동안 으레 기승을 부린다고 했다.

바다에 길이 열렸다고 생각했기 때문인가, 안개의 퇴각을 기다리는 동안 나는 꿈을 통해 여러 차례 비진도를 다녀왔다. 갈 때마다 밧섬산 정상의 선유대(仙遊臺)를 오르고는 했다. 공교롭게도 늘 밤이었다. 그러나 선유대에 올라가고 보면 웬일인지 구름 한 점 없는 쾌청한 하늘에 해가 쨍쨍 내리쬐는 한낮이었다. 그곳에서 아름다운 주황빛 저녁노을에 흠뻑 취한 적도 있었다. 몇 번인가 선유대를 다녀온 다음이었다. 꿈이 아닌 것처럼 외항 사람들과 마주쳐 이야기를 생생하게 나누었다. 내가 선유대를 다녀왔다고 하자 마을사람들은 고개를 외로 틀었다. 그럴 리 없다는 것이었다. 그들의 반응은 시틋하였다.

선유대를 밟은 사람이 있다면 이 손에 장을 지지겠다며 오른손 엄지를 치켜세운 마을 어른의 주장은 완강하였다. 선유대를 다녀왔다는 사람은 많이 보았다고 했다. 그러나 이야기를 들어 보면 그 풍경이 구구각각이었다. 선유대가, 쉰 명쯤은 올라가 너울너울 춤을 추고도 남을 만큼 큰 너럭바위로 이루어져 있다는 사람도 있었고, 덕석만 한 크기의 바위가 숲 속에 아늑히 싸여 있어 한여름에도 서늘하기가 이를 데 없다는 사람도 있었다. 또 넓은 바위 한가운데에 물이 퐁퐁 솟아오르는 샘이 있어 그 물맛이 신선들이 마신다는 유하주 같다 하는 사람도 있었다. 바위 위에 서면 사방에 바다가 아스라이 전개되어 있다는 공통점 외에는 열에 열 사람 다 말이 달랐다. 그러니 누구 말을 믿을 수 있겠는가. 산의 정상 부근에 올라가기만 하면, 자기가 서 있는 곳이 선유대려니 믿어 각기 장소에 대한 묘사가 다른 것인지, 아니면 가는 사람마다 다른 데를 보고 와서 그곳이 선유대라 주장하는 것인지 종잡을 수 없는데, 어떤 말을 믿어야 하겠느냐는 것이었다. 그러나 산 정상 풍경이 다르면 얼마나 다르겠는가. 한눈에 둘레를 다 살피고도 남을 만큼 작은 정상의 풍경을, 다녀왔다는 사람마다 그토록 다르게 말하다니, 그것은 선유대에 오른 사람이 아직 아무도 없었기 때문이 아니고 무엇 때문이겠느냐고, 그 마을 어른은 자신 있게 주장했다. 따라서 모든 마을사람들은 아직 선유대를 밟아 본 사람은 한 사람도 없으리라 굳게 믿고 있다 하였다. 그 믿음 속에는 마을사람들의 자긍심도 내재해 있었다. 선유대는 어떤 사람의 발자취에도 더럽혀져서는 안 되는 신성한 성소이다. 마을사람들의 은밀한 성소로 영원히 보존되어야 하리라는 바람이 그들 마음속에 굳건히 자리 잡고 있었던 것이다.

2

연통으로 매연을 퐁퐁 토해 내며 가속 기능을 높이는 순간 선체가 맹렬하게 진동했다. 상하좌우로 심하게 진동하며 전율하던 선체가 계선장으로부터 떨어져 간격을 벌려 나가자 점점 안정을 찾아갔다. 스크루가 선미에 하얀 거품을 일으키며 후진해 바다로 나가는 동안 엔진 돌아가는 동력의 소음도 차츰 가라앉았다. 선장은 분주히 조타기를 조종하며 배를 돌려 선수를 용초도 쪽으로 잡았다. 방향을 잡고 나자 엔진소리와 선체의 떨림이 일정한 리듬을 갖추고 안정되어 갔다.

용초도 허리쯤에는 아직 안개가 불안하게 휘감겨 있었다. 이 철에는 안개가 언제 어떻게 변덕을 부릴지 예측이 불가능하다 했다. 물에서 올라오는 수증기와 공중의 대기가 만나는 순간 발생하는 것이 안개라고 한다. 하지만, 그 현상은 눈으로 식별되는 것이 아니다. 해류가 어떻게 흐르는지, 해와 구름의 겹침과 어긋남의 작용이 대기를 어떻게 변화시키는 것인지, 바람은 또 어떤 기상조건에 의해 일어나고 어떻게 방향을 바꾸는 것인지, 일반인의 눈에는 식별이 가능하지 않았다. 그래서 그로 인한 현상을 사람들은 늘 사후에 당하기 마련이었다.

아침에는 시계(視界)가 항해 가능한 정도라도 언제 안개가 기승을 부려 순식간에 시야를 가리고 바닷길을 막아 버릴지 알 수 없는 일이라고 선장은 아직도 마음을 놓지 않았다. 지난 며칠 안개로 인해 학생들이 통학을 하지 못한 터라, 위험을 무릅쓰고서라도 우선 등교를 시키고 싶어 하는 학교 교장의 지시를 못 이겨 운항에 나섰지만 선장은 불안감을 감추지 못했다.

그러나 호두에서 남학생 한 명을 태우고 용초로 방향을 틀어 항해하는 동안 선장은 다소 여유를 찾은 모습이었다. 마침 갑판장에게 기관실을 맡기고 선장실로 올라온 기관장과 환담을 나누기 시작했다. 낯선 손님에 대한 배려였던지, 자신들의 장래에 대한 불안감 때문이었던지, 통학선 운행에 따른 여러 가지 이야기를 주고받았다. 정원 육십 명에 이르는 통학선을 이용하는 학생이라야 호두에 한 명, 용초에 한 명, 비진도에 한 명, 동좌에 세 명 도합 여섯 명에 불과하다며 이런 현실이 걱정이라고 했다. 이십여 년 전만 해도 많게는 7, 80명까지 태우고 다녔는데, 겨우 여섯 명이라니, 언제 경제 논리가 교육 논리를 제압하고 통학선이 폐선될는지, 통학선의 운명이 풍전등화 같은 처지라는 것이었다. 인근 욕지면은 학생이 한 명밖에 없는데도 학부모의 강경한 요청으로 통학선을 아직 운항하고 있지만 언제 어떻게 될지 모를 일이며, 사량면은 학생이

20명이 넘었는데도 당국의 학비지원 방안에 학부모들이 덜렁 동의하여 통학선을 폐지하고 말았다 하였다. 사량면 학부모들은 통학선 운행의 가치를 새삼 인식하고 뒤늦게 후회하고 있지만 당분간 통학선 운행 재개는 바라기 힘들 것이라는 말도 했다.

용초에서 여학생 한 명을 태운 통학선은 오곡도를 향해 얼마 동안 나아간다 싶더니 왼쪽으로 선수를 틀어 비진도로 향하였다. 비진도의 허리에는 안개가 자욱하게 감겨 있었다.

비진도가 보이자 드디어 휘를 깜짝 놀라게 해줄 수 있게 되었다는 생각에 절로 웃음이 나왔다. 그래 어떻게 그림은 잘 되고 있는 것일까. 요즘 그를 사로잡고 있는 화제(畵題)는 무엇일까. 늘 비진도의 신비로 메일을 가득 채우고는 하더니 역시 비진도의 신비로 화폭을 가득 채우고 있으려나. 그런데 신비를 화폭에 담는다! 그것이 가능하기는 한 것일까. 가시적인 존재란 신비의 베일을 벗겨 버리고 난 후의 존재가 아닐까. 눈으로 보고 머리로 새롭게 가공하여 그린다 할지라도 그것은 어디까지나 그린 사람의 주관적 대상물이지 아무나 거기서 신비감을 느낄 수 있는, 대상 자체가 신비감을 자아내는 것은 아니지 않을까. 그렇다 하더라도 휘는 비진도에서 그의 작품세계를 완성해 내리라 장담했었다. 이제 그가 꾸어 온 오랜 꿈을 이룰 수 있을 만큼 넉넉히 시간이 흐르지 않았는가. 그가 마침내 완성해 내리라던 그림의 세계란 어떤 것일까. 그가 그린 그림을 보고 싶어 몸이 달아올랐다. 그런 생각을 좇고 있는 사이 배가 제 길을 이탈하지 않고 순조롭게 항해해 왔던지 어느 사이 비진도 외항마을 선착장을 눈앞에 두고 있었다.

통학선이 도착한 밧섬[外島] 방파제 계선장에도 안개가 넘실대고 있었다. 어선 몇 척이 정박해 있었으나 안개로 인해 지워지기도 또 가까스로 모습을 드러내기도 했다. 마침 정박해 있던 연안 통발 어선 마스트를 빠르게 지나가는 안개의 흐름이 식별되었다. 외항에서 승선할 통학생이 여학생 한 명뿐이라더니 안개에 반쯤 가려 또렷이 식별되지는 않았으나 한 명이 아니라 분명 두 사람의 모습이 어른거렸다. 한 사람은 교복 차림의 여학생이고 다른 한 사람은 중년의 여인 같았다. 한 차례 크게 진동을 하며 선체가 흔들리는가 싶더니 배가 계선장에 접안하였다. 내릴 준비를 하고 있는 내 등을 향해 선장이 다섯 시 반에 오겠으니, 그때 보자고 했다. 여학생이 통학선에 오르려는 순간 안개에 반쯤 가려 있던 여인이 불현듯 여학생에게 덤벼들어 팔을 붙들었다.

"오늘은 여객선이 올 것 같은데, 그만 집으로 돌아가자."

여학생의 팔을 붙든 여인의 목소리에 진한 고뇌와 슬픔이 담겨 있었다. 여학생은 그러나 애원하는 여인을 돌아보지도 않고 팔을 거칠게 뿌리쳤다. 들고 있던 가방을 훌쩍 갑판에다 던져 올린 다음 급히 몸을 날려 승선하였다.

"얘, 집에 가자. 오빠도 널 기다리고 있잖니."

여인이 애원하거나 말거나 여학생은 급히 선실로 내려가 모습을 감추었다. 여인은 아이를 움켜잡으려는 듯 팔을 뻗어 붙드는 시늉을 몇 번 하다 서 있던 자리에 주저앉았다. 여인이 눈물을 훔치는 사이 통학선은 엔진 소리를 드높이며 선착장을 떠났다.

3

여인은 계선장에 주저앉아 통학선이 용초도를 돌아 나가 자취를 감출 때까지 그 뒷모습을 물끄러미 바라보고 있었다. 여자의 어깨가 들썩이고 있었다. 얼마 후 여인은 고개를 가슴에 묻었다. 여인을 지켜보았으나 여남은 걸음 떨어진 거리인데도 안개에 가려 얼굴이며 표정이 잘 식별되지 않았다. 저렇듯 마음의 고통이 심한 까닭이 무엇일까. 몸을 추스르며 일어나기를 바랐으나 여인은 쉽게 그러지 못할 것 같았다. 나는 여인을 뒤에 남겨둔 채 잔교를 딛고 방파제로 올라갔다. 방파제를 따라 걷는 내 발걸음이 까닭 모르게 무거웠다. 처르르 철석 처르르 철석, 연이어 방파제를 치는 파도소리가 마음을 무겁게 때렸다.

방파제가 끝난 지점으로부터 콘크리트 포장도로가 나타났다. 포장도로 초입에서 건너다보이는 곳이 외항마을이라 했다. 한 40여 호쯤 될까. 자욱한 안개 탓에 마을 전체가 또렷이 식별되지는 않았다. 왼쪽 해안 끝의 규모가 큰 5층 복합 건물은 그나마 대충 알아볼 수 있었다. 마을 초입의 2층 건물도 그런대로 윤곽마저 보였다. 그러나 2층 건물 뒤에 있는 솔숲이며 마을 집들은 애써 살펴도 윤곽마저 잘 잡히지 않았다. 저 마을 어딘가에 휘가 있을 터이지. 선착장에서 봤던 여인이 아직 무겁게 뇌리에 남아 있었으나 휘를 만날 일을 생각하니 마음이 급해졌다.

서둘러 마을을 향해 걸음을 떼어 놓던 나는 그러나 몇 걸음 옮기지 못하고 그만 걸음을 멈추었다. 눈앞에 예기치 못했던 광경이 확 펼쳐졌기 때문이었다.

비진도는 멀리서 보면 따로 떨어진 두 개의 섬으로 보인다고 하였다. 동북향에 하나 남서향에 하나씩 우뚝 산이 솟아 있어 마치 떨어져 있는 것 같지만 사실은 해수면과 거의 비슷한 잘록한 구릉으로 두 산이 서로 연결되어 있다 하였다. 그 모양이 마치 아령을 방불케 하고, 잘록 들어간 허리 사이 간격은 이쪽과 저쪽이 높은 경쇠소리라도 가닿기 힘들 정도로 뚝 떨어져 있다 하였다. 그러나 두 섬을 연결하고 있는 잘록한 구릉이 한쪽은 모래사장이고 다른 한쪽은 굵직굵직한 몽우리돌밭으로 형성되어 있다는 사실은 듣지 못했었다. 서쪽 해안은 돌 하나 섞이지 않은 고운 모래밭이었고, 동쪽 해안은 직경 20센티 정도 굵기의 몽우리돌밭이었다. 파도가 조금만 세차도 턱을 넘나들 수 있는 낮은 구릉으로 나뉘어 있는데도 한쪽은 모래만으로 다른 한쪽은 몽우리돌만 뒹굴고 있다니, 아무리 봐도 신기하였다.

사람의 손으로써 갈라놓은 것이 아님은 분명했다. 몇백 미터에 이르는 해변의 모래와 돌을 사람의 손으로 어찌 일일이 갈라놓을 수 있으며 그런 상태를 어찌 한시라도 지탱할 수 있겠는가. 그것은 자연의 조화임에 틀림없었다. 그렇다면 파도가 어떻게 작용했기에 저런 기이한 광경을 연출해 놓을 수 있었다는 것일까. 아무리 고개를 갸웃거리며 생각을 굴려도 답이 나오지 않았다. 사람의 능력으로서는 해낼 수 없는 일을 자연이 홀로 모름지기 이룩해 놓고 태연히 시치미를 떼고 있는 격이었다. 나의 보잘것없는 지식과 지난날의 경험을 일시에 휴지조각처럼 구겨 버려야 하는 허망함이라니, 나는 고개를 갸웃거리며 가까스로 걸음을 떼 놓았다.

휘를 만나는 데는 주소 따위가 필요 없으리라 했다. 마을사람 아무나 붙들고 이러저러한 사람 있는 데를 아느냐고 물으면 열에 아홉은 대답해 주리라 했다. 그 말은 틀리지 않아 휘의 거처를 찾는 데는 힘이 들지 않았다. 상가 모양의 비어 있는 기다란 2층 건물 앞에서 마주친 나이 듬직한 반바지 차림의 사내를 붙들고 묻자 오른쪽 해안을 따라가다 보면 왼쪽으로 꺾어지는 골목이 나오는데, 그리로 들어가면 노인회관과 보건진료소가 나오고 그곳을 지나면 소나무 숲이 있는데 그 소나무 숲 앞에 작은 그림이 붙은 집이 보일 것이며, 거기가 바로 내가 찾는 집일 것이라고 가르쳐 주었다. 어찌나 사내의 설명이 적실했던지, 한 번 망설임도 없이 바로 작은 그림이 붙은 집에 당도할 수 있었다.

코발트블루 바탕에 둥글 넓적한 흰 점 몇 개가 떠 있는 그림이었다. 바다와 섬의 앙상블이 마음을 끌었다. 그러나 그림이 붙은 방문에 자물쇠가 채워져 있었다. 녹슨 자물쇠가 굳게 잠긴 방문 앞에 한참 서성이고 있었더니 누군가 소리 없이 다가와, 누굴 찾느냐고 물었다. 녹슨 자물쇠를 쳐다보며 그림 그리는 휘라는 친구를 찾아왔다고 대답했다. 자물쇠에 녹이 슬어 있는 것이 영 마음에 걸려 자연 목소리에 자신감이 없어졌다. 잠자코 내 말을 들으며 아래위를 뜯어 살피던 오십 대 중반쯤으로 보이는 여자가 내게 안으로 들어가자고 했다.

자물쇠가 잠겨 있는 방을 지나 안으로 들어갔다. 들어가니 밖에서 본 것과는 달리 널찍한 마당이 나왔다. 꽃잔디의 분홍 꽃이 무리지어 곧게 경계를 이루며 피어 있는 작은 화단이 담벼락 아래에 가꾸어져 있었다. 덧댄 처마가 마당을 반쯤 가리고 있고 처마 아래에 둥근 테이블과 안락의자가 놓여 있었다. 여자는 내게 의자를 권하고, 안으로 들어가더니 다시 고개를 내밀고 커피를 하겠느냐 녹차를 하겠느냐고 물었다. 휘에 대해 여자로부터 아직 한마디도 듣지 못한 것이 마음에 걸려 아무거나 좋다고 대답했다. 차를 마련하는 시간은 생략해도 좋다는 뜻이었다.

그런 내 속을 헤아리지 않아도 좋을 어떤 속내라도 있다는 것인지, 주인여자는 물이 끓는 시간보다 훨씬 더 나를 초조하게 만들며 한없이 꾸물댄 후에 믹스커피 한 잔을 타 왔다. 그것을 내 앞에 내밀어 놓고 나를 빤히 쳐다보았다. 자기로서는 할 말이 없으니, 내게 무슨 할 말이라도 있으면 해 보라는 태도 같았다. 나와 휘가 어떤 관계인가, 밝혀 말하라고 재촉하고 있는 것인가. 이런 외딴 작은 섬까지 친구를 찾아온 사실만으로도 그 질문에 대한 대답이 되고도 남음이 있지 않을까. 여기 오기까지 얼마나 벼르고 별렀던가. 그렇다 하더라도 주인여자로서는 입 열기를 삼갈 수밖에 없는 다른 어떤 사정이 따로 있는 것인가. 나는 구차스러움을 느끼며 40여 년 지기로서 휘와의 관계를 길게 늘어놓지 않을 수 없었다.

4

주인여자는 나와 휘의 관계를 파악한 연후에, 조심스럽게 휘의 이야기를 들려주었다.

바깥방에 그가 든 것이 3년 전 가을이었다.

여름철이 지나면 섬은 한산해졌다. 모래사장이 인파로 뒤덮이고 민박집마다 방이 없어 속을 태우는 해수욕철이 지나 뭍에서 건너왔던 여름 손님들이 썰물처럼 섬을 빠져나가고 나면 섬은 갑자기 깊은 고요의 늪으로 빠져들었다. 예견된 것이었지만 그 고요의 늪은 늘 새삼스러웠고, 무슨 병마처럼 주민들을 괴롭혔다. 견딜 수 없는 한적함이라니, 그것이 병마가 아니라면 무엇이 병마겠는가. 죽을힘을 다해 천근 같은 사지를 버둥거려야 하고 밤마다 퍼붓는 잠을 쫓아내느라 정신없이 살을 꼬집어야 했던 한여름 동안의 그 고생이, 당할 때는 죽을 맛이었지만 지나고 나서는 고생이 아니라 달콤한 기억으로 되살아났다. 죽을 고생이 따른다 할지라도 활기에 찬 그 생활이 그리웠다. 어느새 해가 짧아지고 바람이 선득해지자 무기력증이 전신을 좀먹듯 잠식해 왔다. 바다에 낚싯대나 드리워 놓고 하염없이 바라보고 지내야 할 가을, 겨울, 봄 세 철을 견딜 일이 아무래도 까마득하였다. 살맛을 느끼려면 내년 여름까지 기다려야 하다니, 지난여름의 추억이 생각할수록 아련하고 또 아득하였다.

그렇듯 하루하루를 막막하게 지낼 무렵 그가 방을 구하기 위해 외항마을에 나타났다. 여름을 눈앞에 둔 봄이었다면 아무리 창고 같은 허름한 방이라 할지라도 언감생심 내주었겠는가. 가을로 접어들었으니 말벗이나 삼자는 생각으로 헐값에 방을 내주었다. 더구나 그림을 그린다고 하니, 적선을 해도 옳은 데 하는 것 아니겠느냐는 헤아림도 없지 않았다. 그는 3년간 머물 예정이라는 말을 몇 번이나 강조하며 방세를 선불했다. 그리고 골목길에 면한 창고 같은 방에다 짐을 풀었다. 짐이라야 작은 가방 하나와 등에 진 배낭이 전부였다.

무엇을 하는 것인지 그는 매일이다시피 밖으로 싸다녔다. 어딜 그렇게 나다니느냐니까, 그냥 이것저것 눈에 띄는 대로 구경하고 다닌다고 했다. 작은 섬에 볼 게 있으면 얼마나 있겠는가. 산이라야 한나절이면 오를 수 있는 높이였다. 두 쪽 산을 다 오른다 해도 이틀이면 시간이 넉넉할 터였다. 서쪽 해안은 경사가 완만하였으나 동쪽 해안은 대부분 깎아지른 절벽이었다. 구경을 다닌다 해도 매우 제한적일 수밖에 없었다. 그러므로 섬 구경은 아무리 길게 잡는다 해도 열흘이면 뒤집어쓰고도 남을 터였다. 그런데도 그는 열흘, 보름도 아니고 몇 달이나 계속 섬 구석구석을 돌며 샅샅이 살피고, 그리고 또 거듭 살피고 다녔다.

그림을 그리러 다니는 것 같지는 않았다. 화구를 지니고 나가는 것을 본 일이 없었다. 하다못해 스케치에 필요한 용구도 갖추고 나가는 것 같지 않았다. 그림 그린다는 사람이 그림은 그리지 않고 왜 그렇게 밖으로만 나도느냐고 답답해서 물었더니, 그림을 함부로 그릴 수 있습니까, 하고 심드렁하게 대꾸했다. 함부로 그릴 수 있는 것이 아니라면, 그림을 그리기 위한 준비라도 하러 다닌다는 것인가. 그런가 하고 또 몇 달을 지켜보던 주인여자는 그래도 그림에 착수하지 않는 것 같아, 아직 그림 그릴 준비가 덜 되었느냐고 물었다. 자기 일은 아니었으나 한 지붕 아래 사는 사람으로서 옆에서 지켜보는 것이 답답하고 궁금하여 견디기가 힘들었다. 물감을 함부로 쓸 수 있습니까, 꼭 그려야 할 것만을 찾아 그릴 생각이라고 고개를 저으며 대답했다. 주인여자는 답답해 자기 가슴이라도 탕탕 치고 싶었다. 그러고 두어 달 더 지난 다음 또 물었다. 그러자 이번에는 전 같지 않게 무거운 표정으로 한동안 묵묵부답이었다. 선생님 그림을 언제 볼 수 있으려나 기다렸는데, 목이 빠져 죽을 지경입니다. 옛날 거라도 있으면 보여 주세요. 저도 여학교 때는 미술반에 들어 활동했답니다, 하고 주인여자는 얼굴을 붉혔다. 한동안 입을 굳게 다물고 있던 그는 주인여자가 거듭 대답을 재촉하자, 지난 작품은 한 점도 갖고 있지 않습니다. 옛것을 버리고 새로 시작하기 위해 비진도에 들어왔는데 지난 작품이 있겠습니까, 하고 풀기 없는 음성으로 그러나 진지하게 대답했다. 지난 작품도 지닌 게 없고, 새로 그린 그림도 없다면, 정말 그림 그린다는 화가가 맞기는 맞는 것인가.

어떤 때는 동틀 무렵부터 저물녘까지 종일 방에 틀어박혀 있을 때도 있었다. 하루하루 무엇으로 끼니를 때우는지 알 수 없었다. 화장실에도 한 번 가는 것 같지 않았다. 사람이 생명을 부지하려면 여러 움직임이 따라야 하는데 그는 움직이지 않고서도 생명을 부지할 수 있는 무슨 방편을 지닌 것인지, 하루이틀 꼼짝도 하지 않은 적이 한두 번이 아니었다.

어느 날 저녁나절 다리를 절며 들어왔다. 어디서 다쳤느냐고 걱정을 하며 묻자 선유대에 올라갔다 내려오는 길에 돌을 헛디뎌 미끄러졌다면서 환히 웃었다. 그가 웃는 일이 잘 없었으므로 의아하였다. 웃을 일이 있을 때도 잘 웃지 않더니 다리의 통증을 참으며 웃음을 짓다니 그 속을 알다가도 모를 일이었다. 오랜만에 그의 웃는 모습을 본 주인여자는 이제 그림 그릴 준비가 다 됐느냐고 넌지시 물어보았다. 그러자 곧 표정이 굳어지며, 고개를 저었다. 제 마지막 작품을 그리려고 왔는데, 섣불리 시작할 수 있겠습니까. 그는 드러내고 싶지 않은 속내를 드러내기라도 했던 것인지, 아차 후회하는 표정을 지었다. 그러냐고 그만 물러섰어야 했는데 주인여자는 내친김에 한걸음 더 내딛었다. 아무 볼 것도 없는 곳을 왜 열 번 스무 번 넘게 살피고 다니는지 그 까닭이 궁금해 못 견딜 지경이었다. 그는 고개를 희미하게 저으며, 어떤 풍경도 아침, 낮, 저녁에 그 모습을 각기 달리 짓기 때문이라고 대답했다. 그의 대답에 주인여자는 그만 입을 다물었다.

한번은, 마을사람 하나가 주인여자를 찾아와 저 아저씨가 급기야 무슨 탈을 내도 크게 내고 말 것 같으니 조심하라고 당부했다. 아침부터 저녁까지 종일 모래사장 건너편 한 곳에 바위처럼 꼼짝않고 앉아 있는데, 정상적인 사람이 그럴 수 있느냐는 것이었다. 해가 지고 어두워진 뒤에 집으로 들어온 그를 붙들고, 갯가에 앉아 있으려면 낚싯대라도 드리우고 있지, 왜 맨손으로 앉아 있다 마을 사람들 신경 쓰이게 만드느냐니까, 제게 신경 쓰는 사람이 다 있어요, 하고 놀랐다. 낚시를 해 본 사람이 낚싯대를 드리우지 우리 같은 사람이야 예 있소, 하고 고기가 와서 덤벼도 건지지 못할 걸요. 그럼 뭣 땜에 종일 거기 앉아 있었느냐니까, 물결 오르내리는 것이 신기해서요, 하고 대답했다. 원 저런 싱거운 사람 다 봤나. 물결 오르내리는 걸 봐 무엇에 쓰겠다는 것인가. 밥이 되겠는가, 술이 나오겠는가. 빈정거리려다 주인여자는 입을 다물었다.

하지만 그의 표정은 진지했다. 지난 열흘 동안 공을 들인 것이 헛되지 않았던지 썰물 때와 밀물 때 밀려오는 조수의 속도와 강도가 각기 다름을 알게 되었고, 갈바람이 불 때와 높새바람이 불 때 그것이 또한 각기 다름을 알게 되었다며 빙긋이 미소까지 지었다. 서쪽 해안의 모래밭과 동쪽 해안의 뭉우리돌밭을 오르내리는 물결의 횟수에도 각기 차이가 있다는 것을 알아냈는데, 모래밭을 오르내리는 물결의 횟수가 뭉우리돌밭을 오르내리는 물결 횟수의 두세 배가 넘을 것이라 확신한다며 그 사실을 알아내는 데 얼마나 공이 들었는지 아느냐고 정색을 했다. 서쪽 해안은 물결의 오르내림이 심하여 돌을 모래로 빻아 냈지만 동쪽 해안은 물결의 오르내림이 서쪽의 절반에도 미치지 않아 깎아도, 깎아도 여태 몽우리돌밖에 만들어 내지 못했다는 사실을 자기가 최초로 알아냈을 것이라며 의기양양해했다. 그의 의기양양해하는 모습이 터무니없어 보여 주인여자는 속으로 쓴웃음을 지었다. 그래 그것을 알아 무엇에 쓰겠다는 것인가. 사람 살아가는 데 그것이 무슨 소용이 있다는 것인가. 그러나 잠시 후 그는 시무룩한 표정으로 바뀌더니 혼잣소리로 힘없이 중얼거렸다.

왜 한쪽은 모래밭으로, 다른 한쪽은 몽우리돌밭으로 만들었을까. 그렇게 구분해 만든 데는 필경 무슨 숨은 까닭이 있을 터인데, 하며 고개를 저었다. 그래 세상이 어디 눈으로 볼 수 있는 것만으로 되어 있겠는가. 눈에 보이는 것은 자연의 이치로서, 규명이 가능하겠지만 눈에 보이지 않는 것은 그 숨은 까닭을 알아야 깊은 뜻을 짐작이나마 할 수 있을 터인데, 그것을 알 수 없어 답답해 죽겠다며 의기소침한 표정으로 한숨을 지었다.

그리고 얼마 후에는 또 그랬다. 서쪽에서 불어오는 갈바람은 모질기가 칼끝 같아 바위를 깎아 모래를 만들고 동쪽에서 불어오는 샛바람은 모질기가 그에 미치지 못해 몽실몽실 몽우리돌밖에 만들지 못한 게 아니겠느냐고, 새로운 사실이라도 알아낸 것처럼 좋아라했다. 귀신이 씌었거나 무엇인가에 넋이 빠져 있는 사람이 아니고서야 저런 것에 왜 관심을 갖는단 말인가. 저것이 사는 일과 도대체 무슨 상관이 있다고 저렇듯 기를 쓰고 골몰한단 말인가. 저

나이 되도록 저렇게 철이 안 들다니, 세상 참 거꾸로 사는 사람도 다 있구나, 주인여자는 생각할수록 그가 답답했다.

어떤 날은 산중턱에 있는 나무를 지켜보는 것으로 하루해를 보내기도 하고, 또 어떤 날은 맞은바라기에 있는 오곡도를 바라보는 것으로 하루해를 보내기도 했다. 또 어떤 날은 산에서 밤을 새고 내려왔다면서 부스스한 모습으로 나타나 방으로 들어가 잠에 곯아떨어지기도 했다. 밥을 먹고 물을 마시고 연명하기 위해 애를 쓰는 모습은 한 번도 볼 수 없었다. 오로지 자기 몸 밖의 일에만 매달려 몸이 가진 것을 모두 내던졌다. 그렇게 몸에 대해 한사코 직무유기를 하는데도 하느님은 그 생명을 거둬 가지 않고 돌보는 모양이었다.

이상하기는 해도 사람을 귀찮게 굴거나 해를 끼치는 것은 아니어서 그냥 언덕에 서 있는 나무처럼 거기 있으려니 여기며 한 해를 보내고 또 한 해를 보냈다. 그리고 삼 년째 되던 해부터 그에게 변화가 찾아왔다. 밤중에 산으로 올라가 며칠씩 보내고 오는 일이 잦아졌다. 몇 번 그래서 그러려니 생각하고 주인여자는 별로 관심을 두지 않았다.

급기야 지난 4월, 산에 올라가는 눈치더니 열흘이 넘도록 내려오지 않았다. 걱정은 되었으나 워낙 별난 사람이라 그다지 신경을 쓰지 않았다. 하지만 보름이 지나자 슬슬 마음이 쓰이기 시작했다. 사람이 목숨을 부지하는 데는 필요한 요건을 갖추어야 하는 것인데, 아무리 생각해도 그는 그 요건을 갖추고 있지 않은 것 같아 마음이 쓰이고 걱정이 되었다. 산에서 채취할 수 있는 것이라야 산딸기나 칡뿌리가 고작일 터인데, 사람의 허기를 달랠 수 있을 만큼 그것이 흔할 것 같지 않았고 또 애써 채취한다 해도 매우 제한적일 것 같아 근심스러웠다. 시일이 하루이틀 더 지나자 필경 무슨 일이 일어나도 일어났겠거니, 불길한 생각을 지울 수가 없었다.

여자 혼자 사는 것에 늘 마음을 쓰며 궂은일을 스스로 찾아서 해주곤 하던 꼽추에게 사정을 말했다. 이야기를 들은 꼽추는 선선히 동행에 나섰다. 주인여자와 꼽추는 먼저 외항의 밧섬산 선유대로 올라갔다. 말수가 적기는 했으나 그는 가끔 선유대를 화제에 올렸었다. 선유대에 관해 말할 때마다 그의 눈빛과 상기된 목소리가 여간 예사스러워 보이지 않았었다. 경건한 예배의 대상에 대해 삼가고 조심스러워하는 표정과 태도를 보이고는 했다.

험한 돌벼랑 길을 톺아 밧섬산 정상에 오르자 기괴한 형상의 바위들이 무리를 이뤄 널려 있었다. 웅크리고 있는 짐승의 형상도 있고 잔치라도 벌일 수 있는 너럭바위도 있었다. 정상에 올랐으나 그는 보이지 않았다. 주인여자는 조심스럽게 바위틈을 살피고 다녔다. 꼽추는 주인여자의 수고를 덜어 주기 위한 배려인 듯 부지런히 바위를 타고 오르내리며 구석구석을 살피는 한편, 독사 따위의 위험을 무릅쓰고 빼곡한 숲을 헤치고 들어가 어두운 그늘 안을 살피기도 했다.

다음 날은 내항의 진바두[長田山]를 훑어 올라갔다. 진바두 정상은 물론 골짜기마다 발 닿는 대로 속속들이 찾아보았으나 그의 자쥐는 역시 어디에서도 찾을 수 없었다. 사흘째의 수색도 허탕이었다. 살아 있는 모습이 아니라 죽은 시체라도 찾을 수 있기를 바랐으나 헛일이었다. 그가 어디 먼 데로 떠났거나 아니면 어느 절벽에서 바다로 추락한 것이 아니라면 이렇게 보이지 않을 까닭이 없으리라 짐작하며 주인여자는 수색을 단념하였다. 정리라는 것이 있는데, 비록 한솥밥을 먹지는 않았다 할지라도 3년 가까이 한 지붕 아래서 비바람을 피하며 지낸 사람이 어찌 한마디 인사도 없이 섬을 떠났겠는가. 아무래도 절벽 같은 데서 바다로 추락하여 세상을 하직한 것 같아 자꾸만 측은한 생각이 들었다.

수색을 단념한 날 밤이었다. 주인여자는 잠든 후 꼽추와 선유대로 올라갔다. 그는 선유대에 누워 있었다. 누워 있기는 했으나 산 사람으로서가 아니라 주검으로서였다. 이마와 턱에 각기 흉기로 맞은 상처가 끔찍하게 부풀어 있었다. 상처부위를 살핀 꼽추는 도끼 자국 같다고 말했다.

주인여자는 사흘 동안 밤마다 밧섬산 선유대로 올라갔다. 갈 때마다 그를 만났다. 그는 늘 같은 자세로 누워 있었고 도끼에 찍힌 상처가 이마와 턱에 부풀어 있었다.

주인여자는 급기야 꼽추를 다시 불렀다. 꼽추는 싫다는 말은 하지 않았으나 주인여자를 이상하다는 눈으로 쳐다보며 고개를 갸웃거렸다. 밧섬산 정상으로 한발 먼저 올라간 꼽추가 비명을 질렀다. 주인여자는 급히 그곳으로 뛰어갔다. 너럭바위 위에 당도한 주인여자는 꼽추 앞에 가로누워 있는 것이 그라는 것을 직감적으로 알아차렸다. 기시감에 반사적으로 주위를 살피던 주인여자는 저도 모르게 몸을 부르르 떨며 그 무서운 전율이 어서 몸을 훑고 지나가기를 기다렸다. 사흘 동안 밤마다 꿈속에서 보았던 그 장소였다. 모로 비스듬히 누워 있는 모습도 그대로였다. 이마와 턱이 깨져 끔찍했고 얼굴을 알아볼 수 없었다. 옷차림도 꼭 같다고 말할 수 없었다. 그가 맞다고 확신할 수 있는 것은 아무것도 없었다. 그러나 그가 아니면 누구겠는가. 꼽추는 도끼에 찍힌 것 같다고 말했다. 꼽추의 말까지, 사흘 동안 밤마다 들었던 그대로였다.

5

아침과는 달리, 안개가 세상을 빈틈없이 점령하고 있었다. 지상의 모든 존재를 지워 버리고 안개 홀로 위세를 떨치고 있었다. 일이 미터의 시계로서는 사람의 활동이 제한을 받기 마련이다. 안개 속에서 움직여 이로울 것이 없는 것은 산새나 물새나 사람이나 똑같았다. 움직이지 않고 오로지 있는 자리에서 자중하는 것이 가장 현명한 안개 대처방안이었다.

아무리 그렇다 하더라도 나는 그렇게 당하고만 있을 처지가 아니었다. 시간을 헤아리면서 초조해하던 나는 주인여자에게 작별인사를 했다. 통학선이 다섯 시 반에 외항에 도착한다 했으니, 가서 기다려야 하겠다고 했다. 주인여자는 죽기로 작정하고 나선다면 모르겠지만 이런 안개 속을 운항하는 배는 없을 것이라 장담하며 나를 만류했다. 그래도 사람 일이란 알 수 없는 것 아니냐고 부득부득 우기고 여자의 집을 나섰다.

시정거리 제로라는 말이 절로 상기되었다. 그래도 팔을 뻗을 만한 거리 정도는 식별할 수 있어 설마 바닷물에 빠지기야 하겠는가 싶었다. 모래밭의 물결소리와 몽우리돌밭의 물결소리가 만들어내는, 미세하지만 각기 다른 울림을 헤아리며 선착장을 향해 발을 조심스럽게 옮겨 놓았다. 발을 옮겨 놓을 때마다 안개가 다리를 휘감았다. 섬 사이의 구릉을 지나 방파제에 부딪치는 파도소리를 가늠하며 계선장으로 나아갔다. 혹시 뱃고동 소리라도 들려오지 않는지 귀를 바짝 추켜세우고 조심스레 계선장 잔교로 내려갔다.

사방이 20여 미터에 불과했으나 계선장이 한눈에 다 들어오지는 않았다. 안개가 미세하게 움직이는 기척이 보였다. 계선장에 나보다 한발 앞서 나온 사람이 있었던가, 그쪽에 신경이 쓰였다. 이런 안개를 헤치고 선착장에 나올 사람이 나 외에 또 더 있다니, 궁금했다. 통학선으로 이 섬을 떠날 사람인가. 안개가 다시 미세하게 움직이는 기척을 느끼며 그쪽으로 걸음을 옮겼다. 웬 여인 하나가 계선장의 밧줄 거는 낮은 계선주에 걸터앉아 있었다. 여인은 이쪽에 눈을 주지 않았다. 자기 안 깊숙한 곳을 들여다보고 있을 뿐 다른 일에는 관심이 없다는 오불관언의 태도였다. 기시감에 나는 잠시 여인에게서 눈을 떼지 못하였다.

그래, 아침 통학선에서 내릴 때 봤던 그 여인이었다. 통학선을 타려는 아이를 한사코 붙들려다 뜻을 이루지 못하고 그 자리에 주저앉아 멀리 사라지는 통학선의 뒤꽁무니를 하염없이 바라보고 있던 바로 그 여인이었다. 마흔 중반쯤 되었을까, 여인과 네댓 걸음 떨어진 곳에 선 나는 여인을 보지 않기 위해 일부러 눈을 돌렸다. 안개가 세상을 다 지우고 있어 눈 둘 데가 마땅치 않았다. 마음은 그러지 않아야 한다고 생각했지만 눈이 자꾸만 여인 쪽으로 달려갔다. 여인이 이쪽에 관심을 보이지 않아 내 눈이 자기를 지켜보고 있다는 것을 모르고 있으니 다행인가, 그렇지 않았다면 이쪽의 실례를 트집 잡아 시비곡직을 따지고 들었을지도 모를 일이었다. 안개는 불편하기는 했으나 한편 고맙기도 했다.

여인은 가슴 안에 무슨 큰불이라도 지피고 있는지 모르지만 겉보기에는 매우 차분하였다. 어떤 일에도 잘 반응하지 않을 것같이 완고해 보이는 여인은 내가 말을 붙여도 대꾸를 하지 않을 것임이 분명해 보였다. 부질없이 다가가 말을 붙여 본들 무슨 소용이 있겠는가. 가끔 날개로 안개에 칼질을 하며 갈매기가 날아올랐으나 모습을 다 드러내기도 전에 다시 안개 속으로 잦아들어 자취를 감추고는 했다. 모습은 나타내지 않고 갸으응 갸으응, 안개를 두드리듯 괭이갈매기 울음소리가 간간이 들려오기도 했다. 실제는 어떤지 헤아려 볼 마음도 없었지만 여인이 아득히 멀리 있는 것 같아 그냥 바라보기도, 또 미동도 없는 여인을 바라보고 있으면 무엇 하나 싶어 안개 속에다 눈을 주기도 하며 무료를 달랬다.

안개가 흐르고, 시간도 따라 계속 흘렀던 것인가. 이윽고 여인이 움직이는 것 같았다. 내가 잘못 본 것이 아니었다. 앉아 있던 자리에서 여인이 허리를 펴며 일어났다. 어렵사리 걸음을 옮겨 놓았다. 바로 내 앞을 지나갔으나 내게 눈길을 주지는 않았다. 무심코 휴대전화기를 꺼내 시간을 보았다. 기둥처럼 미동도 없이 앉아 있던 여인도 시간을 흘려보낸 것인가. 세상을 흐르지 못하게 꽉 틀어쥐고 있던 안개도 시간의 흐름은 어쩔 수 없었던 것인가. 어느새 여섯 시 반이었다. 통학선 선장과 약속한 시간에서 한 시간이나 더 지나 있었다. 시간이란 그렇게도 흐르는 것인가, 수긍은 하면서도 공감이 되지 않았다. 이런 안개를 무릅쓰고 통학선이 운행될 리 없다는 것은 주인여자의 만류가 아니더라도 이곳 선착장으로 나오기 전부터 이미 예상했었다. 그냥 하릴없어 한 번 걸음을 해 본 것이었고 마침 여인이 있어서, 까닭 없이 여인이 위태로워 보여, 곧장 돌아가지 않고 옆에서 여인을 지켜보고 있었던 것이다. 그렇지만 벌써 한 시간이나 흘러갔다니, 시간이란 그렇게 왜곡되게도 흐르는 것인가.

그런 상념을 뒤적이며 발길을 돌리려는 순간 나는 깜짝 놀랐다. 어떻게 하려는 작정이나 마련도 없었다. 순간적으로 몸을 날렸다. 내가 그렇게 잽쌌던가. 천행으로 여인이 잔교에서 미끄러지기 직전에 부축할 수 있었다. 내 부축을 받으며 여인은 가까스로 몸을 바로 세웠다. 위기를 넘긴 여인은 내게 무슨 말인가를 했다. 나는 그것이 고맙다는 인사라는 걸 짐작으로 알아들었다. 이대로 손을 놔도 될 것인지 아니면 더 잡고 있어야 할 것인지 판단이 서지 않아 여인의 몸에서 얼른 손을 떼지 못하고 망설였다.

여인이 이윽고 내 손을 밀어냈다. 몸을 좀 더 붙들고 있어야 하지 않을까, 위험해 보였으나 여인의 의사표시를 무시할 수는 없었다. 여인 혼자 보낼 수가 없었다. 별 탈 없이 몸을 바로 세우고 걸음을 옮겨 놓기는 했으나 언제 또 몸을 던져 부축할 일이 생길지 모를 일이었다. 모래밭과 몽우리돌밭 사이 구릉을 가로질러 마을로 가는 동안 파도가 오른쪽과 왼쪽에서 각기 다른 박자와 음정으로 소리를 만들어 귀청을 울려왔다. 양쪽의 다른 물결소리를 가려들으려는 것인가, 여인 또한 가끔 걸음을 멈추고 이쪽저쪽에 귀를 기울이는 눈치였다. 내가 뒤를 따르고 있음을 알고 있을 터인데도 내게는 눈길 한 번 주지 않았다.

여인의 뒤를 따라 걸음을 옮겨 놓던 나는 이윽고 입을 열어 말을 붙여 보았다. 여인의 느린 걸음걸이를 감안하며, 아침 통학선으로 비진도에 들어왔는데 만나려던 친구는 세상을 뜨고 없고 통학선이 오지 않으니 한산도로 돌아갈 길도 끊어져 막막하고 걱정이라고 했다. 듣고 있던 여인이 일순 나를 돌아보았다. 그러고 그만이었다. 그렇게 순간적으로 살피고서도 이쪽을 다 파악할 수 있었다는 것인지, 두 번 다시 돌아보지 않았다.

여인은 노인회관을 지나고 보건진료소를 지났다. 그리고 몇 집을 더 지나가더니 이윽고 소나무 숲 앞 담장이 나지막한 집으로 들어갔다. 무심코 나도 여인의 뒤를 따라 그 집으로 들어갔다. 여인은 뒤따라오는 내 기척을 알아차리고 있었을 것임에도 아랑곳하지 않고 빠른 걸음으로 마당을 가로질러 마루로 올라갔고 민첩하게 방문을 열고 방 안으로 들어가 모습을 감추었다. 예상하지 못했던 여인의 재빠른 모습에 어안이 벙벙해 있던 나는 그 집이 휘가 묵었던 아까 그 집임을 알아차리는 데 상당히 많은 시간이 걸렸다.

6

이런 안개에 통학선이 오겠어요. 안방으로 좀 들어가세요. 옆방은 요즘 통 안 쓰던 방이라 벌레가 좀 꾀었을 겁니다.

주인여자는 에프킬러를 들고 방을 나가더니 옆방으로 들어가 그것을 뿌리고 돌아왔다.

요즘 은이와 함께 지내고 있어요. 내가 방을 둘러보다 컴퓨터가 거의 반을 차지하고 있는 작은 책상 위에 교과서와 고교입시용 책이 키의 순서대로 가지런히 꽂혀 있는 것에 눈을 멈추고 살피자 주인여자가 말했다. 어린 것을 혼자 둘 수 있어야지요. 한쪽에 장롱이 서 있고, 벽에 걸려 있는 풍경화 한 점이 이채로웠다. 방은 깨끗하게 정돈되어 있고 방 임자인 주인여자의 성품이 깔끔했던지 손으로 어디를 훔쳐도 먼지 하나 묻어나지 않을 것 같았다.

은이라니요? 내가 묻자 주인여자가 의외라는 듯 모르세요? 하고 반문했다. 조 선생 딸인데! 그렇게 말하고 주인여자는 나를 쳐다보았다. 나는 급히 도리질을 해 보였다. 휘의 딸이 여기는 웬일입니까? 전혀 예상하지 못했던 일이었다. 나도 모르게 목소리의 톤이 높아졌다. 벌써 서너 달이나 됐어요. 조 선생 비보를 듣고 가족들이 달려왔는데, 고향으로 운구를 해 갈 것인지, 운명한 이곳에 매장할 것인지를 두고 의논이 분분했지만, 본인이 이곳에 묻히기를 더 바랄 것 같다는 부인의 말에 모두 공감을 하고 선유대에다 매장했어요. 그러고 나서 한 달도 되지 않아 은이가 가방 하나를 들고 조 선생 방 앞에 안추름이 서 있는 거 아닙니까. 어쩔 수 없이 제가 거뒀습니다. 그럼, 지금 어디 있습니까? 마음이 급해 덤벼들듯이 물었다. 아침에 학교 갔는데, 통학선이 오지 않으니 오늘은 할 수 없이 학교에 머물고 있을 겁니다.

아, 그러면 아침 통학선에서 내릴 때 마주쳤던 그 여자아이가 휘의 딸이란 말인가. 그렇다면 그 아이 팔을 붙잡고 자기와 함께 집으로 돌아가자고 애원하던 그 여인이 그 아이의 어미, 휘의 아내란 말인가. 그리고 아까 부두의 안개 속에서 통학선을 기다리고 있던 그 여인이 바로……. 지금 저 건넌방에 있는 그 여인이 바로……. 그러나 기억에 없었다. 20여 년 전 휘의 늦은 결혼을 축하하기 위해 하루 전에 서울을 출발하여 지방의 예식장으로 달려갔고, 신랑신부와 사진 촬영을 하기도 했으나 아마 짙은 신부화장이 실제 모습을 가리고 있었기 때문인지 아까의 여인의 모습 어디에서도 낯익다는 생각은 들지 않았다. 게다가 결혼식 이후 한 번도 본 적이 없었다. 휘를 가끔 만나기는 했으나 지방에 사는 휘가 서울에 올라왔을 때 주로 봤고 내가 지방으로 내려갔을 때도 술집 같은 데서 만났지 그의 집에는 초대받은 적이 없었다.

제 어미는 한사코 은이를 집으로 데려가려 하지만 아이가 말을 들어야지요. 어미 모르게 전학절차도 혼자 밟아 학교도 한산도로 옮기고, 요즘 아이들은 속을 모르겠어요. 어미는 한 달에 한 번 꼴로 와서 애를 집으로 데려가려 안달이지만, 아무리 애원해도 아이가 말을 듣지 않으니, 답답한 일이지요.

아침, 부두에서 아이와 여인이 벌이던 실랑이가 상기되었다. 손을 거칠게 뿌리치고 통학선에 승선하던 아이의 서슬에 주춤하며 망연히 아이를 쳐다보던 여인의 모습이 안쓰러워 보였다. 여인을 한번 만나 보고 싶었으나 여인의 방을 다녀온 주인여자가 도리질을 했다. 어디가 아픈지 몸을 잘 추스르지 못하고 잠이 깊이 들어 있다고 했다.

주인여자는 그러고서, 어디 나무랄 데 하나 없이 착하고 고분고분한 아인데 제 어미한테는 어떻게 저렇게 모질게 대할 수 있는 것인지, 제 어미가 여간 속을 태워야지요, 하고 안타까워했다.

섬에 도착한 날 아이는 조 선생의 작업실로 들어가 이것저것 살피는 눈치였다. 이튿날도 하루 종일 작업실에 들어가 무엇을 하는지 나오지 않았다. 조 선생이 남긴 물건이라야 그림 그리는 데 쓰는 화구 몇 가지가 있었으나 생활에는 아무 쓸모도 없는 것들이었다. 무슨 생각을 했던지 아이는 주인여자에게 제 아빠가 섬에서 무엇을 하고 어떻게 지냈는지 자세히 일러 달라고 부탁하였다. 주인여자는 아무것도 감출 이유가 없었다. 아는 대로 아이에게 다 일러 주었다. 주인여자로부터 제 아빠의 행적을 듣고 난 아이는 섬 이곳 저곳을 살피고 다녔다. 그리고 하루는 해질녘이 되어 무릎이 깨진 채 절룩거리며 돌아왔다. 급히 치료를 해 주며 어디 돌아다니다 이 지경이 되었느냐고 나무랐으나 아이는 시큰둥하게 그냥 산을 돌아 다녔다고 했다. 무릎만 깨진 것이 아니었다. 이마를 깬 적도 있고 바위에서 미끄러져 일주일이나 운신을 하지 못한 적도 있었다. 그래도 몸을 움직이게 되자 다시 산을 탔다.

이번에도 어미 혼자 돌아가게 될 겁니다.

주인여자는 단정적으로 말했다.

제가 아이를 한번 만나 보지요.

내가 아이를 설득할 수 있을지는 알 수 없었으나 제 아빠에 대해 아이가 모르고 있는 부분을 이야기해 주면 듣고 수긍을 하고 혹시 제 어미를 따라 집으로 돌아가지나 않을까, 희망 섞인 기대를 해 본 것이다.

그래 주면 제 어미야 더 바랄 게 없겠지요.

7

나는 어쩔 수 없이 비진도에 머물렀다.

주인여자가 마련해 준 잠자리에 든 나는 한산도에서 그랬던 것처럼 또 선유대로 톺아 올라갔다. 외항마을 사람들이 어떻게 생각하든, 그것이 현실 밖의 어떤 경로를 통해서였든 나는 그날 밤에도 선유대에 오른 것이 틀림없었고 전에 오를 때마다 그랬던 것처럼 거기에서 한 사내를 만났다. 사내는 여전히 나뭇잎으로 엮은 옷을 입고 있었다. 손에 든 녹슨 도끼도 변함이 없었다. 눈빛이 형형하여 등잔 같다는 생각을 갖게 했다. 손목이 참나무처럼 단단해 보였다. 그는 세상에 나와 한 번도 미소를 띤 적이 없는 듯 근엄한 표정을 짓고 있었다. 적의를 품고 있는 것 같지는 않았으나 잠시도 내게서 경계의 눈초리를 떼지 않았다. 그는 외부인에 대한 경계심으로 심신을 단단히 무장하고 있는 듯 잠시도 한눈을 팔지 않고 나를 엄혹하게 감시했다.

시간이 흘러 내가 걱정하지 않아도 될 상대임을 알아차렸던지 그제서야 가까스로 경계를 좀 푸는 눈치였다. 그러나 여전히 접근은 허용하지 않았다. 그러고 나서도 한참 뜸을 들인 연후에야 그는 가까스로 내게 접근을 허용했다. 여기에 사느냐고 묻자, 눈으로 나를 경계하며, 그렇다는 시늉으로 고개를 희미하게 끄덕였다. 주위를 살펴보았으나 그가 기거할 만한 거처가 보이지 않았다. 나는 속으로 고개를 갸웃거렸으나 밖으로 드러내서 묻지는 않았다. 그리고 마침내 그는 내가 그의 옆에 앉는 것을 허락했다. 손에 들고 있던 녹슨 도끼를 옆에 놓고 그는 내게 나뭇잎에 담은 것을 권했다. 물인 줄 알고 받았는데 풀빛의 맑은 액체였다. 나의 경계심을 풀어주기 위한 배려인 듯 자기 손에 든 것을 먼저 마셔 보였다. 그를 따라 나도 나뭇잎의 액체를 마셨다. 화한 향기가 입안을 감돌더니 순식간에 머리끝에서 발끝까지 훑어 내렸다. 신기한 맛에 놀라 그를 쳐다보았다. 그러나 그는 담담한 표정으로 다른 데로 눈을 돌리고 있었다. 그래, 그는 녹슨 도끼를 들고 있었다!

도끼가 눈을 끌었다. 녹슨 도끼라니, 저것을 왜 들고 있는 것일까, 갑자기 궁금증이 증폭되었다. 나는 그에게 질문을 던지지 않을 수 없었다. 많은 질문을 던졌으나 한 번도 대답이 돌아오지는 않았다. 입을 열어 직접 대답을 할 것 같지도 않았다. 내 질문 끝에 그의 대답 대신 아주 먼 곳을 에둘러 온 아득한 목소리가 가끔 귓전에 울릴 뿐이었다. 그것은 내 귀가 듣는 것이 아니라 마음이 듣는 것이었다. 대답은 매번 적절했다. 그런데 모습은 닮지 않았으나 사내 위에 휘의 실루엣이 자꾸만 겹쳐지고는 했다!

사내는 한 번도 이곳 비진도를 떠나 본 적이 없다고 했다. 선유대에서 내려다보면 섬 안팎이 환히 다 눈에 들어왔다. 나무와 풀, 바위, 산에 사는 고라니와 토끼, 뱀, 까마귀, 까치, 솔새, 동박새, 벌, 나비의 날갯짓도, 개미나 풍뎅이들도 다 환히 보인다는 것이었다. 짐승이나 풀벌레는 물론 사람들도 다 내가 키운다, 멀리 에둘러 온 소리를 통해 그는 그렇게 내게 전했다. 내가 무슨 말인지 알아듣지 못하고 그를 쳐다보자 먼 배래에 눈을 던진 채 묵묵부답이었다. 그 의문은 내 속에서 스스로 풀렸다. 그는 섬을 다스리는 자였던 것이다.

설명할 수 없는 야릇한 기분으로 잠자리에서 일어난 나는 안개가 걷히면 선유대로 올라가 휘의 산소에 향을 사르고 싶은 마음도 없지 않았다. 그러나 안개 때문에 선유대에 오르는 것은 뒷날을 기약할 수밖에 없었다.

저녁나절에야 안개가 조금씩 엷어졌다. 통학선이 들어왔으나 선장에게 내일 아침 한산도로 돌아가겠다 말하고 아이의 뒤를 따라 집으로 돌아왔다. 저녁을 먹고 난 다음 아이와 둘이서 이야기를 나눌 기회를 가졌다. 제 아빠 휘와 나의 교우관계며, 화가로서 휘의 재능과 그가 지향했던 그림의 세계 등, 내가 알고 있는 것들을 이야기했다. 아이가 이해하기에는 벅찰 것으로 우려되는 전문적인 예술세계에 대한 이야기는 자연 구구할 수밖에 없었다. 아이의 이해를 돕기 위해 가급적 자세히 설명해야 했고 게다가 아이 어미의 뜻이 이루어지도록 도우려는 배려도 작용하여 자꾸만 이야기가 길어질 수밖에 없었다.

한때 기하학적 모형으로 세상 모든 존재를 환유해 내려 머리를 쥐어뜯던 휘의 번민과 방황이 아픈 상처처럼 상기되었다. 원과 네모와 세모를 기본 질료로 어떤 형상으로 조합하거나 뒤틀어 배열해도 세상과 인간을 환유해 낼 수 없다는 사실을 깨닫고 절망에 이르러 그 추상작업을 접기까지 10년이란 긴 세월을 그는 흘려보냈다. 몇 해 행방을 감추고 있던 그가 색을 들고 불현듯 다시 나타났다. 색으로 인간 정신을 구현해 낼 수 있다는 믿음이 확고했다. 삼원색의 가장 심오한 색감을 얻기 위해 시행착오를 거듭한 끝에 환한 결론에 도달했다고 주장했다. 인간 정신의 실체는 삼원색의 가장 심오한 색으로써가 아니면 표현할 수 없다는 그의 주장은, 삼원색의 가장 심오한 색에 대한 설명에도 이르지 못한 어눌한 언변에도 불구하고 궁금증과 기대를 갖게 하였다. 그렇게 또 10여 년을 훌쩍 보낸 그는 또 어느 날 행방을 감추었다. 오래 행방이 묘연하던 그가 이번에는 모든 존재의 형상 과정에 관심을 갖게 되었다면서 득의의 표정을 짓고 나타났다. 사물이 완전한 형상을 갖추기까지 반드시 밟아 나가는 변형의 절차와 소요되는 시간을 표현해 존재의 실체를 더욱 명확히 밝혀내고자 한다는 주장이었다. 그 실현 여부와는 상관없이 그의 이론은 이번에도 기대를 갖게 하였다. 그러기를 또 몇 해, 버릇처럼 또 어느 날 행방을 감추고 말았다. 행방을 감춘 지 1년쯤 지나 메일로 문득 소식을 전해 왔다. 흔들리는 땅에서 견디지 못하고 마냥 흐르기만 하는 바다에 와 있다는 것이었다. 문장의 행간에서 나는 땅을 딛고 살지 않는 사람의 어떤 탈속적인 분위기를 강렬하게 느꼈다. 마냥 흐르기만 한다는 그가 머물고 있다는 바다가 비진도였고, 이제 자기가 그려야 할 화제(畵題)를 비로소 만났다고, 화가로서 이렇게 행복할 수 없다고 메일에 쓴 것이 몇 해 전의 일이었다. 그렇게 3년 가까이 또 지나간 것이다.

두어 시간 후, 내가 말을 마칠 때까지 아이는 단 한마디도 입을 열어 묻거나 다른 말을 하지 않았다. 다만 어쩌다 눈이 마주치면 그 눈이 나도 다 알아요, 나도 다 알고 있어요, 하는 것 같아 몇 번이나 이야기를 중도에 그만둘 뻔하였다. 내가 이야기를 마치자 아이는 매우 홀가분한 얼굴로 일어났다. 무엇인가, 말을 시켜 보고 싶었으나, 그리고 엄마를 따라 집으로 돌아가라고 권고하고 싶었으나 아이의 냉랭한 표정이 그것을 허락하지 않았다.

이튿날 아침, 여인은 선착장까지 따라 나오지는 않았다. 주인 여자와 함께 골목 어귀까지 따라 나와, 아이와 나를 길게 배웅하였다.

나는 아이와 함께 통학선에 승선하였다. 통학선을 타고 한산도로 나오는 길에 선실에서 아이와 다시 이야기를 나누었다. 어제저녁 했던 이야기는 가급적 줄이고 아이 어미의 뜻이 이루어지도록 돕는 데 정신을 쏟았다. 잘 참고 내 이야기를 듣고 난 아이는 입술을 꾹 깨물고 난 후 나의 눈을 응시하며 물었다.

아빠는 어떤 사람이었어요?

예상하지 못했던 질문이었다. 그 어투가 어찌나 공격적이고 도발적이었던지, 나는 그만 말문이 막히고 말았다. 어젯밤부터 조금 전까지 아이를 상대로 공들여 쌓아 올렸던 말의 탑이 일시에 기화하여 허공으로 흩어져 버린 허망한 느낌에 사로잡혔다. 휘는 평생 그림에만 매달려 온 사람이었다. 그 외에 달리 어떤 사람이라고 말할 만한 것이 없었다.

아빠는, 세상에 쓸모없는 사람이었대요.

제 어미의 말일 터였다. 세상에 쓸모없는 사람이라니! 예술가를 두고 쓸모없는 사람이라고 한 것은 돈을 그 척도로 했을 때 나올 수 있는 폄훼일 것이었다. 그의 그림이 제대로 값을 받고 팔렸다는 말은 들은 적이 없었다. 평단의 높은 평가를 받은 적도 별로 없었다. 그렇다 하더라도 어찌 그가 평생 쏟아 온 그림에 대한 열정을 쓸모없는 것이라고 폄훼하고 단 한마디로 폐기처분할 수 있단 말인가. 그의 작품이 그들 가족의 생활에 도움이 되지 못한 것을 두고 그 어미가 내뱉은 가시 돋친 독설이려니 짐작은 갔으나 듣기에 언짢았다.

아빠는 매우 훌륭한 화가였다. 국전에 입상하기란 힘든 일인데, 아빠는 고등학생 때 이미 국전에 입상했어.

엄마 말은 달랐어요.

평가는 주관적 범주를 벗어나지 못한다. 돈이 되지 않는 작품, 생활에 보탬이 되지 않는 것에 가치를 두지 않는 세상의 눈을 어찌 탓하겠는가.

그림 그리는 친구들은 하나같이 아빠 그림을 부러워했어.

나는 휘가 세상과 타협하지 않은 점을 높이 평가했다. 그의 데생 실력은 뛰어났다. 마음만 먹으면 극사실화풍의 꽃과 인물화도 그려 낼 수 있었다. 그러나 그는 남이 간 길은 한사코 가려 하지 않았다. 아름다움의 구현이 진실의 구현에 이르지 못한다는 생각 또한 무슨 강박관념처럼 평생 그를 지배했다.

정말이에요?

아이의 눈이 초롱초롱 빛났다. 입술을 꼭 깨문 아이의 눈에 눈물이 고였다.

모든 그림을 세상이 다 이해하고 받아들이는 것은 아니란다.

내 말에 급기야 아이의 볼 위로 눈물이 주르륵 흘러내렸다. 아이는 손등으로 눈물을 훔쳤다.

앞으로, 아빠 그림을 평가하는 사람을 어렵지 않게 만날 수 있을 거야.

내 말이 위안이 되었던지, 울음을 삼킨 아이의 표정이 약간 밝아졌다.

아빠는, 마지막 그림을 그리기 위해 비진도에서 줄곧 무엇인가를 찾아 헤맸대요.

잠시 후, 나를 쳐다보며 아이가 말했다.

아빠가 마지막 그림에 담고자 한 어떤 특별한 것이 이곳 비진도에 있었던 모양이에요. 그것이 무엇이었을까요. 끝내 화폭에 담지 못한 그 어떤 것, 필경 아빠를 괴롭히고 또 괴롭혔을 그 어떤 대상이 무엇이었을까요. 저는 그걸 알아내고 싶어요. 그림을 위해 아빠가 찾아 헤맨 것이 무엇인지 꼭 알아내고 싶어요.

새삼스럽게 각오를 다지는 눈치였다. 어쨌든 제 어미를 고분고분 따라가지는 않을 것이라는 선언에 다름 아니었다.

하지만 네가 아무리 알아내려 해도 아빠 당자가 아니고서는 결코 알아 낼 수 없는 일이라면 어떻게 할래?

아이는 무르춤하며 입술을 깨물고 나를 쳐다보았다. 눈동자에 의혹의 회오리바람이 지나갔다.

그럴 리 없어요.

이 세상에 아빠 생각을 알 수 있는 사람은 아무도 없을걸?

아이의 눈동자에 다시 의혹의 물결이 거칠게 지나갔다.

나로서도 전혀 짐작할 수 없다! 아빠는 세상 누구도 알 수 없는 어떤 대상과 싸운 분이다. 나도 그것밖에는 짐작할 수 있는 것이 없어.

……?

아이는 말없이 한동안 나를 물끄러미 쳐다보았다.

통학선 엔진의 기계음이 일정한 울림으로 우리 둘 사이에 리드미컬하게 이어지고 있었다. 배는 또 다른 섬을 향해 앞으로 계속 나아갔다.

한산수첩 6

더듬거리는 필연

그가 마침내 입을 열었다. 입을 열기 직전 나를 쳐다보는 시선이 얼굴에 구멍이라도 뚫을 듯 송곳처럼 날카로웠다.

내가 그에게 수작을 붙인 지 달소수 만이었고, 방파제 안쪽으로 물살이 거칠게 굽이돌고 괭이갈매기들이 그 위를 선회하며 끼룩거리던 날이었다. 하얀 물꽃을 피워 올리며 물살이 빠르게 회전하는 것은 연안의 숭어들이 방파제 안으로 무리 지어 들어와 거칠게 회전하며 한바탕 수중 군무를 추기 때문이라 했다. 갈매기들은 물결 위를 분주히 선회하며 눈독만 들일 뿐 펄떡거리는 기운찬 숭어를 감당하기 어려웠던지 한 마리도 물어 올리지 못했다. 숭어는 수중 군무에 열중할 뿐 낚싯바늘의 미끼 따위엔 관심도 없었던지 숭어를 낚아 올리는 낚시꾼 역시 하나 보이지 않았다. 그날, 이물에 크레인을 세운 대형 멸치배가 공진 그물을 펼치고 멸치를 후려잡는 보기 드문 광경도 구경할 수 있었다.

입을 열기까지 오래 걸렸지, 일단 입을 열고 나자 그도 말수가 적지 않았다. 그러고 보니, 이야기하기에 알맞은 얇은 입술, 감정을 잘 그려 보이는 반짝이는 눈동자, 뜸을 들일 때면 잡히는 미간의 깊은 주름살……. 일단 입을 열자 청산유수였다. 그럼 그동안 바위라도 삼킨 듯 굳게 입을 다물고 상대하지 않던 오연한 그는 어디로 갔단 말인가. 낚싯대를 드리우고 앉아 있는 그에게 말을 붙였다가 무안당했던 일들이 새삼 하나둘 떠올랐다.

그가 늘 낚싯대를 드리우고 앉아 있는 방파제는 만곡을 이루며 바다로 휘어져 뻗어 있었다. 마치 팔을 벌려 감싸 안는 형국으로 바다로 뻗어 나간 두 개의 방파제가 작은 만을 이루며 바깥 바다의 거친 파도를 막고 있었다. 배래나 난바다에서 밀려오는 너울이나 멀기로부터 정박된 선박을 보호하기 위한 축조물이었다. 난바다 쪽으로 벋어 있는 오른쪽 방파제가 계선장이 있는 왼쪽 방파제보다 약간 더 길었다. 바다로 한 걸음 더 멀리 내딛고 있는 오른쪽 방파제는 해류의 급한 흐름을 가로막고 있는 까닭에 밀물과 썰물이 바뀔 때마다 거칠어진 파도가 하얀 물꽃을 일으키며 연신 방파제를 때렸다. 해류의 흐름에 영향을 덜 받는 왼쪽 방파제 안쪽에는 스티로폼으로 엮은 대형 뜸 위에 널빤지를 덮어 짠 계선장이 떠 있었다. 계선장에는 연근해 소형 어선 몇 척이 정박해 있었다.

선박을 보호하기 위해 축조한 방파제는 한편 낚시터로 쓰이기도 했다. 바다로 한 걸음 더 깊이 내딛고 있는 오른쪽 방파제에는 낚시꾼들이 끊이지 않았다. 마을 주민들의 오랜 경험과 해류의 흐름을 즐겨 타는 물고기의 생리를 읽은 조사들의 지혜가 조합한 선택이었다. 유수한 낚시터로 알려져 있는 그곳 의암 방파제에는 인근 창원, 부산, 울산, 대구뿐만 아니라 멀리 서울에서도 낚시 장비를 챙겨 실은 승용차를 몰고 낚시꾼들이 찾아들고는 했다. 키가 껑충한 주두식 가로등이 세 군데나 밝혀져 있어 방파제는 밤에도 낮처럼 환했다. 꾼들은 밤낮을 가리지 않고 낚시를 즐겼다. 가을부터 겨울에는 볼락이며 학꽁치가, 봄에는 감성돔이나 노래미가, 초여름에는 농어나 매가리, 병어, 돔 등이 많이 낚인다고 했다. 그런 철에는 방파제가 발 디딜 틈 없이 낚시꾼으로 뒤덮였다. 그러나 초여름이 슬며시 기울고 날씨가 슬슬 무더워지기 시작하면 물고기들의 입질이 뜸해지고 따라서 낚시꾼들 또한 점점 줄어들었다. 그곳 사람들이 '지끼(適期)' 가 아니라 이르는 7월로 접어들면 방파제를 지키는 낚시꾼이라야 겨우 두세 명에 그치고는 했다.

낚시꾼들의 들고 남은 빈번했다. 하루이틀 머물다 가는 사람들이 대부분이었고 일주일 단위로 머무는 사람은 드물었다. 한 철을 머무는 사람은 더 보기 힘들었다. 그러나 아예 마을에 거처를 정해 놓고 눌러앉은 낚시꾼도 없지 않았다. 그는 바로 의암마을에 거처를 정해 놓고 눌러앉은 몇 안 되는 낚시꾼 가운데 한 사람이었다. 왜소한 몸집에 조용한 눈을 가진 그는 지난 몇 철 동안 계속 방파제를 지키고 있었다. 아침저녁 어느 때고 방파제에만 나가면 그를 볼 수 있었다. 어디 나들이 같은 것도 잘 나가지 않는 것 같았고, 낚시 외에는 다른 활동은 하지 않는 것 같았다.

방파제에 앉아 있는 그는 그림처럼 움직임이 없었다. 설령 낚시에 몰두해 있다 하더라도 어찌 옆이나 앞뒤 한번 돌아보는 법이 없을까. 죽음이 원래 소리 없이 전후좌우 살피지 않고 문득 들이닥치는 것이기 때문에 죽음을 맞이하려면 저런 자세를 취하고 있어야 하는 것인가. 낚싯대를 던져 바다에 드리우고 앉으면 파도가 바위를 쳐 물방울이 얼굴에 튀어도, 바람이 옷깃을 젖혀 가슴이 확 드러나도 오불관언 달리 손을 쓰지 않았다. 정녕 죽음을 옆구리에 차고앉은 초연한 사람이 아니고서는 지을 태도가 아닌 것 같았다. 그러나 고기가 미끼를 물고 찌가 물속으로 쑤욱 들어가면 갑자기 전류라도 관통한 듯 온몸을 떨며 번개같이 고기를 낚아 올렸다. 전광석화 같은 그런 날렵한 동작이 몸 어디에 잠재해 있었는지, 평소의 그에게서는 찾아볼 수 없는 놀랍고 신기한 몸놀림이었다. 그러나 그런 눈부신 몸놀림은 하루 두서너 차례 있을까 말까 했다. 대부분 그는 모든 동작을 줄이고 배의 밧줄을 거는 계선주처럼 한 자리에 꾹 눌러놓은 듯 앉아 있었다. 바다가 무슨 말을 하겠는가. 그러나 그는 귀를 활짝 열고 바다가 속삭이는 말을 열심히 듣고 있는 것 같았다. 그렇지 않다면, 괭이갈매기가 어쩌다 끼룩 외마디 비명을 지르며 머리 위를 지나갈 때 잠깐 그것을 쳐다볼 뿐, 어찌 하늘 쪽에는 저토록 무심할 수 있겠는가.

조황을 한눈에 알 수 있는 그의 살림망을 넌지시 들여다본 적이 한두 번이 아니었다. 한두 마리가 들어 있을 때도 있었으나 비어 있는 때가 더 많았다. 매일 낚시에 몰두하고 있으나 정작 낚시에는 별 관심이 없다는 징표였다. 낚시에 목을 매단 사람이라면 조황에 따라 좋은 목을 물색하여 장작지며 하포 등지로 바삐 자리를 옮겨 다녔을 터였다. 하지만 그는 늘 의암방파제 끝머리, 같은 자리를 지키고 앉아 있었다. 낚시가 목적이 아니라면, 무엇 때문에 저렇듯 장기간 낚시를 드리워 놓고 바다를 지키고 앉아 있는 것일까. 희끗희끗한 머리며 얼굴의 깊은 주름살로 보아 이순을 넘긴, 나와 비슷한 연배로 보였다. 세상의 운행이 필요로 하는 컨베이어 벨트로부터는 놓여난, 서글픈 자유를 누리고 있을 연배인 것이다.

어느 날 나는 넌지시 그의 살림망을 살펴본 후 형편없는 조황에 관심을 보이며 옆에 다가앉았다. 마을사람들로부터 귀동냥한 물때와 철마다 낚이는 물고기 종류에 대해 몇 마디 아는 척하며 눈치를 살폈다. 그러나 힐끗 일별한 후 그뿐, 아무 대꾸도 하지 않았고 다시는 돌아보지도 않았다.

무안을 당한 나는 얼굴이 뜨거워졌다. 그러나 어디 첫술에 배부르겠는가. 비록 첫 시도가 무참하게 짓밟히고 말았으나 그에 대한 관심은 줄어들지 않았다. 타인의 접근을 꺼리는 태도나 벙어리처럼 말이 없는 것도 그리고 그의 도저한 무반응이 나의 궁금증을 더욱 부추겼다. 소기의 목적을 달성하는 데는 역시 끈질김이 한 구실하는 방편임에 틀림없는 모양이었다. 그의 무반응에도 불구하고 일방적으로 터무니없을 만큼 높은 관심을 보이며 많은 이야기를 지껄여대기를 한 달포쯤 계속했을 것이다. 이제 털어놓을 이야기 밑천이 달랑달랑하여 이사 다닌 동네의 하수구 구조라도 기억해 내 화제를 이어 가야 할 궁색한 형편이었다. 그런 난처한 처지의 나를 구조라도 하듯 그가 마침내 입을 열었던 것이다.

일단 입을 열자 그는 그동안 내게 진 말빚이라도 갚을 요량을 한 것인지 청산유수, 이야기를 이어 나갔다. 기억을 더듬어 가며 그동안 내가 지껄였던 많은 이야기들을 되살려 냈고, 뒤늦게나마 거기에 일일이 대응을 하기도 했다. 내 이야기에 대응하여 이야기를 엮어 나가다 보니 자연 그의 신상이며 살아온 지난날의 일들이 일목요연하게 드러났다.

언젠가, 왜 이곳 낚시터를 몇 철이나 지키고 있느냐고 물었지요. 무엇 때문이겠습니까. 제가 퇴직을 하고 나자 용도 폐기된 것으로 알았던지 그렇게 자주 찾아오던 '우연'이 발길을 뚝 끊고 말지 뭡니까. 서울에 올라가도 다시 '우연'이 찾아올 것 같지 않고, 지난날이나 회고하는 것 외에 달리 할 수 있는 일이 없는 이런 용도 폐기된 인간에게 낚시터보다 더 지내기 좋은 곳을 어디서 찾을 수 있겠습니까.

웬만큼 그에 관한 궁금증이 풀려 마음이 느긋해질 무렵이었다. 새삼스럽게 표정을 가다듬더니 진지한 눈으로 나를 쳐다보며 말했다. 지난날을 회고하다 보니 서글픈 생각이 구름 일듯 일어난다는 것인지, 아니면 현재 처한 상황이 서글프기 짝이 없다는 것인지, 어떻든 그의 말투는 쓸쓸하고 자기 비하적이었다. 용도 폐기된 인간이라니, 그런 자학적인 표현은 함부로 입에 올리는 게 아니라고 면박을 주려다 입을 다물었다. 게다가 '우연' 이 찾아올 것 같지 않다니, 웬 뚱딴지같은 '우연' 이란 말인가. 그 '우연' 에 대해 따져보려다 역시 입을 다물었다. 거기에는 까닭이 있으리라. 그 나름으로 견디고 있을 심리적 고충이나 그 파장을 내가 어찌 간섭할 수 있겠는가. 어쨌든 작심하고 무슨 중요한 이야기라도 털어놓으려는 눈치 같았다.

사람이, 이순을 훌쩍 넘긴 나이가 되면 살아온 날들을 반성적으로 회고하게 되는 것인지, 아니면 성취와 보람을 반추하며 흐뭇한 기분으로 회고하게 되는 것인지, 저로서는 알지 못합니다. 다만 저는 지난날들을 회고할 때마다 서글픈 생각이 스멀스멀 일어나 한숨이 절로 나옵니다. 아무리 기억을 더듬어 봐도 제 삶을 제 의지대로 살아온 것 같지 않다는 생각 때문입니다. 선생님은 어떻습니까?

나는 대꾸 없이 그의 다음 말을 기다렸다.

이상하게 들릴지 모르겠지만, 제가 살아온 세월이 제 의지와는 상관없이 남의 의지와 그 작용에 의해 흘러온 것 같아 허망한 생각이 자꾸만 드는 것입니다. 제가 뜻을 세우고 그 세운 뜻을 이루기 위해 열심히 노력하며 자주적으로 살아온 것 같지 않다는 말입니다. 남이 세운 계획과 그 의지에 따라 허둥지둥 쫓기며 세월 보내다 마침내 이 나이에 이른 것 같아 한숨이 나오는 것입니다. 제 주관대로 살아온 것이 아니라, 남이 그어 놓은 줄을 따라 걸어오거나 남에게 껴묻혀 부수적으로 살아오다니, 이런 억울할 데가 어디 있단 말입니까? ……이런 기분, 이해할 수 있습니까.

예상하지 못했던 섬뜩한 말이었다. 나는 아무 대꾸도 할 수 없었다. 듣고 보니, 나는 과연 어떠했던가, 되돌아보지 않을 수 없었다. 고개가 절로 외로 꼬아졌다. 무슨 말도 할 수 없는 입장임을 뒤늦게 깨우친 나는 가슴속을 훑고 지나가는 얼음 같은 서늘한 기운을 생생하게 느꼈다. 뒷맛이 한없이 씁쓸했다.

그뿐이 아닙니다. 저를 떼밀고 다니다 마침내 용도 폐기한 어떤 힘, 그 어떤 힘의 정체를 알 수 없는 것이 한동안 마냥 답답하고 분했습니다. 저는 뼈를 깎는 것처럼 괴로웠습니다. 제 의지나 제 실력이나 제 노력에 의한 것이 아니라 제가 모를 어떤 다른 힘에 떼밀려 다니다 용도 폐기된 것 같은 이 허망한 기분이라니, 선생님은 이해할 수 있습니까?

이번에도 역시 나는 아무 대꾸도 할 수 없었다. 송곳으로 살을 후벼 파는 것 같은 아픈 질문에 어찌 선불리 한마디인들 대꾸할 수 있겠는가. 바다로부터 무슨 이야기를 들어 왔기에 저렇듯 깊은 회한에 빠져들었을까. 굳이 대꾸를 필요로 하지 않는, 자기 추궁 같았다. 그는 스스로에게 묻고 또 묻고 거듭 오래 물어 왔을 터였다.

그런데 이곳 방파제에 앉아 오래 바다를 지켜본 다음에서야 제 의지와는 상관없이 저를 추동시켜 온 그 어떤 힘, 그것의 정체를 가까스로 짐작하게 되었습니다. 그것이 '우연' 이 아닐까, 생각해 본 것입니다. 그것은 어디까지나 짐작일 뿐이지 정확한 판별이라는 뜻은 아닙니다. 다만 수없이 떠오른 상념들 가운데서 최초로 반짝 불이 들어온 것 같은 밝은 느낌을 받은 것이 '우연' 이라 생각했을 때였을 뿐입니다. 그래 '우연' 이야. 내가 살아온 것은 우연의 작용에 의해서였어. 그렇지 않고서는 어느 것 하나 설명 가능한 일이 없지 않은가. 그렇습니다. 맞습니다. 저는 우연의 힘에 의해 살아온 한심한 놈입니다.

그는 입술을 꾹 깨물며 도리질을 했다. 그의 말을 다 이해하거나 공감한 것은 아니었다. 그러나 그의 속을 어렴풋이나마 짐작은 할 수 있을 것 같았다. 무작정 살아 내기는 했으되 어떻게 살아 냈는지 추리가 오리무중인 사람들 혹은 자신의 삶을 반성적으로 돌이켜보는 사람들에게 공통적으로 부상하기 마련인 씁쓸한 회오의 감정이 아닐까 생각되었다. 좀 더 차분하고 사려 깊게 음미하다 보면 공감할 수 있을 것 같기도 하였다. 어찌되었든 그는 물리적으로 무감각하게 살아오기는 했으되 뒤늦게나마 회고하며 사유하고 마침내 반성적 결론에 도달한 '생각하는 사람들' 가운데 하나임에는 의심할 여지가 없어 보였다.

잠시 아무 대꾸도 없이 걱정스런 눈으로 지켜보고 있었더니 입술을 깨물며 침묵을 지키고 있던 그가 다시 입을 열었다. 처음부터 작정하고 있었던지, 우연에 지배당해 온 자신의 지난날들을 마음속에 노트라도 펼쳐 놓고 읽어 나가듯 하나씩 하나씩 말하기 시작했다. '우연' 을 찾아낸 자신이 기특하고 그로 인해 새로운 힘이 솟구치기라도 했다는 것인지, 자기 비하적인 어투가 갈수록 활달한 어투로 바뀌어 갔다.

그는 자신을 지배해 온 것은 전적으로 우연이었다는 주장을 거듭 되풀이했다. 우연이 그의 생애의 중요한 고리와 매듭으로 작용하여 왔다는 것이다. 반면 필연은 그의 삶에 별 도움이 된 기억이 없다고 단언했다. 우연과 필연은 오는 방식부터가 달랐다. 우연은 늘 직선적이고 간명하게 나타났다. 반대로 필연은 먼 곳을 서성거리며 올 것인지 오지 않을 것인지 애매하고 유보적인 태도를 보이다 영영 모습을 감추거나, 언제 슬그머니 옆에 와 앉아 있거나 했다. 간명한 것이 좋은 것이다. 영원히 올 것 같지 않은 모습으로 감질나게 애를 태우는 것은 좋지 않은 것이다. 그러나 어쩌겠는가, 우연은 테니스공이나 탁구공처럼 휙 바람을 가르며 눈 깜짝할 사이에 눈앞에 들이닥쳤다. 반면 필연은 언제나 축구공처럼 어디로 어떻게 튈지 종잡을 수 없는 모습과 형국으로, 어쩌면 영영 오지 않을 것처럼 이리저리 에두르다 슬그머니 나타나고는 했다. 이런 표현이 합당할는지 모르지만, 우연은 영리해 보이고 필연은 좀 모자라 보였다고 그는 말했다. 그의 눈에는 그렇게 보였다는 것이다.

지지난 해까지 그는 대학에서 학생들에게 광고를 가르쳤다고 했다. 그 기간이 6, 7년에 이르렀으니, 학창시절로 치면 중·고등학교 과정을 밟고도 남는, 결코 짧다고 할 수 없는 꽤 긴 기간이었다. 그러나 그는 자신이 대학에서 학생을 가르치는 교수의 신분이 어떻게 될 수 있었는지 그 까닭은 잘 모를 뿐만 아니라 줄곧 얼떨떨했었다고 했다. 전에 한 번이라도 그런 희망을 가져 본 적이 있었더라면 마음의 준비도 빨랐으련만 그런 신분이 되리라고는 꿈에도 생각해 본 적이 없어 교수가 되고도 한동안 기연가미연가 했었다는 것이다. 교수가 어디 되고 싶다고 함부로 되는 것이던가. 밤낮으로 책을 끼고 살며 석, 박사를 따고, 그러고도 모자라 치열한 경쟁을 뚫고 운이 제 편이 되어야만 가까스로 될 수 있는 것이 교수라고 세상에 알려져 있었다. 그는 따로 교수가 되기 위해 석, 박사 공부를 한 적도 없고, 또 그런 희망을 품어 본 적도 없었다. 50평생을 외곬수 광고인으로 지낸 그가 어찌 감히 세상에서 으뜸 지성인으로 치부되는 교수자리를 넘볼 수나 있었겠는가. 그의 손금에서는 애당초 찾아볼 수 없는 과분한 일이었다. 무슨 조화로 교수가 될 수 있단 말인가. 거듭 말하거니와 자기가 교수가 되리라고는 꿈에도 생각해 보지 못했다는 것이다. 그래, 세상이 바뀌어 광고의 수요가 늘어나지 않았다면, 그리고 세상에 광고를 위해 일할 인원이 날로 더 필요하게 되지 않았다면, 여러 대학에서 광고 제작을 위한 전문 인력을 키우는 학과를 신설하지 않았을 것이다. 대학에서 광고 제작을 위한 전문 인력을 키우는 학과를 신설하지 않았다면, 만약 그랬다면, 평생 광고만 바라보고 살아온 그 같은 사람에게 언감생심 어찌 강단에 설 기회가 주어졌겠는가. 그러므로 교수가 되었다 하여 서푼 어치도 자랑할 일이 아니었다.

세상이 다 알다시피, 70년대부터 급속도로 산업화가 진행된 우리나라는 세포 분열하듯 여러 분야에서 직업의 분화가 이루어졌다. 아침에 눈만 뜨면 못 보던 새로운 직종이 등장하고는 했다. 스피치라이터, 그래픽아티스트, 카피라이터, 에디터, 큐레이터, 캐디 등등 이러한 전에 들어 보지 못했던 신종 직종들이 수도 없이 생겨났다. 재단사가 의류 디자이너로 유명 인사가 되고, 책 외판원이 세일즈맨으로 승격되고, 화학공장 공원이 연구원으로 개칭되어 불리기도 했다. 애널리스트며 펀드 매니저, 컴퓨터 프로그래머 같은 직종이 등장한 것은 그로부터도 훨씬 뒷날의 일이었다.

세상의 그런 변화의 물결은 사람들의 의식주와 환경에도 급격한 변화를 가져왔다. 그런 사회의 변화 어느 어간에 그는 우연히 광고회사에 발을 들여놓게 되었다. 그가 공부를 잘해 성적표가 화려했다거나 타고난 재주가 남다른 게 하나라도 있었다면 결코 그런 일은 일어나지 않았을 것이다. 실력도 또 타고난 재주도 별 볼 일 없어 어디 취직할 데가 신통치 않아 나날이 애면글면 속을 태우고 있을 무렵 우연히 신문에서 1단 3행짜리 카피라이터 모집 광고를 본 그는 그것을 놓칠 수가 없었다. 찬밥 더운밥 가릴 형편이 아니었던 그는 작심하고 찾아가 응시했다. 응시자가 서너 명에 지나지 않아 요행히 거기에 뽑힐 수 있었다. 그렇듯 얼치기로 얼렁뚱땅 임시직으로 붙기는 했으나 그래도 운이 따랐던지, 장차 삶의 자산이 될 줄은 꿈에도 모르고 전에 읽어 둔 시집 몇 권이 요술방망이처럼 재주를 부려 사장의 눈에 들게 되었다. 현실 문제를 도외시하고 곧잘 공상에 사로잡혀 엉뚱한 생각이나 좇는 것도 나름의 도움이 되었던지, 시작은 그렇듯 어설펐으나 오로지 광고 일에 매달려 그럭저럭 30여 년을 보낼 수 있었던 것이다. 세상을 잘 살아가려면 돈을 벌어야 하는 것이 가장 우선일 터인데, 돈이란 붙임성 있고 사교술이 뛰어나고 체면 같은 건 돌보지 않는 막무가내에게나 잘 따르지, 체면 따지고 양심 따지는 소극적인 성품의 사람에게는 아예 따를 생각을 않는 것인 줄 그 같은 좀생원도 눈치로 때려잡고 있었던 것이 천만다행이었다. 재주와 용기 없는 제 푼수는 알고 있었던 터, 그 눈치 덕에 전직 같은 것은 엄두도 내지 못하고 30여 년을 오로지 외골수로 광고만을 위해 살아온 것이다. 그런데, 재주와 용기가 없는 것도 인생살이에 도움이 되는 것인지, 또 '우연' 이 어떻게 작용했던 것인지, 그에게 언감생심 교수 자리까지 주어졌던 것이다.

교수가 된 후 그가 학생들에게 늘 강조한 것은 '부지런하라' 였다. '부지런함 앞에서는 운(運)도 모자를 벗는다' 는 말을 버릇처럼 입에 달고 다녔다. 그것은 학생을 가르치는 선생으로서는 너무나 당연하고 또 상투적인 수사에 지나지 않았다. 부지런함이 게으름을 이긴다는 것이야 세 살 먹은 어린아이도 모르지 않는 진부한 잔소리에 지나지 않을 터였다. 그러나 그는 그것을 진부한 잔소리로 생각하지 않았다. 그 충고 속에는 그렇게 살지 못한 자신의 진정이 담겨 있었다. 그 자신이 부지런하지 못했으므로 '나처럼 살지 말라' 는 당부의 뜻이 내포되어 있었다. 만약 좀 더 부지런히 살았더라면, 지금 이토록 초라한 인생 성적표 앞에서 서글픔을 되새김질하고 있지는 않았을 것이라고 그는 지난날을 후회하고 있었다. 밤낮으로 부지런히 노력하여 자신의 실력으로 얻은 필연적 결실들로 생애를 꾸려 냈다면 얼마나 더 눈부시게 성공할 수 있었겠는가. 안타깝게도 대부분 자신의 실력과는 상관없는 운에 의해 엮어져 온 것이어서 지금 정도에서 만족할 수밖에 없는 것으로 생각되어 서글펐던 것이다. 그렇지 않았더라면 그는 학생들 앞에서 그런 진부한 말을 입 밖에 내지도 않았을 것이다. 부지런하지 못했던 자신을 반성하는 기분으로 그는 학생들에게 부지런하기를 강조해서 당부해 온 것이었다.

그리고 또, 그는 기회 있을 때마다 학생들에게 세상은 필연으로 짜인 피륙과 같은 것이라고 자주 강조해 왔다. 인생은 우연의 추상적 패턴에 의해 엮어지는 것이 아니라, 노력에 의해 필연적으로 이루어지는 것이라고 입버릇처럼 말해 온 것이다. 인생이란 타고나는 것이지, 사람의 노력으로 되는 것이 아니라는 운명론자들에게 그는 강한 거부감을 느껴 왔다. 거부감 정도가 아니라 그렇게 말하는 사람을 보면 그 사람을 죽이고 싶었다. 그는 늘 하늘은 스스로 돕는 자를 돕는다는 비유를 생각하고는 했다. 노력하여 성공할 수 있는 준비를 마친 사람이 아니라면 하늘인들 어찌 도울 수 있겠는가. 사람살이가 타고난 사주팔자대로 되다니, 사주팔자만 믿고 감나무 밑에 가만히 누워 입을 벌리고 있으면 감이 저절로 입으로 떨어진다는 말인가.

예측하거나 기대하지 않았던 성취를 일러 운이라고 한다는 걸 그도 모르지는 않았다. 그 운이라는 것은 '우연' 이라는 옷을 입고 우리 앞에 나타나기도 한다. 그는 우연 또한 운과 마찬가지로 가까이하거나 믿지 않으려 노력하는 편이었다. 그래서 틈만 주어지면 학생들에게 어떤 경우에도 운에 기댈 생각은 갖지 말라고 충고해 왔다. 그러나 그것 또한 자기 반성적 기운이 강한 강조이고 충고였다. 그는 필연보다 행운의 덕으로 살아온 자신의 지난날이 마냥 부끄럽고 민망스러워 학생들은 그렇게 되지 않기를 바라마지 않았다. 떳떳한 삶이란 신념을 갖고 근면하고 굳건히 노력하여 뜻한 바를 이루는 것이라고 가르치고 싶었던 것이다. 선행하는 모범적인 위대한 삶이 다 그렇지 않던가. 그런 모범적인 위대한 삶을 살아내지 못한 초라한 인생 성적표를 들고 후회의 나날을 보내고 있는 보잘것없는 선생의 자탄 섞인 충고를 학생들은 순하게 받아들이는 눈치들이었다. 학생들은 영리하여, 바담 풍 하면서 바람 풍 하기를 다그치는 옛 서당 훈장의 예화를 잘 알고 있었던 모양이었다.

거듭 말하지만, 그의 인생은 우연이 주선율을 이루어 왔다고 했다. 결혼이며 아이를 갖는 일, 이웃과의 친교, 여러 교우 관계, 이런 범상한 일들은 대부분 필연적인 응분의 노력의 결과물이라 할 수도 있을 것이라 했다. 그러나 인생에서 무엇보다 중요한 문제는 늘 우연과 관련을 맺어 왔다. 그는 '우연의 힘' 에 의해 인생역전이나 인생전환의 순간순간을 맞아 왔다는 것이다. 다만 그것이 우연에 의해서 이루어진 것인지 당시에는 미처 알지 못했을 뿐이었다.

그는 무슨 일에나 고민을 남보다 열배 백배는 더 하는 편이었다. 그의 머릿속에는 끝없는 광대무변한 고민의 바다가 펼쳐져 있었다. 무슨 일만 있으면 그 광대무변한 고민의 바다를 정처 없이 표류했다. 그렇듯 늘 고민에 함몰해 있었다. 그러므로 어떤 일을 성취했을 때 천진난만하게 그것을 우연의 소산이라기보다 고민이 그를 어떤 영감에 이르도록 인도한 것으로 여겼다. 그리고 당연히 자부심을 느끼고는 했다. 그러나 돌이켜 생각해 보면, 아무리 치장을 하고 수식을 해도 그것이 우연의 소산이었음을 부인할 수가 없었다. 영감이라니! 영감이라는 것이 어디 그렇게 쉽게 오는 것이던가. 우연이라는 마차를 타고 떠돌아다니다 아무 데나 멈추는 것이 영감이라는 것이던가. 영감이 어찌 우연의 마차를 빌붙어 타고 다니겠는가. 그는 우연의 힘에 편승하여 거둔 결실에도 불구하고 무엇을 하나 이루면, 시인(詩人)도 아닌 것이, 무슨 영감이라도 얻었다는 식으로 우쭐 댔고, 경쟁에서 진 상대를 건방지게 깔보기도 했다. 그럴 푼수가 아니었는데도…….

살아오는 동안 그는 세 번 큰 인생전환의 기회를 맞았다고 했다.

대중소비사회로 자리 잡은 요즘은 광고가 시대를 이끌어 가는 측면이 없지 않다. 3, 40년 전 산업화 시대 초기에는 기대도 예측도 하지 못했던 사실이었다. 만약 그가 광고계에 입문할 무렵 요즘같이 광고가 호황을 누리며 시대의 총아로 군림하고 있었다면 그 같은 반편은 광고계에 발도 들여놓지 못했을 것이다. 그가 광고계에 투신한 80년대 초만 해도 광고가 밥벌이가 된다는 확신이 없었다. 컴퓨터와 비슷한 처지였다. 당시에는 장차 컴퓨터가 대중화되어 세상을 쥐락펴락하는 괴물이 되리라 자신 있게 점치는 미래학자는 매우 한정되어 있었다. 사회학자나 미래학자라 해도 경험의

굴레를 훌훌 벗어던지고 미래를 투시하는 혜안을 지니기란 쉽지 않았던 모양이었다.

흑백 화면에서 컬러 화면으로 전환한 텔레비전이나 대표적 활자 미디어인 신문을 무대로 하는 광고는 그나마 컴퓨터보다는 나았다. 그렇지만 그것도 그만그만했다. 당시에는 남자가 광고회사에 다닌다면 딸도 잘 주지 않았다. 그런 시절이었으니 변변치 않은 학력에 변변치 않은 실력의 그가 외람되게 광고계에 발을 들여놓을 수 있었던 것이다. 7년 전 퇴직할 무렵만 해도, 그가 근무했던 광고회사 신입사원 모집의 경쟁률이 1백 대 1을 넘었다. 명문대에서 날고 긴다는 젊은이들이 구름처럼 몰려들어 가진 재주를 겨루었다.

우연히 그가 신문의 1단 3행짜리 광고를 보고 응시하여, 임시직으로 채용된 광고회사는 사장 하나에 직원 하나, 경리 하나가 다였다. 영세하기가 구멍가게나 다름없었다. 미술대학 출신인 사장은 광고 수주 활동으로 영일이 없었다.

친구와 어울려 연극판을 기웃거리거나 방송국 코미디 프로그램의 대본을 작성하는 친구를 도와 거기에 몇 번 손을 대본 적이 있을 뿐, 광고에 관한 일은 해 본 적이 없는 임시직의 그는, 그러나 카피라이터와 디자이너를 겸했다. 사람이 없었기 때문이었다. 그의 임시직 생활은 고달팠다. 아무리 천신만고 끝에 얻은 카피나 디자인도 사장 앞에서는 번번이 깨지기 일쑤였다. 번번이 참담히 깨지고도 그가 임시직으로나마 간신히 붙어 있을 수 있었던 데는 그만한 이유가 있었다. 무엇보다 사람이 없었던 것이 가장 큰 이유였을 것이고, 한편 참혹하게 깨고 나서도 사장은 그의 시안(試案)에서 취할 것도 있다고 생각했던지 완전히 쓰레기통에 쑤셔 박지는 않았다. 사장의 최종 안의 많은 부분이 그가 제출했던 시안에 빚을 지고 있음을 매번 확인할 수 있었다. 참혹하게 깨고 짓밟기는 했으나, 1백 점짜리는 못 되어도 5, 60점짜리는 된다고 믿고 그것을 손질해 1백 점짜리로 만들어 내는 것이 사장 자신의 임무라고 생각하고 있었던 모양이었다.

신문 잡지에 주로 의존했던 광고 시장이 텔레비전 쪽으로 기울어져 갈 무렵 사장은 그에게서 임시딱지를 떼 주고 사원을 한 명 더 늘였다. 사장 하나에 사원 둘, 경리 하나의 체제로 성장한 것이었다. 사세확장에 전력투구하던 사장은 새로 영입한 사원과 그를 무섭게 닦달했다. 텔레비전 광고는 화장품 등 여성용품과 제약회사 약품 광고가 주를 이루었다. 시안에서 프레젠테이션을 통과한 최종안에 이르기까지 밤을 낮으로 삼기가 일쑤였고, 한 달 30일 중 잘해야 보름 정도 집에 들어가고는 했다. 그렇게 열심히 뛰고도 최종 오케이 사인을 받는 것은 한두 개에 지나지 않았다. 채택된 한두 개가 가져다주는 성취감이 한 달 넘게 전력투구한, 전투장을 방불케 하는 피와 땀의 소산을 쓰레기통 속에 쑤셔 박아야 했던 참담한 기억에는 아무런 위안도 되지 못했다. 성취의 보람과 기쁨보다 실패에 따른 쓰라림과 고통이 훨씬 더 강렬하고 위력적이며 기억의 수명이 길었다.

신문기자나 작가에게는 당연히 그렇겠지만, '쓸데없는 지식이란 없다' 는 좌우명은 광고인에게도 마찬가지였다. 신문기자에게 있어 정치나 경제, 사회, 문화 분야 등으로 나뉘어 전문성이 강조되기도 하지만 전문성에 못지않게 잡학(雜學)에 두루 밝은 인사가 그렇지 못한 인사보다 쉽게 두각을 나타내기 마련이다. 세상의 모든 일을 두루 작품의 소재로 삼는 작가들이야말로 한 전문분야보다도 잡학에 더 밝을 필요가 있을 것이다. 그렇지 않고서야 어찌 사랑이며 미움, 슬픔과 기쁨, 삶과 죽음, 산과 바다, 불과 얼음, 어른과 아이, 사막과 오아시스, 과거와 현재와 그리고 미래를 예측하는 내용의 작품을 써낼 수 있겠는가. 방송은 물론 영화나 연극 같은 종합예술 분야에 종사하는 인사들 또한 사람 사는 일에 두루 관심을 갖고 눈을 부릅뜨고 세상을 살피거나 귀를 기울여 열심히 들어야만 공감의 폭이 넓은 작업을 해낼 수 있을 것이다.

그들에 못지않게 광고맨 또한 만물박사가 필요조건 중의 하나였다. 사장은 이 말을 늘 입에 달고 살았다. 문학박사는 문학연구에만 매달리면 되고, 물리학박사는 물리만 연구하면 된다. 의학박사는 의료관계 일만 잘하면 되고 연애박사는 여자만 잘 꼬드기면 된다. 그러나 광고맨은 여자도, 진돗개도, 무궁화도, 고비사막도, 타지마할도, 블랙홀도, 전자파도 다 알아야 한다. 광고주의 눈높이는 나날이 상승하고 소비자는 웬만한 광고에는 눈길도 주지 않는다. 소비자를 사로잡는 데 요긴한 신선하고 자극적인 자료가 어디에 은밀히 숨어 있는지 어찌 알 수 있겠는가. 챌린저 해저에 가라

앉아 있는지, 안나푸르나 꼭대기에 올라앉아 있는지 누군들 짐작이나 하겠는가. 그래서 세상의 모든 정보를 쓸어 담을 용량이 큰 저장 탱크 하나쯤 가지고 살아야 하는 것이 광고맨이다. 무서운 호기심, 기발한 착상, 천수천안의 능란한 변형술 이런 것들을 기본적으로 갖추고 있어야 이 바닥에서 밥을 굶지 않는다.

사장의 그 잔소리는 잠시도 숨을 죽이고 있는 법이 없었다. 기회 있을 때마다 살아 꿈틀거리고 활개를 쳤다. 시안을 작성해 제출할 때마다 그 잔소리가 빛을 발하며 화려하게 작동하고는 했다. 제출하는 시안에 사장의 평소의 잔소리가 반영되어 있지 않은 경우 더욱 참혹하게 깨지고는 했다. 그래서 그는 사장의 잔소리를 염두에 두고 기회만 생기면 부지런히 잡학 사냥에 나서고는 했다. 영화관은 문턱이 닳도록 드나들었고, 연극을 보는 일도 게을리 하지 않았다. 미술관 출입도, 음악 감상도, 텔레비전 시청도, 눈만 뜨면 하는 일이었다. 박물관 출입도 사실 자신의 잡학사전의 페이지를 늘리기 위한 방편 중의 하나였다.

첫 번째 우연은 그에게 다음과 같이 왔다고 했다.

사세확장에 두 눈을 부릅뜨고 동분서주하던 사장에게 절호의 찬스가 찾아왔다. 당시 대표적인 섬유업체의 기업광고를 수주한 것이었다. 아직도 우리나라의 수출 주력 상품이 가발과 섬유, 신발 어름에서 맴돌고 있을 무렵이었다. 특히 섬유와 신발이 호황을 누리고 있었다. 그러니 대표적 섬유업체의 광고를 잡았다는 것은 회사발전을 담보하는 커다란 행운을 잡은 것이나 다름없었다. 그 광고 제작을 위해 회사의 두 사원은 물론 사장까지 머리를 싸매고 뛰었음은 당연지사. 사장은 두 사원의 실력은 물론 자신의 실력도 믿지 못했던지, 동분서주, 지인들로부터 아이디어 사냥을 부지런히 하고 다니는 눈치였다. 회사의 사활을 좌우하는 큰 건을 위해서라면 죽는 것 말고는 강도든 살인이든 뭐든 다 저지를 것 같은 기세였다. 두 사원이 제출한 아이디어가 백여 개에 이르렀고, 쓰레기통 속에 쑤셔 박힌 시안이 아흔 개가 넘었다. 대부분의 기업광고 컨셉이 예쁜 여배우나 널리 알려진 사회 저명인사 사진과 함께 '우리는 밝은 미래를 향해 힘차게 전진하고 있습니다', '더욱 연구에 매진하겠습니다' 하는 따위의 매너리즘에 빠져 있었다. 광고주가 가장 피하고 싶어 하는 것이 그런 매너리즘이었다.

그러던 어느 날이었다. 아무리 굴려도 머리에서 돌가루밖에 날리지 않던 어느 날이었다. 그는 무작정 거리로 나섰다. 자리를 지키는 것을 보다 곱게 여기는 편이었지만 긴장은 우뇌활동을 저하시킨다고 믿는 사장은 자리를 떠 영화를 보러 가거나 전람회를 다녀오거나 사우나에서 몸을 푸는 것까지 따지며 간섭하지는 않았다. 어디서 얻어들은 것인지 사장은 우뇌는 주로 상상력과 창조적 기능을 담당하고 좌뇌는 계산이나 암기력 등 논리적 기능을 담당하고 있다고 믿었다. 사장은 그러므로 우뇌활동을 위해 가끔 릴랙스한 시간을 가질 필요가 있다고 말하고는 했다. 긴장과 여유를 잘 조절하는 것이 창조적 작업에 중요하다는 것이었다. 사장의 입에 발린 소리를 전적으로 신뢰한 것은 아니었으나 그는 가끔 용기를 내 릴랙스한 시간을 갖고는 했다. 그날도 그는 관람할 만한 영화를 머릿속에서 물색해 보았으나 마땅한 작품이 떠오르지 않아 단념했다. 매력적인 전람회도 생각나지 않았다. 아무리 자주 가고, 여러 번 봐도 볼 때마다 새삼스러운 생각을 불러일으키는 곳이 박물관이었다. 새로운 아이디어를 얻기 위한 고생이 지루하게 계속될 때면 그는 한 번쯤 박물관을 머리에 떠올리고는 했다. 그의 발길이 중앙박물관으로 향한 것은 너무나 자연스러운 일이었다. 박물관으로 들어간 그는 6세기경 고구려 시대 분묘인 쌍영총에서 발굴했다는 벽화 앞에서 한동안 걸음이 굳어졌다.

노리끼리한 미색 석판에 먹 선이 가녀리게 나타내고 있는 '기마인물도'는 의도적인 추상화였다. 중요한 부분만 사실적으로 나타내고 그렇지 않은 부분은 무시한 듯 과감히 생략하고 있었다. 노리끼리한 바탕에 가녀린 먹 선으로 그려진 말 위의 사내는 그것을 보고 있는 그와의 사이에 한없이 쌓인 시간의 퇴적을 실감케 했다. 그 시간의 두께는 그를 압도하고도 남음이 있었다. 그렇게 퇴적된 시간의 존재는 전율을 일으켰다. 그의 머릿속에 그 인물상의 생활이 수놓아졌다. 말과 자동차 탑승의 동질성이 상상력에 기름을 부었다. 십몇 세기라는 시간의 퇴적에도 불구하고 생활의 기본 틀이 변하지 않았다는 데 생각이 미치자 묘한 안도감도 들었다.

앞다리를 한껏 당겨 굽히고 뒷다리를 힘껏 펴 허공을 차고 달리는 말 위의 젊은이는 어깨에 전통(箭筒)을 메고 활에 화살을 재고 있는, 역동적인 모습이었다. 사슴이나 사향노루를 좇는 사냥꾼 같기도 하고 적병을 추격하는 용감한 전사 같기도 했다. 말과 마구와 활로 무장한 젊은이의 모습을 제외한 어떤 다른 형상을 일체 사상시킨 그 그림은 따라서 보는 사람으로 하여금 한껏 상상력을 자유롭게 펼칠 수 있게 하였다.

꼭 반전주의자나 평화옹호주의자는 아니지만 그는, 그 젊은이를 용맹스런 전사라기보다 가족의 식탁을 위해 짐승을 좇는 사냥꾼으로 이해하고 싶었다. 그의 마음 속 어느 켜에 그런 감정이 숨어 있었던 것인가. 그 젊은이의 얼굴에서 문득 어떤 외로움 같은 것이 느껴졌기 때문이었다. 그 외로움은 외부의 영향으로 심리적 고통을 수반한 그런 외로움이 아니었다. 무엇인가 묘한 안도감과 평온을 배면에 깐 따뜻한 기운의 외로움이었다. 흙과 띠로 지은 아담한 젊은이의 집은 언제나 평화롭고 아늑할 것이었다. 비록 아버지를 일찍 전장에서 여의기는 했으나 홀어머니를 모시고 동생들과 단란하게 지내는 그는 친구들 사이에서는 용맹과 신의로 칭송을 받고 있고, 고을의 어른들로부터는 장차 이 고을을 지킬 장수감으로 꼽히고 있을 것이었다. 어려서부터 총명했던 그는 선인들의 지혜를 담은 학문을 익히고, 전승되어 온 무예를 열심히 닦아 화려한 장래를 약속받고 있었을 것이다. 그렇듯 기마 인물상을 중심으로 그의 상상의 날개는 한없이 펼쳐져 나갔다. 구석기 시대 유물관에 다다랐을 때 그 상상은 가까스로 날개를 접었다.

이번에는 돌멩이를 전시한 부스에 눈길이 끌렸다. 돌멩이들이 크기순으로 나란히 정렬해 있고, 옆에 두드러지게 큰 돌 하나가 누워 있었다. 아무리 뜯어보아도 유물이라기에는 너무 흔한, 시골길을 걷다 보면 흔히 볼 수 있는 돌멩이에 지나지 않아 보였다. 흔한 돌멩이가 전시되어 있는 것에 그는 의아심을 지울 수가 없었다. 돌도끼라는 표제를 보고 나서도 그는 그 표제를 수긍하지 못하고 속으로 도리질을 한참 하고 있었다. 시골길에 뒹구는 아무 돌이나 가져다 건사한 정방형의 유리 상자 안에 넣고 돌도끼라고 표제를 붙여 놓으면 신석기 시대의 유물이 된다는 것인가, 그런 엉뚱한 반발심이 일어나고 궁금해, 얼른 발이 떨어지지 않았다. 엉뚱한 반발심과 궁금증이 한나절이나 발을 묶어 놓았다.

프레젠테이션 마감을 앞두고 사장의 초조감은 극에 달해 있었다. 그동안 쓰레기통을 몇 개나 채우고도 남을, 수없이 많은 시안을 버리고도 사장은 아직 더 좋은 것에 대한 미련을 버리지 못했다. 채택만 되면 다른 광고보다 열 배가 더 많은 수가(酬價)가 약정된 그 광고에 전력투구하지 않으면 어디에다 혼신의 힘을 쏟겠는가. 사장의 의욕은 당연했다. 그는 또 쓰레기통 속에 던져질 운명을 예측하며, 새로운 시안을 만들었다.

맨 위에 암석을 눕혀 놓고 그 밑에다 '돌 하나 그대로 두면 돌일 뿐입니다' 라는 헤드카피를 펼쳐 놓았다. 그 아래에다 '이 돌칼에 담긴 의미를 아십니까?' 라는 서브카피를 작게 놓았다. 그리고 박물관에서 구입해 온 전시 도록 가운데 다이아몬드처럼 정교하게 빚어진 돌도끼를 찾아 확대해 놓고 그 하단에다 그 돌의 내력을 펼쳐 놓았다. 회사의 로고와 이름이 맨 밑을 장식했음은 물론이다.

시안을 받아 든 사장은 미간을 찌푸렸다. 이것을 어디다 쓰겠다고 만든 거야. 의례적인 핀잔이 따라붙었다. 바로 그의 눈앞에서 그 시안은 쓰레기통 속에 쑤셔 박히고 말았다.

그런데 다음 날 회사에 헐레벌떡 나오자마자 사장은 어제 버린 쓰레기를 다시 수거해 오도록 경리직원을 다그쳤다. 다행히 쓰레기 수거차가 아직 다녀가지 않았던지 쓰레기의 대부분이 다시 사무실로 돌아왔다. 쓰레기를 뒤지던 사장은 어제 버린, 그가 제출한 시안을 찾아 책상 위에 놓고 손바닥을 펴 다리미질 하듯 주름살을 폈다. 그의 눈치 따위는 개의치도 않았다. 계속 손 다리미질을 하며 그것을 살피고 있던 사장은 이윽고 그를 불렀다. 카피도 그림도 그대로 두고, 설명문을 좀 더 간략하게 해서 다시 올리라고 지시했다.

그가 다시 올린 시안은 광고주의 오케이 사인이 떨어졌고, 본격적으로 제작에 들어갔다. 시안을 가지고 프레젠테이션 과정을 거친 것과 다름없었으므로 최종 작업의 통과 과정은 도리어 싱거울 정도였다. 광고주는 흔한 화석광물에서 추출한 나일론 원자재를 이용해 첨단 섬유제품을 만드는 기업이었으므로, 돌이라는 광물의 환유(換喩)가 그 회사 제품의 특성과 맞아떨어졌고, 소비자들의 이해와 호감도 쉽게 얻을 수 있을 것으로 기대하며 흡족해했다. 여러 잡지와 신문에 그 광고는 대대적으로 실렸다. 그 광고가 평가를 받자, 사장에 대한 업계의 평가 또한 고공행진을 기록하였다. 그러나 그런 평가에 만족하고 있을 사장이 아니었다. 영세한 광고

회사에 만족하지 않고 더 큰 꿈을 펼치기 위해 광고회사를 다른 데다 넘겼다. 사장은 대신 잡지창간을 서둘렀다. 회사를 인수한 새 사주는 대기업 홍보실이었다. 지난 사장으로부터 무슨 말을 어떻게 전해 들었던지, 두 사원 가운데 하나인 그를 차장에 임명하고 다른 하나는 과장이나 계장도 아닌 평사원으로 근무하게 하였다.

그날 그가 박물관에 가지 않았다면, 박물관에 가서도 돌도끼를 보고 불경스럽게도 흔한 돌멩이와 무엇이 다른가 하는 점을 궁금해하고 의아해하지 않았다면, 그가 어찌 그런 광고 시안을 마련할 수 있었겠는가. 그리고 그 광고가 성공하지 않았다면 그가 어찌 차장으로 승진할 수 있었겠는가. 모든 것이 우연의 작용과 그 소산임에 틀림없었다. 그러나 그 당시에는 그런 사실을 인식하지 못했다. 그 성취 후 그는 어깨에 힘을 잔뜩 주고 거드름을 피우는 시건방진 작자로 변모, 남의 눈총을 받기도 했다.

두 번째 우연도 비슷한 경로를 거쳐 그를 찾아왔다고 했다.

그가 차장이란 지겨운 굴레를 벗어던진 것도 또한 우연의 작용에 의해서였다. 계급 정년이 있었다면 그는 벌써 옷을 벗었을 것이라 했다. 차장 10년이 말이 되는가.

우리나라 사람들이 책을 읽지 않는다는 한탄은 그제나 이제나 변함이 없다. 책을 읽지 않은 국민이 경제발전, 문화발전을 이룩해 내다니 기적 같은 일이었다. 미국의 주간지 〈타임〉이 '한국인이 몰려온다' 며 한국의 경제발전상을 대대적으로 보도하고, 한국이 아시아의 '네 마리 용' 중의 하나로 꼽히던 무렵이었다. 가을이 가까워 오자 공익광고협의회로부터 의례적인 독서캠페인 광고 주문이 들어왔다. 독서의 계절이 되었으니 책을 많이 읽자는 취지의 공익광고 제작의뢰였다. 광고의뢰를 받은 회사는 등잔불 하나 밝혀두고 '책은 마음의 양식입니다' 하는 상투적인 틀을 깨는 것을 우선적인 과제로 삼았다.

그 광고 수주를 받기 훨씬 이전의 일이었다. 어느 날 거래처 방문을 위해 그는 버스를 탔다. 요즘처럼 승용차가 일반화되어 있던 시절이 아니었다. 승용차 소유 자체가 곧 높은 신분을 상징하는 아이콘과 다름없던 옛날 옛적이었다. 버스 편으로 내왕해도 별 불편함을 의식하지 못했던 좋은 시절이었다. 자가 운전을 하지 않으므로 좌석에 앉아 꾸벅꾸벅 조는 것도 한 재미였다. 자주 타고 내리는 잡상인들도 심심풀이는 되었다. 온갖 생활용품을 들고 제품 선전을 해대는데, 조금만 귀를 기울이면 사지 않고는 못 견딜 지경으로 매혹적인 말솜씨로 손님을 꾀는 치도 없지 않았다. 그날의 버스에도 몇 명의 잡상인이 타고 내렸다. 어느 잡상인도 데면데면 보다 말다 하였다.

그런데 한 책 외판원이 그의 혼을 쏙 빼놓았다. 아니 처음에는 그다지 주의를 기울이지 않았다. 흔한 잡상인의 너절한 멘트야 귀에 담을 필요도 없었다. 더구나 외판원이 취급하는 책이라면 그와는 별로 상관없는 것일 확률이 높았다. 잡상인들은 세계명작동화나 문학전집 따위를 주로 세일즈하고 다녔다. 경제나 마케팅, 디자인 서적을 주로 책상 위에 올려놓고 폼을 잡는 그로서는 대개 옛날에 거쳤거나 훑어본 것들로서 이제 관심 밖의 책들이었다. 그런데 처음 몇 소절의 말을 귓등으로 흘려듣던 그는 창밖에 던지고 있던 시선을 거둬들여 책 외판원을 바라보지 않을 수 없었다. 그가 창밖에 눈을 주고 있을 동안 책 외판원은 우리나라 사람들의 책 읽지 않는 현실에 대한 개탄을 한참 길게 늘어놓았다. 그 개탄을 마친 책 외판원의 멘트는 다른 쪽으로 방향이 돌려져 있었다.

한국의 눈부신 경제발전에 놀란 일본 정부에서 장차 대응책을 강구하기 위해 전문가로 조사단을 구성, 한국에 파견했다. 면밀히 조사를 마치고 일본으로 돌아간 조사단은 '한국은 경계할 필요가 없다' 는 내용의 보고서를 작성해 올렸다. 그 이유는 '한국 국민은 책을 읽지 않기 때문에 두려워할 필요가 없다' 라고 밝혀 제시했다는 것이었다. 책 외판원의 그 말에 그는 소스라치게 놀랐다. 저 광고 멘트라니, 어디서 얻어 듣거나 읽은 것일까, 아니면 자기들이 머리를 굴려 만든 것일까. 어찌 됐든 그로서는 금시초문의 사실이었다. 그의 귀가 번쩍 당나귀 귀보다 더 커졌음은 물론이다. '일본을 따라잡으려면 책을 많이 읽어야 합니다.' 그렇게 말하지 않고도 일본을 이기려면 책을 많이 읽어야 합니다, 하는 웅변이나 다름없었다. 그러니까 우리는 책을 읽자, 외판원의 주장은 계속되었다. 하루에 15분만 책을 읽읍시다. 40년 후에는 1,000권을 읽게 됩니다. 책 1,000권을 읽는 것은 대학을 다섯 번 졸업한 것과 같습니다. 책을 팔아먹기 위해 별 연구를 다 했구나 싶었다. 어쨌든 기발한 주장이었다. 들을 때는 혼까지 쏙 빼놓고 들었으나 그러고 그만 잊어버렸다. 그는 하루에 15분이 아니라, 60분도 넘게 책을 읽는 편이었다. 그러므로 그는 대학을 스무 번도 더 나온 셈이었고, 개인적으로는 일본인과 대등하거나 아니면 일본인을 능가할 수준의 지식을 지녔을 것으로 스스로 믿으며 안도하였다.

그러나 이제 그는 혼을 쏙 빼놓았던 그 책 외판원을 기억에 재생시킬 필요를 이윽고 맞이한 것이었다. 그 내용을 바탕으로 독서 캠페인 광고 시안을 작성했다. 상단에다 '하루 15분이면 40년 후에는 1,000권을 읽게 됩니다' 라는 헤드카피를 크게 내세우고, 그 헤드카피의 길이만큼 3단으로 쌓은 책을 나란히 가로질러 놓았다. 그리고 하단에 포인트를 낮추어 '1,000권의 독서량이면 대학을 5번 졸업한 것과 같습니다' 라는 서브카피를 새겨 놓았다.

시안을 받아 든 부장은 고개를 좌우로 돌렸다. 표정은 어둡지 않은데 고개를 좌우로 젓다니, 좋다는 것인지 나쁘다는 것인지 갈피를 잡을 수 없었다. 시안에서 눈을 떼고 그를 쳐다보는 부장의 얼굴에 웃음이 빙그레 번져 나갔다. 이 아이디어 어디서 났나? 부장의 말에 그는 빙그레 미소 짓는 것으로 대답을 대신했다. 무슨 말이 필요하겠는가. 바로 채택된 것이었다. 그 외판원의 이야기가 일사분란하게 일련의 합의과정과 수정을 거쳐 광고로 제작되었고, 일간지에 게재되었다. 포스터로 제작되어 버스며 전철에도 부착되었다. 신문에 광고가 나간 다음 날이었다. 한 중요 신문은 그 광고를 논거로 독서를 등한히 하는 국민들을 향해 신랄한 경구를 담은 칼럼을 게재하여 그의 회사의 영예를 드높여 주었다. 내친김에 아시아의 권위 있는 광고 페스티벌에 출품, 입상하는 영예도 누렸다. 그런 일련의 과정을 거쳐 봄이 되었을 때 그는 비로소 지긋지긋한 차장의 허물을 벗어던지고 부장으로 진급했던 것이다.

그날 거래처 방문 때 그 버스를 타지 않았다면, 그랬다면 어찌 그 책 외판원과 조우할 수 있었겠는가. 그 외판원을 조우하지 않았다면 어찌 혼을 쏙 빼놓고 그 외판원의 멘트를 들을 수 있었겠는가. 그 외판원과 조우하지 않았고 그 멘트를 듣지 않았다면 어찌 그 독서 캠페인 광고를 제작하여 상을 받고 진급을 할 수 있었겠는가. 그 행운 역시 우연의 소산 아니고 무엇이겠는가. 그러나 당시에는 그것이 우연이 가져다준 선물임을 알지 못했다. 그 성취로 그의 콧대가 한층 드높아졌음은 말할 나위 없었다.

세 번째 우연은 또 어떻게 찾아왔던가.

차장에서 부장에 이르는 기간이 10년이나 걸렸는데, 부장에서 이사로 승진한 기간은 3년도 채 걸리지 않았다. 부장에서 이사로 승진하다니, 꿈만 같은 일이었다. 일반 사원에서 직장의 꽃이라는 임원으로 승진하다니, 살이라도 꼬집어 보고 싶은 꿈같은 일이 아닐 수 없었다. 부장 때는 회사에서 유류대만 부담해 주더니, 이사로 승진하자 승용차가 제공되었다. 방이 따로 주어지고, 연봉도 대폭 인상되었다. 그러나 무엇보다 정년이 7년이나 연장된 것이 그에게는 더 소중했다. 정년이 일찍 닥치는 부장으로 퇴직하고 나면 다른 무엇을 새로 시작할 수 있겠는가. 죽을 때까지 건들건들 백수로 지낼 수밖에 달리 도리가 없지 않겠는가. 그런데 7년이나 더 일을 하며 연봉을 탈 수 있게 되다니, 그 연봉을 잘 갈무리하면 집 한 채는 거뜬히 더 마련할 수도 있을 것 같아 뿌듯했다.

그 행운이 그럼 그에게 어떻게 찾아왔던가? 이번에도 우연이 예고 없이 출현하여 작동한 결과였다. 그 행운을 준비하기 위해 그는 어떤 필연적인 노력도 하지 않았다. 필연적인 노력을 하지 않았다는 자백은 자신이 능력이 없다는 점을 실토한 것에 다름 아니다. 재능과 실력이 있는 사람은 자기 재능과 실력을 믿고 신중히 밭을 갈고 씨를 뿌리고 김을 매고 수확을 한다. 거기에는 확신과 신념이 늘 병행한다. 재능과 실력을 갖추지 못한 그는 어떤 일에도 확신과 신념을 가질 수 없었다. 그러므로 무수히 시행착오를 거듭하다 우연히 어떤 무엇과 조우한다. 그러니 필연은 주춤거리며 애매하게 우회하며 한없이 이어진 나선형 계단을 오르듯이 느리고 느리게 그에게로 온다. 그러나 우연은 한꺼번에 달려들 듯이 모습을 드러낸다. 이번에도 그랬다.

직장의 꽃이라는 임원으로 승진할 무렵 애송이 때와는 달리 광고계에는 많은 변화가 일어났다. 광고시장의 외형이 수십 수백 배로 늘어나고, 광고회사가 우후죽순처럼 생겨났다. 따라서 광고회사 간의 경쟁은 불꽃이 튀었다. 광고업계의 과당경쟁을 이용, 영악한 광고주들은 자기들 잇속 챙기기에 바빴다. 광고주들의 수법 가운데 대표적으로 악랄한 사례는, 복수 의뢰였다. 복수 의뢰는 경쟁에서 탈락한 광고회사에 치명적인 손실을 입혔다. 의뢰받은 광고를 제작하는 데는 물적, 인적 자원이 총동원되었다. 광고가 채택되지 않을 경우 그동안 들인 물적, 인적 자원의 경제적 가치는 휴지 조각이 되고 말았다. 그런 진흙투성이의 싸움에서 골탕을 먹지 않으려면 복수 의뢰를 선별해 내는 혜안이 필요했다. 그러나 업계의 관행은 입이 무거웠고 비밀이 많았다. 복수 의뢰 사실은 그러므로 최종 작업이 마무리될 때까지 겉으로 잘 드러나지 않았다. 그래서 나중에 황을 잡더라도 일단 의뢰를 받으면 전력투구하기 마련이었다. 그런 진흙탕 싸움에 휘말려 들지 않으려면 무엇보다 실력을 키워야 했다. 업계의 1, 2위 업체는 그런 피해를 거의 입지 않았다. 그들은 광고를 선별해 받았다. 성공보수도 약정하고, 퇴짜를 맞을 경우 최저제작비 청구가 가능하도록 구제조건을 먼저 제시하여 확보했다. 그러므로 그런 일류 업체에 함부로 복수 의뢰를 하는 모험적인 광고주는 드물었다. 즉 1, 2위 업체는 실력을 인정받은 만큼 그에 따른 프리미엄을 누리고 있는 셈이었다.

그러나 그가 다니는 회사는 그렇듯 프리미엄을 누리는 탄탄한 회사로 인정받지 못하고 있었다. 전국 랭킹 10위 안에 드는 정도였으나, 메이저와 마이너의 경계를 오락가락하고 있는 수준이었다. 회사로서는 메이저 그룹으로의 진입이 무엇보다 시급한 당면 과제였다. 그 시급한 당면 과제를 해결하는 방안은 제작한 광고가 연속 히트를 치거나 아니면 국제 유명 광고 페스티벌에서 입상하는 것이었다. 국제 유명 광고 페스티벌 입상이 광고의 연속 히트로 업계의 인정을 받는 것보다 훨씬 효과적이었다. 국제 유명 광고 페스티벌 중 가장 대표적인 것이 칸 국제 광고제였다. 역사도 오래고

참가 작품의 수도 가장 많고 입상작 수준도 매우 높았다. 칸 영화제의 지명도를 함께 타기 때문인지 인지도에 있어서도 세계 첫손가락에 꼽혔다. 그 광고제에 입상하면 단숨에 위상이 높아질 것은 명약관화했다. 현재의 1, 2위 업체는 물론 10위권에 드는 업체 중 어느 업체도 그 광고제에서 입상을 한 적이 없었다.

업계의 선두주자를 노리는 회사 대표는 그해 칸 광고 페스티벌에 출품하기로 결정했다. 상무를 정점으로 부장인 그와 엘리트 사원 세 명이 팀을 이루어 그 작업에 매달렸다. 그는 또 한 번 무수한 시행착오의 광장 한복판에 내던져진 것이었다.

상무도 그와 똑같이 대책 없는 사람이었다. 실력 없는 사람이 늘 무대책이듯이, 대책 없이 실력 없는 사람은 앵무새 노릇에는 충실한 법이다. 광고계에는 '남이 간 길을 가지 마라', '처음 하는 것이 가장 새롭다' 등 뭐 그런 격언이 떠돌아다녔다. '시도하지 않은 것에 도전하라', '1등은 기억하지만 2등은 기억에서 지워진다', '인류 최초로 달에 착륙한 암스트롱은 기억하지만 두 번째 발을 디딘 사람은 누가 기억하는가', '세상은 비합리적인 사람들의 사고가 변화시켜 왔다', '고정관념을 버려라', '세상에 원칙이란 없다. 원칙이란 변한다는 것이 불변의 원칙이다', '똑똑한 한 사람보다 덜 똑똑한 여러 명이 훨씬 낫다.' 상무나 그와 같은 범상한 인간들의 공통점은 이런 화석화된 말을 줄줄이 메모하거나 기억하고 있다는 것이었다. 창조적인 머리가 모자라니 그런 것이라도 많이 챙겨 둘 수밖에 더 있겠는가.

상무는 광고제 출품작 제작에 동원된 사원들에게 출근 시간을 오후 1시로 바꾸도록 지시했다. 출퇴근도 종전과 다른 길로 하라고 일렀다. 승용차도 좋지만 지하철이나 버스를 타기도 하라고 종용했다. 지금까지 살아온 방법을 바꾸라는 것이었다. 다음 날 상무가 입고 나온 옷부터 가벼운 청바지 차림으로 바뀌어 있었다. 상무는 사원들에게 각기 연극, 뮤지컬, 영화표를 나누어 주었다. 녹음기 지참을 필수로, 가는 곳마다 그곳의 독특한 소리가 있을 것 아니냐, 그럼 그 소리들을 일일이 녹음해 오라고 하명하기도 했다. 텔레비전 프로그램 제작 현장이나 영화 촬영 현장도 가능하면 찾아가 지켜보라고 했다. 상무는 '하고자 하는 의욕', '할 수 있다는 신념', '해내고 말겠다는 집념', 이 셋으로 정신무장만 잘 하고 있다면 못 이룰 일이 없을 것이라고 다그쳤다.

수없이 많은 회의가 열렸다. 아이디어가 백출했다. 그러나 상무가 무릎을 칠 만한 아이디어는 쉽사리 나오지 않았다. 회의 시간은 간밤 머릿속을 잠시 스쳐 지나간 잡스런 생각까지 모두 털어놓는 것으로 채워졌다. 출품 기간에 맞추어 설정해 놓은 제작기간의 마감날짜는 바득바득 다가왔다. 팀은 초조해졌다. 아이디어 회의에서 제작회의로 한 단계 넘어가기가 알프스 산 넘기보다 더 힘들었다. 상무는 초조해하고, 팀은 활기를 잃어 갔다. 거듭된 아이디어 회의에 심드렁한 가운데, 그때까지 제출된 아이디어를 다시 검토하는 회의가 열렸다. 세 가지를 선택해 콘티 작화(作畵)에 들어갔다.

칸 광고 페스티벌의 대상 입상작은 대부분 공익광고 부문이었다. 대상 입상을 목표로 작업을 하고 있었으므로, 지구촌 어디에 사는 사람들이나 모두 공감할 수 있는 공익적 내용을 인상 깊게 담아내야 한다는 점이 특히 강조되고 있었다. 환경문제와 지구온난화, 제3세계의 어린이 구호문제 등에서 주로 서성였으나 그런 낯익은 것 외에 인류가 공감할 수 있는 보편적인 가치를 담은 내용을 얻기란 쉽지 않았다.

제작 마감시간이 박두하자, 이제는 더 미룰 수가 없었다. 아이디어 사냥에, 부장인 그는 점점 지쳐 갔다. 팀원들 모두 다 사정은 마찬가지였다. 이제 응모를 포기하려는 기운마저 감돌기 시작했다. 그는 집에 돌아가면 그냥 지난 필름이나 구경하며 하릴없이 시간을 죽였다. 필름 구경은 그에게는 아침저녁 끼니 찾아 먹는 일만큼이나 일상으로 굳어져 있었다. 아이디어 사냥은 물론 화면 구성도 그에게는 늘 문제였다. 그 문제를 해결하기 위한 방편은 필름 구경보다 나은 것이 없었다.

그는 폴란드의 현자라는 키에로프스키의 '블루' 를 특히 자주 보았다. '십계' , '레드' , '화이트' 도 나쁘지 않았지만 '블루' 보다는 손이 잘 가지 않았다. 예술작품의 가치를 민주주의 방식으로 평가하지 말라. 예술작품의 가치는 다수결에 의해 매겨져서는 안 된다, 는 키에로프스키의 고결한 주장에도 그는 깊이 공감하고 있었다. 그런데 유럽 통합의 이상을 담은 음악을 만들다니, 유럽이 정말 통합될 수나 있는 일일까. 유럽 통합의 구호가 난무하던 그 무렵만 해도 유럽이 통합되리라 믿는 사람은 드물었다. 그것은 유럽 변방인들의 꿈이 아닐까. 두 차례 참혹한 대전을 치른 후 정치인들은 유럽 통합을 입에 달고 다녔다. 그러나 나라마다 속셈이 달랐다. 유럽의 중심인 프랑스, 독일, 이탈리아, 영국, 어느 나라도 같은 꿈을 꾸고 있지 않았다. 그래서 그 꿈은 영원히 이루어지지 않을 것처럼 보였다. 나중에 일부 이루어지기는 했으나, 유럽 통합의 이상을 담은 음악을 만들던 음악가가 죽은 훨씬 후의 일이었다. 그래 그 음악을 미완으로 남긴 채 사고로 죽은 음악가의 죽음은 무엇을 상징하는 것일까. 그 음악가를 잃고 세상에 남겨진 여인의 분노와 진한 슬픔, 벽돌에 주먹을 갈며 피를 뿌리던 여인의 모습이 늘 봐도 새삼스럽고 인상적이었다.

그 장면을 다시 보기 위해 되감기 키를 눌렀다. 필름이 되돌아가는 순간, 그의 머릿속에 불현듯 술이 떠올랐다. 술, 금주, 음주운전은 지구촌 어느 나라 사람들에게도 현안문제였다. 음주운전을 경고하는 내용의 광고는 어떨까. 그의 머리는 이미 영화 '블루' 에서 한참 멀리 벗어나 있었다. 그의 눈은 필름을 보고 있었으나 머리는 다른 생각을 좇고 있었다. 머릿속에서는 광고의 그림이 분주히 그려지고 있었다. 그림에 이어 카피도 떠올랐다. 술, 음주운전, 충돌사고, 죽음. 이런 음험하고 칙칙한 단어와 이미지들이 차례로 머리에 떠오르기도 하고 순서를 바꿔 지나가기도 했다. 음주운전은 위험한 일이다. 음주운전으로 인한 사회의 손실은 엄청난 수치이다. 그것을 예방하기 위해 세상은 천문학적인 비용을 지출하고 있다.

필름은 되돌릴 수 있지만, 생명은 되돌릴 수 없다. 필이 강하게 꽂혔다. 이만하면 되지 않을까.

이튿날 그는 좀 주저하며 상무의 책상 위에 간밤에 거칠게 스케치한 시안을 올려놓았다. 그것을 살핀 상무는 덤덤하였다.

곧 회의가 열렸다. 다시 아이디어 논의가 오고가고 시안이 제출되었다. 다른 사원들이 새로 제출한 시안을 검토하던 상무는 자기 책상으로 가더니 아까 그가 제출했던 시안을 들고 왔다. 그것을 회의에 부쳤다. 상무를 비롯하여 모든 스태프들이 글쎄, 글쎄, 이번에도 한숨만 내쉬었다.

"음주운전으로 갑시다."

팀원들의 반응을 살피던 상무가 이윽고 결단을 내렸다. 응모마감 기일을 생각하면 제작기간이 빠듯했다. 일정을 감안하면 이제 어느 것이라도 하나를 채택해 제작에 들어가든 아니면 제출을 포기하든 선택의 기로에 놓여 있었다. 그 선택의 기로에 선 상무는 최종적으로 그가 어젯밤 거칠게 스케치한 시안을 채택한 것이었다. 나중에 모두 한마디씩 하기를, 그때는 아이디어 사냥에 지쳐 판단력이 흐려 있었다. 좋고 나쁨을 판단하는 것도 머리가 맑을 때 해야 하는 것이다. 당시 그 시안을 미처 한눈에 알아보지 못한 데 대한 팀원들의 변명은 그렇듯 구구했다. 시안이 정해지자 제작은 일사천리로 재빠르게 진행되었다. 사운을 건 제작이었으므로 제작비도 아끼지 않았다. 개런티가 좀 부담스러운 유명 탤런트를 픽업하고, 중고지만 충돌사고 장면을 찍기 위해 차도 두 대나 구입하여 소모품으로 사용했다.

마지막 필름 작업은 그의 손에 의해 이루어졌다. 여러 사람들과 술을 마시고 차를 몰고 가다 다른 차와 충돌, 앞유리로 운전자가 튕겨 나온다. 이 충돌사고를 필름을 거꾸로 돌려 보여 준다. 경찰차가 경보등을 켜고 사고조사를 하는 현장에서 쓰러진 운전자가 다시 일어나 차로 들어가고 다시 후진하는 차, 술집 안으로 들어가 술을 마시고, 술병의 뚜껑이 닫히고, 검은 배경에 '필름은 되돌릴 수 있지만 죽음은 되돌릴 수 없습니다' 라는 충격적인 자막이 돌출하듯 새겨진다.

다행히 마감 직전에 광고제작을 마쳤고, 칸에 출품하였다.

결과는, 그랑프리는 아니지만 은사자상을 수상했다. 우리나라 최초의 칸 광고 페스티벌의 수상이었다. 그 수상은 얼마 있지 않아 그에게 직장의 꽃이라는 이사로의 승진을 안겨 주었다. 그래, 만약 그날 저녁 '블루' 라는 필름을 보지 않았다면, 그리고 그것을 되돌려 보지 않았다면, 그 광고의 아이디어를 얻을 수 있었을까. 그랬다면, 음주운전을 경계하는 공익성 높은 광고를 만들어 낼 수 있었겠는가. 그것은 정말 우연히 '블루' 를 봤기 때문이지 그에게 남다른 재능이나 실력이 있어서가 아니었다. 이번에도 '우연' 이 그에게 인생전환의 기회를 마련해 준 것이었다. 그래 그 우연이 그를 이사로 승진시켜 주었을 뿐만 아니라, 마침내 대학 교수에까지 오르게 한 것이었다. 그러나 당시에는 그런 사실을 전혀 인식하지 못했다. 모두 자신의 남다른 실력과 영감에 의해 이룬 결실로 믿고 자신만만했었다.

얼마 전의 일이었다 한다. 한산도로 찾아온 한 친구가 그의 인생의 우연론을 듣고 웃으며 말했다.

"그렇게 생각하면, 이 세상에 우연 아닌 것이 어디 있겠나. 내가 알기로 마쓰시다 전기의 고노스케 회장이 그랬다더군. 수년간 다니던 회사를 퇴직하고, 조그마한 전기용품 공장을 차려 사업을 시작했는데, 경영이 쉽지 않더래. 회사를 키울 엄두를 내기는커녕 자재비며 운영 자금은 달랑달랑했고 직원들 월급이 늘 걱정이었다는 것이야. 어느 날 퇴근길에, 그런 저런 고민에 싸여 골목길을 힘없이 타박타박 걷고 있는데 어떤 집에서 자매가 다투는 소리가 담장 밖으로 흘러나오더래. 언니는 다리미를 쓰겠다, 동생은 드라이를 먼저 하겠다 다투고 있더라나. 전기 소켓 하나를 두고 먼저 사용하겠다고 다투는 소리였대. 그 소리를 듣고 고노스케는 저 자매가 싸우지 않게 하는 방법이 없을까, 그런 궁리를 하게 되었고 마침내 쌍소켓을 만들어 냈다는 것이네. 그 쌍소켓의 대히트로 이 회사가 그 유명한 마쓰시다 전기로 크게 성장한 것이지. 마쓰시다 고노스케는 '그날 내가 고민에 싸여 그 골목길을 힘없이 타박타박 걷지 않고 빨리 걸어 지나가 버렸다면, 오늘날의 마쓰시다는 없었을 것이다' 라고 회고록에 썼더군. 그걸 보게. 우연의 작용도 준비한 자에게만 미치는 것 아니겠나. 어찌 자네 인생이 우연으로만 엮였다고 할 수 있겠어. 자네 인생이 우연으로 엮였다면, 세상에 우연 아닌 것이 어디 있겠나!"

글쎄 그럴까. 정말 세상에 우연이란 없는 것일까. 친구의 말대로, 수없이 많은 필연이 적층되어 어떤 한 순간에 출현하는 것, 그것이 우연일까. 정말 그럴까? 그는 마냥 고개를 갸웃거렸다고 했다.

그의 이야기를 듣고 나는 속으로 빙그레 웃음 짓지 않을 수 없었다. 그래 우연이나 타고난 운명에 의해 세상을 살아온 것으로 믿고 있는 사람들도 없지는 않겠지. 그렇게 믿는 데는 그만한 개연성이 있을 터이므로 틀렸다고 할 수는 없을 것이다. 다만, 그들이 간과하거나 의식하지 못하고 있는 사회 환경이 그들 삶을 좌우하고 있지만, 모르는 것은 죄가 아닌 것이다.

그래 고노스케가 고민에 싸여 타박타박 걷고 있었던 것이 문제의 핵심이 될 수 있겠는가.

나는 해 주고 싶은 말이 목까지 차올랐다. 만약 당시 전기다리미가 없고 헤어드라이기가 아직 세상에 나오지 않았다면, 그랬다면 전기를 먼저 쓰겠다고 자매가 다툴 일이 있었을까. 그리고 쌍소켓이 필요했을까. 그러나 끝까지 입 밖에 꺼내 말하지는 않았다. 쉽사리 수긍할 것 같지 않았기 때문이었다. 마침내 수긍한다 할지라도 자기가 살아온 것이 우연의 힘에 의한 것이었다고 깨닫는 데 걸린 길고 긴 시간만큼을 또 다른 궁금증에다 바치게 하는 것은 너무 가혹한 처사가 아니겠는가.

당신은 우연의 힘에 의해서도, 당신이 타고난 운명에 의해 산 것도 아니다. 당신은 당신이 태어나 살아온 땅, 이 땅 위에서 먼저 살다 간 많은 사람들과, 현재 더불어 살아가고 있는 많은 사람들이 함께 엮어 내고 있는 어떤 삶의 형태 또는 그 작용에 의해 살아온 것이다. 먼저 살다 간 인사들이나 더불어 살아가는 사람들이 궁색했다면 당신도 궁색했을 것이다. 다행히 그 사람들이 가꾸어 온 생활환경이 유족했기 때문에 그들과 엮이어 살아온 당신도 그 혜택의 울타리 안에 안주할 수 있었던 것이다. 요즘, 자기 실력과 자기 노력만으로 살아온 것으로 자부하는 사람들도 없지 않다. 그러나 꼭 그럴까. 자부심에 일면의 진실이 없는 것은 아니다. 그러나 자족적인 완벽한 진실은 아닌 것이다. 만약 국민소득 1백 불짜리 가난한 후진국에 태어나 삶을 꾸려 왔다면, 요즘 여기 이 땅에 사는 사람들이 현재 치르고 있는 노력이나 땀 정도로 입에 풀칠이나 제대로 할 수 있었겠는가.

당신이 우연이라 생각한 것이, 당신이 태어나 자라고 현재 살고 있는 국가의 성장 사이클의 작용임을 깨닫고 난다면 당신의 생각이 어떻게 달라질까. 좀 더 편안해질까. 아니면 실없이 쓴웃음이나 짓고 말까. 나는 차마 그를 쓴웃음 짓게 만들고 싶지는 않았다.

(이성구 지음, 『광고에서 창의력을 배우다』 일부 참조.)

한산수첩 5

국화무늬 그림자

멀리 양평에 계실 때와는 달리 한 선생이 한산도에 내려와 있다는 사실을 알고부터 마음이 불편했다. 우연히 펼친 지역신문의 인물란에서 한산도에 머물고 있는 한 선생의 근황을 접한 것이 문제였다. 그 기사를 보기 전까지는 천리 밖 소재지의 거리감에 비례하는 감정의 거리감에 안주할 수 있었다. 그러나 승용차로 한 시간 남짓 달리면 닿을 수 있는 지근거리에 와 있다는 사실을 안 순간 아득한 거리감이 소거되고 당장 마음이 쓰였다. 그동안 아무 연락도 없이 찾아뵙지 않은 것은 도리가 아니었고, 예의에도 어긋났다 할 수 있었다.

한 선생이 내가 만든 다큐멘터리 필름을 시청했을 리는 없었다. 전국단위로 방영된 필름이 아니라 한정된 지역에만 방영되는 지역방송사 제작의 필름이었다. 지역신문 인물란의 기사에 의하면 한산도에 체류한 지 6개월 정도 경과한 모양인데, 그 필름이 방영된 것은 지난해 이맘때쯤이었다. 그러므로 한 선생이 그 필름을 직접 시청했을 가능성은 낮았다. 그렇지만 그 사실이 조금도 위안이 되지 않았다. 한산도는 통영의 코앞인 데다 거제와도 지척이었다. 중앙문단에서야 어떤 위치에서 어떤 대접을 받고 있는지 모르지만 이 지역에서는 지역신문의 인물란에 동정이 소개될 만큼 대접을 받는 신분이었다. 그러므로 이곳 지역 문인들과의 교류가 없지 않을 터였다. 게다가 한 선생과 아버지의 관계를 알고 있는 지역 문인들이라면 그 필름에 대해 함구하고 있었을 리 없었다.

필름이 방영된 후 들려온 평가는 대체로 부정적이었다. 우려하고 걱정하던 대로, 칙칙하고 냄새나는 사실은 가급적 피하고, 내세우고 싶은 점은 머리카락 한 올로 사람 전체를 비춰 내려 안간힘을 썼다는 식의 혹평이었다. 지역 문인들의 그런 혹평에 나는 몇 번이나 낯을 붉혔으나 팀장의 격려에 자위하며 귀를 닫고 지냈었다.

물론 한 선생에게 필름을 따로 보내지 않은 것은 잘못이었다. 몇 번이나 용기를 냈다가도 한 선생의 반응이 두려워 그만 손을 움츠리고는 했다. 심지어 포장을 하고 거기에 주소까지 써 두고도 아직 부치지 못하고 있었다.

좀 더 기다리지, 한 선생의 마지막 당부의 말이 아직도 귀에 생생했다. 웬만한 사실은 시간이 적당히 지나면 그리움으로 옷을 갈아입기도 하는 것일세. 문제적 사실이 아닐 경우 그 기간은 의외로 많이 단축되기도 하는 것이야. 어떤 사실이 그리움으로 옷을 갈아입기 시작하면 그것에 묻은 때가 벗겨지기 마련이고 아름다운 채색으로 단장될 수도 있는 것이야.

한 선생은 사실의 때를 벗고 그리움의 옷으로 갈아입을 때까지 기다리는 것이 현명할 것이라고 당부했었다. 그런데 그 당부를 외면하고 필름을 제작해 방영했고, 지역의 몇몇 인사들로부터 우려했던 부정적 반응을 접하였다. 그런 사정이고 보니 한 선생에게 그 필름을 보내고 싶은 마음이 썩 내키지 않았다. 가능하다면 보이고 싶지 않았다. 필름은 한 선생이 우려했던 점을 고스란히 다 담고 있었다. 콘티를 짜고 대본을 만들고 촬영을 할 때, 여러 제작 단계에서 한 선생의 우려를 무시하고 한 선생의 믿음을 배신하고 있다는 사실이 거듭거듭 상기되었고 그럴 때마다 마음이 불편했었다. 한 선생에게 시치미를 뗄 수 있는 것은 한 선생이 필름 제작에 관한 사실을 모를 때까지만 유효한 것으로, 주저와 망설임을 더 끌고 갈 수는 없는 일이었다. 할 수만 있다면 한산도로 직접 찾아가 뵙고 필름을 전하고 그 소감까지 경청하고 싶었다. 그러나 아무래도 용기가 나지 않았다. 물어물어 한산도 주소를 알아내고 필름을 우송하는 것으로 마음의 부담을 줄였다.

전화 연결이 되었을 때, 나는 김장후 시인의 맏이, 기승이라고 먼저 밝혔다. 김장후 시인의 맏이, 기승이라고? 의외였던 모양이었다. 반문하는 한 선생의 음성에 놀람과 반색의 기운이 갈마들었다. 무슨 복잡한 상념이 떠오르기라도 했던지 잠시 뜸을 들인 후 한 선생은 목소리를 높여, 그래 아버지 돌아가신 지 벌써 10년이나 되었군! 어머니 건강은 어떠시고? 누이는 어떻게 잘 지내느냐? 하고 자별한 관심을 보였다. 묻는 말에 간략하게 대답한 후 마음을 가다듬고 전화를 건 용건을 말씀드렸다. 사망 10주기를 맞아 김장후 시인을 소재로 이곳 지방 방송국에서 다큐멘터리 제작에 착수했는데, 선생님의 도움이 필요해 전화 드렸다고 밝혀 말하였다. 그러자 한 선생은 알 듯 모를 듯 한숨을 쉬더니 숨을 죽였다.

그렇지 않아도 한 선생이 어떻게 나올지 내심 걱정스러웠던 터였다. 한 선생의 한숨과 침묵이 불안하였다. 나는 서둘러, 아버지 고향 거창의 죽마고우를 찾아뵙고 어릴 적 모습을 취재해 두었고, 함께 동인 활동을 했던 민병오 시인 등 몇 분 시인들도 직접 찾아뵙고 시인으로 활동하던 젊은 시절의 아버지 모습도 다 조사해 두었다고 했다. 그밖에도 아버지와 교분을 트고 지냈던 여러 선생님들을 두루 찾아다니며 필요한 자료를 대략 챙겨 두었다는 사실도 보태 설명했다. 그리고 무엇보다, 아버님에 대한 일이라면 한 선생님만큼 깊이 잘 알고 있는 사람은 다시없을 것이라고 만나는 사람들마다 입을 모으더라는 사실을 힘주어 강조했다. 이 다큐멘터리의 화룡점정은 한 선생님의 몫이라야 한다고 여러 선생님들께서 말씀하셨다는 사실을 거듭 강조하며 꼭 도움이 필요해 전화 드렸다고 간곡히 말했다. 나의 장황한 설명을 잠자코 듣고 있던 한 선생은 내 말이 끝나고도 몇 숨 더 뜸을 들였다. 그 순간이 너무 길고 불안해 무슨 말인가를 더 보태려 하는데, 한 선생이 입을 열었다. 그러나 들려온 말은 내가 제시한 용건이나 기대와는 사뭇 동떨어진 것이었다.

자네 말을 듣고 있으려니, 수줍은 듯 봉오리를 살짝 수면 위로 내밀고 있는 수련이 생각나는군. 알맞은 각으로 품을 벌리고 노란 술을 싸고 있는 하얀 수련 꽃은 언제나 정결해 보이지. 붉은 보랏빛을 띠는 수련 꽃도 해질녘에 보면 썩 운치가 있고. 그런 수련 꽃을 보고 있으면 나는 무엇인가 늘 완결된 것의 형상을 보고 있는 것 같다네. 더 보탤 것도 없고 어디 더 덜어 낼 데도 없는, 그 어떤 완결성 말이네. 사람은 누구나 삶의 끝을 맞이하지만 그처럼 완결된 모습으로 죽는 사람이 드문 것 같더군!

아버지의 죽음에 대해 말하는 것인가. 역시 내 예상이 틀리지 않아 아직도 아버지에 대한 불신과 앙금이 남아 있는 것인가. 나는 한 선생의 말을 더 명확히 이해하기 위해 속으로 끙끙 앓았다. 아버지의 죽음을 두고 완결성 운운하지는 않았을 것이다. 도리어 완결성이 결여된, 미완의 죽음이라는 비판인가. 그러므로 아직 그런 작업을 하기에는 이르다는 뜻인가. 혼란스러웠다. 혼란을 수습하지도 못하고 전전긍긍하고 있는데 한 선생의 다음 말이 들려왔다.

그래 언제 올라올 예정인가?

일껏 서울로 올라올 일정까지 잡아 두었다니 만나보기는 하겠지만, 자기가 별 도움이 되지 않을 것 같다고 미리 빗장 지르듯 미련을 자르고 나왔다. 만나는 사람들마다 한 선생보다 아버지의 생애나 작품 세계를 더 잘 아는 사람은 다시없을 것이라던 그 한 선생이 짐짓 별 도움이 되지 않을 것 같다고 미리 한 발을 빼고 나오다니, 어깨에 힘이 쭉 빠졌다. 부풀었던 기대가 허망하게 쪼그라드는 느낌에 입술을 깨물었다. 그러나 어쩌랴, 꼭 뵙고 말씀을 듣고 싶다고 거듭 되뇌일 수밖에 없었다. 그러면, '페르시아' 전이 열리고 있는 중앙박물관에서 만나자고 했다.

수련 이야기도 뜻밖이었지만 만나자는 장소도 뜻밖이었다. 인사동 어디 조용한 전통찻집 같은 데를 염두에 두고 있던 나는 약간 어리둥절했다. 왜 하필 페르시아전이 열리고 있는 중앙박물관이란 말인가. 이쪽의 반응이 뜨악하다고 여겼던지 한 선생은, 서울 나가는 일이 잦지 않아 한 번 더 관람하고 싶었는데 그러지를 못했다면서, 함께 페르시아전이나 관람하며 이야기를 나누자고 덧붙였다.

휴대폰을 열고 시간을 보니 약속 시간에서 5분이 지나고 있었다. 양평에서 서울에 나오려면 전철로 한 시간 남짓 걸린다더니 전철 시간이라도 어긋난 것인가. 나는 이마의 땀을 훔치며 입구 쪽 경사진 길을 바라보고 있었다. 대답이 어딘가 시원치 않고 망설이던 기색이 느껴지더니 안 오려는 것인가. 머리를 태울 듯 볕을 쏟아 내고 있는 중천의 해가 원망스러웠다. 매표구 앞은 그늘이 져 있어 시원했지만 거기서는 입구 쪽이 잘 보이지 않았다. 불볕 속으로 다시 나가 손차양을 하고 입구 쪽을 눈여겨 살폈다.

드디어 시야에 잿빛 간이한복 차림에 여름 하늘의 깃털구름처럼 운치 있는 하얀 머리를 가진 어른의 모습이 시야에 들어왔다. 오른손에 부채를 펴 들고 있었으나 부채질은 하지 않고 있었다. 내 직감은 그쪽으로 발걸음을 옮기도록 재촉했다. 달려간 나는, 허리를 깊이 숙여, 제가 기승입니다, 하고 인사를 올렸다. 그래 내가 좀 늦었군, 하고 한 선생은 잊어버리고 있었다는 듯 비로소 부채질을 하였다. 이런 더운 날 수고를 끼쳐 드려 송구스럽습니다. 내가 면괴스러워 하자 너그러운 표정을 짓고 고개를 젓더니 전화를 받은 후, 지난 며칠 동안 자네를 생각했네. 보고 싶더군, 하고 말했다.

그런데 올라오면서 보니 페르시아전이 끝났더군, 미안해서 어쩌나, 하였다. 페르시아전이 끝난 줄도 모르고 장소를 잘못 잡았다고 자기의 무신경을 탓하며 겸연쩍은 표정을 짓기도 했다. 아, 그러시면 저 호반의 카페로 가시면 되지 않겠습니까, 하고 제안했다. 시원한 에어컨 바람의 유혹이 강렬했다. 그러자 한 선생은 뭐 카페에 가 봐야 차와 음식, 에어컨 바람, 이런 일상밖에 더 있겠나, 이왕 여기까지 왔는데 카페는 그만두고 상설전시장이라도 한 번 둘러보세, 하고 심드렁하게 말했다.

일상밖에 없는 카페라는 말이 낯선 실로폰 소리의 여운처럼 내 가슴을 높고 길게 울렸다.

박물관을 약속 장소로 택한 데는 일상을 벗어나고 싶은 충동이 작용해서였다는 뜻인가. 아니면 나와의 만남이 일상을 뛰어넘는 어떤 특별한 의미를 지녔다는 것인가. 그렇지 않아도 의사를 거스를 입장이 아니었지만, 에어컨 바람의 유혹을 뿌리치고 자발적으로 한 선생의 뜻을 따르려는 마음이 되었다. 그래 박물관이란 일상을 뛰어넘어 있는 존재일 것이다. 이미 소멸한 시간의 존재를 힘주어 강조해 되풀이 말하고 있는, 과거의 어떤 매듭들의 전시공간일 것이다.

그러나 비록 현실과 사뭇 동떨어진 장소이기는 하겠지만, 현재 살아 있는 것들의 시간이나 삶과 전혀 무관한 장소는 아닐 것이다. 전시물들이 영원에 비견되는 오랜 과거에 쓰인 유물들인지라 현재 사용되는 물건들과 안팎의 형상이 꼭 같을 수는 없을 것이다. 용기나 도구는 필연적으로 편의를 위해 진화하기 마련이므로 형상이 달라진 것은 당연한 귀결일 것이다. 그러나 형상은 달라져 왔을지라도 본질과 함의는 달라지지 않았을 터였다. 그러므로 그 전시물들에서 우리는 우리의 시원을 읽어 내야 하고, 시간의 힘을 명확히 인식해 알아야 하고, 기술의 시작과 진화과정을 파악해야 할 것이었다. 거기 전시된 유물들에 응축되어 있는 환유에서 오늘의 삶과 유관한 의미를 찾아내지 못한다면, 인류문화의 변천과 발견의 흔적을 어디서 찾아볼 수 있겠는가. 한 선생이 꼭 그렇게 말한 것은 아니었으나, 낯선 실로폰 소리의 여운은 내게 그런 상념을 불러일으켰다.

내가 매표구에서 입장권 사는 것을 지켜보고 있던 한 선생은 앞장서 전시관을 향해 걸음을 옮겨 놓았다.

나는 다큐멘터리를 잘 몰라서 그러는데, 다큐멘터리란 사실을 확보하려는 것인가, 아니면 진실을 구현하려는 것인가? 아니 내 말이 좀 복잡하게 들렸나. 바꿔 말한다면, 다큐멘터리란 사실을 중시하는 것인가, 아니면 진실을 중시하는 것인가?

앞서 가던 한 선생이 보폭을 줄이더니 나와 어깨를 맞대며 나란히 걷게 되자 나를 돌아보며 물었다. 나는 얼른 대답이 나오지 않았다. 불쑥 주먹질이라도 당한 듯 느닷없다는 느낌에 잠시 당황했다. 자네가 사실과 진실의 차이를 아는가, 그렇게 따져 물은 것 같았다. 꼭 그런 의도가 아닌지 모르겠지만 내게는 그렇게 들렸다. 같은 사례일지라도 어떤 액자에 들어가느냐에 따라 사실이 되기도 진실이 되기도 하는 경우를 많이 들어 알고 있었다. 여러 경우 사실은 진실이 되기를 지향하는 성질이 강하다는 것도 들은 바 있었다. 그러나 꼭 그렇게 되는 경우가 많지는 않았다. 다큐멘터리가 사실을 중시하는가, 진실을 중시하는가. 그 둘 다를 중요하게 생각할 때 다큐멘터리는 존재할 자리를 확보하는 것이라고 대답하려다, 다른 대답을 기대하고 있는 것 같아 망설였다.

너무 단순화시킨 것 같지만, 저는 허구의 산물인 영화나 드라마와 대척점에 서는 것이 다큐멘터리라고 생각해 왔습니다.

아직 한 번도 그렇게 생각해 본 적이 없었으나 궁색한 나머지 그렇게 꾸며 대답했다. 질문의 핵심을 비켜 나갔으나 더 요령 있는 대답을 찾을 수는 없으리라 생각하며 내심 안도하였다.

그럼, 자네는 아버지 초상을 그리고 싶은가? 시인의 모습을 담고 싶은가?

아버지와 시인 둘 중 하나를 선택해야 한다는 것인가. 아버지와 시인을 동시에 담을 수 없다는 선언 같기도 했다. 내게는 아버지이지만 시인이기도 한 김장후의 모든 것을 다큐멘터리에 담을 수 없단 말인가. 아버지를 사실로, 시인을 진실로 대칭적으로 위치시켜 생각해야 한다는 주문 앞에 서 있음을 나는 직감했다. 가급적 항상 눈을 똑바로 뜨고 지내려는 내면의 이성은 다큐멘터리를 제작할 때마다, '현실 세계의 창조적 진술' 이라는 테제를 전제로 해 왔다. 사실을 발견하고 발굴해 리포트하는 것이 뉴스라면 다큐멘터리는 사실의 이면에 잠복해 있는 인과, 또는 필연을 찾아내 사실을 더 깊이 있게 이해하게 하는 데 복무하는 것이라 믿어 왔다. 사실의 이면에 잠복해 있는 보다 깊은 의미를 발견하고 발굴해 전달하는 데 그치지 않고, 거기에다 욕심을 더 부려 그것이 사회에 보탬이 되기를, 보다 많은 사람들의 삶에 도움이 되기를 바라기도 했었다.

자네 이번에 김장후 시인을 한번 작업해 보지 않겠나?

팀장이 찾는다기에 데스크로 갔더니 대뜸 그렇게 말했다. 그렇지 않아도 이번에 제작할 다큐멘터리 프로를 두고 소재 사냥에 여념이 없던 터였다. 내가 맡고 있는 다큐멘터리 프로그램 '사람과 세상' 은 몇 안 되는 우리 방송국 자체 제작 프로그램 가운데 간판격의 것이었다. 주로 지역의 역사와 지역인들의 생활을 중심으로 엮어 내는 이 다큐멘터리 프로그램은 제작이 용이할 것 같지만 그렇지만도 않았다. 지역에 한정되어 있으므로 무엇보다 소재 발굴에 어려움이 많았다. 지역 특성을 살리면서 보편적 가치까지 구현해 낼 수 있는 소재를 찾기가 쉽지 않았다. 매실마을을 이룩한 사례와 한천 제조마을 사람들, 쥐포 생산과정, 통도사 승방생활 등은 성공한 대표적 다큐멘터리로 꼽혔다. 통영오광대 탈꾼 김우성, 동래야류의 춤꾼 문장원, 수영야류의 수양반 김인술, 동해안 별신굿 큰무당 김석출 등을 다룬 다큐멘터리도 성공한 경우로 칠 수 있었다. 그러나 두세 해가 지나고 나자 소재 찾기가 갈수록 힘들어졌다. 아무리 그렇다 하더라도 하필 김장후 시인이라니, 얼른 대답이 나오지 않았다.

자네 아버지를 그리라는 것이 아니네. 우리 지역의 대표적 시인을 담아내라는 것이지.

그래도 제가 담당하기에는 좀…….

김장후 시인은 비록 중앙에는 잘 알려져 있지 않지만, 우리 지역에서 배출한 시인 가운데 특출한 분이시네. 작품도 특색이 있지만, 그 생애 또한 관심을 둘 만하지.

작품이 특색이 있다는 말은 칭찬으로 들어 틀리지 않겠지만, 생애 또한 관심을 둘 만하다니 그것은 분명 칭찬은 아닐 것이었다. 작품에 대한 평가는 긍정적이지만 그 생애에 관한 평가는 결코 좋지 않은 것이 사실이었다. 시에 관한 재능은 천부적으로 타고난 것이라는 과분한 극찬까지 들은 바 있었으나 삶의 궤적은 부정과 비난과 폄훼의 대상이 되어 있었다. 나로서는 돌아보고 싶지 않은 대목이었다.

왜 그러나? 김장후 시인을 다룬다면 자네 말고 다른 적임자는 없어. 자네라야 제대로 다룰 수 있어.

아버지를, …… 나쁘게 그릴 수야 없지 않습니까?

똑같은 풍경이라도 해질녘 노을을 배경으로 잡으면 쓸쓸해 보이고, 돋을볕이 퍼져 나가는 아침에 잡으면 활기차 보인다는 것이나 푸른 안경을 끼고 바라보면 세상이 파랗게 보이고, 빨간 안경을 끼고 바라보면 세상이 빨갛게 보인다는 사실 정도는 누구보다도 더 잘 알고 있을 팀장이었다. 방송국 밥을 먹은 지 30년 가까운 팀장은 기자로 입사하여 프로듀서로 전환한 뒤 실력을 발휘하며 승승장구해 왔다. 초년에는 드라마에도 손을 댄 적이 있지만 명성을 날리며 경력을 쌓은 것은 종합프로그램 쪽이었다. 연예프로그램, 다큐멘터리, 안 해 본 프로그램이 없는 우리 지역 방송계에서는 마당발의 만능 재사였다.

누가 나쁘게 그리래나. 자네 마음껏 잘 그려 봐. 김장후 시인이 비록 삶은 좀 욕되게 살았다 하더라도 시는 훌륭하잖나. 자네 손으로 삶의 구김살까지 펴 주면 더 바랄게 뭐 있겠어. 우리 지역 출신 시인을 자랑스러운 인물로 재탄생시킬 수 있다면 그 얼마나 보람 있는 일이겠어. 자네가 해야 해.

그래도 저는 아닙니다.

사람들이 초상화를 제작할 때 누구에게 의뢰하겠나. 솜씨가 뛰어난 초상화가에게 의뢰할 것 아닌가. 다큐멘터리도 마찬가지야. 우리 방송국에서 자네만 한 베테랑이 어딨어. 든 솜씨에 각별한 애정의 입김까지 불어넣는다면 더 바랄 게 뭐 있겠어. 김장후 시인에게 휘황한 배광을 입혀 줄 수 있는 사람은 자네 아니면 없어.

속으로 기쁘지 않은 것은 아니었다. 피가 혈관을 타고 소리 지르며 뛰는 걸 느낄 만큼 흥분이 되기도 했다. 아버지를 다큐멘터리 소재로 삼는다면 다른 어떤 프로그램보다 열성을 기울여 잘 만들 수 있으리라는 의욕도 불처럼 일어났다. 그러나 이 경우 다른 사람의 손에 의해 만들어져야 한다는 양심의 소리가 한쪽에서 파도처럼 높이 외쳐댔다. 마음이 복잡했다. 남의 손에 맡겨 놓으면 없는 욕도 보태 왜곡시켜 놓지 않을까. 그것 또한 바랄 바는 아니었다. 그러나 아무리 애를 쓴다 하더라도 내가 객관적인 시각을 유지할 수나 있을까. 내가 대답을 망설이자 팀장은 다시 말했다.

출중한 초상화가에게 영정 의뢰를 하는 것이 당연하듯 가장 솜씨 좋은 베테랑에게 프로그램 제작을 맡기는 것은 너무나 자연스런 일이야. 베테랑에다 대상 소재에 남다른 애정과 자긍심까지 지녔다면 더 이상 바랄 게 뭐 있겠어. 딴말 말고 진행하게.

일단 나는 기분이 한껏 부풀어올랐다. 팔이 안으로 굽어 들어가도 어쩔 수 없지 않겠느냐는 팀장의 배려도 고마웠다. 아버지와 시인을 동시에 그려 내면 어떤 그림이 될까. 나는 흥분을 삭이지 못한 채 고양된 기분으로 자리로 돌아왔다.

아버지와 시인! 내가 망설이고 있었으나 한 선생은 대답을 재촉하지는 않았다. 팀장과 나눈 말을 그대로 들려줄 수도 있었으나 한 선생은 그런 대답을 바라고 있지는 않을 것 같았다. 그러는 사이 우리는 동관 집표구를 통과해 환형으로 시원히 뚫린 천장을 올려다보며 으뜸홀로 들어서고 있었다. 냉방장치가 어디 있는지 보이지 않았으나 서늘한 공기가 이마를 선뜩하게 식혔다. 턱 아래까지 바짝 치켜 올라가 있던 호흡이 한결 가슴 쪽으로 내려와 편안해진 느낌이 좋았다.

왜, 내 질문이 자네 분야에서는 낯선 것인가?

아닙니다. 도리어 제게 뒤늦게 깨달음을 주셨습니다.

다른 뜻은 없네. 자네가 아버지를 그리겠다면 그에 합당한 말을 준비해야 할 것이고, 그렇지 않고 시인을 그리겠다면 거기에 대한 내 대답은 응당 다를 수밖에 없지 않겠나. 그래서 미리 말한 것이네.

선생님 말씀을 듣기 전까지는 아버님과 시인을 함께 그릴 생각이었습니다. 하지만 선생님 말씀을 듣고 나니 그것이 얼마나 이기적인 발상인가 하는 자괴감이 들었습니다.

한 선생은 구석기실로 들어가고 있었다. 나도 묵직한 가슴을 안고 그 뒤를 따랐다. 여러 석제 유물들과 이미지 작업으로 설치해 둔 석기시대 생활 모습을 둘러본 다음 신석기실, 청동기 · 철기실 등을 거쳐 신라실까지 도는 동안 우리는 아무 말도 나누지 않았다.

백제실의 산수무늬 벽돌과 금동대향로 앞에 굳은 듯 서 있는 한 선생의 모습이 인상적이었다. 간이한복 차림 때문인가, 머리에 하얗게 내려앉은 서리 때문인가, 깊은 상념에 잠긴 표정 때문인가, 한 선생은 백제시대로 물러나 있는 듯했다. 백제실을 나오는 순간 한 선생은 비로소 현실로 돌아온 것 같았다. 가야실을 거쳐 신라실로 들어가서도 한 선생은 황남대총 금관 앞에서 또 현재의 허울을 벗어던지고 아득한 과거로 날아가 있는 듯 허허로운 모습으로 움직일 줄 몰랐다. 내가 다른 유물을 다 살피고 한발 늦게 나왔더니 그제서야 오랜 상념에서 깨어난 표정으로 나를 쳐다보았다. 무슨 말을 할 것인가. 무슨 말이라도 할 것 같아 기다렸으나 이번에도 아무 말 없이 고개를 돌렸다. 발해실을 거쳐 경천사 십층석탑을 한 바퀴 돌며 또 골똘한 생각에 잠겨 들었다.

저기 좀 앉을까?

경천사 십층석탑을 돌아보고 복도로 나왔을 때 비로소 한 선생은 입을 뗐다. 복도의 석제의자에 먼저 앉으며 한 선생은 눈짓으로 나에게 옆에 앉기를 권했다.

자네는 박물관과는 별로 친한 것 같지 않군!

나는 당연한 일 아니냐고 대꾸하려다 입을 다물었다. 아직 그럴 나이가 되지 않아 다행이라 생각했다. 박물관이란 세상 떠날 날을 예감한 연령의 인사에게나 비로소 그 가치를 발휘하는 곳 아닐까. 현재의 생활에 정신없이 바쁜 사람들이 가까이할 그런 생생하고 활달한 곳은 아니지 않는가. 그러나 그런 상념 역시 구상유취한 것인가. 그런 자괴감도 함께 따라 일어났다.

응축된 시간의 켜를 뒤적이며 인류의 궤적을 들여다보면 현재의 우리 삶이 한결 명료하게 모습을 드러내는데, 지혜가 사유의 산물이라면, 가장 깊이 사유하게 하는 곳이 박물관이라네. 아니, 이렇게 말하면 내 경험을 일반화시키려는 불순한 의도가 깔렸다 할 것인가!

한 선생은 혼잣소리처럼 그런 말을 하며 손에 들고 있던 가방의 지퍼를 열었다. 안에서 음료수 캔을 꺼냈다. 옥수수수염차와 오렌지주스였다. 내게 오렌지주스를 건네고 자기는 옥수수수염차의 뚜껑을 열면서 직원들 눈에 띄지 않게 얼른 목을 축이자고 했다. 다른 사람들의 눈에 띄기 전에 목을 축이고 빈 캔을 가방에 넣고 나서야 한 선생은 주위를 여유롭게 둘러보았다. 그 눈치가 아마 다른 사람들이 봐도 개의치 않고 목을 축였을 것으로 짐작되었다.

아버님 이야기라면 가족보다 더 잘 아는 사람이 어디 있겠나. 게다가 그동안 자네가 만난 사람들로부터 아버님 이야기를 들을 만큼 다 들었다 하지 않았나. 거기에다 더 보탤 만한 말이 내게는 없을 것 같네. 그래 동인지를 함께했다는 민 시인이 뭐라든가? 아버지 시 훌륭하다고 하지 않던가?

구체적으로 말씀하시지 못하고 그냥 좋았다, 감동적이었다는 등 인상 비평적인 말씀에 지나지 않았습니다. 시론이라는 것이 하루이틀에 틀이 잡히는 것은 아닐 것입니다. 필경 오랜 세월 많은 사람들의 심려와 숙고를 거쳐 어렵사리 입론된 문화의 정수 중 하나일 것입니다. 그런 정립된 이론에 입각해 말씀해 주시면 그 경중을 저도 알아듣겠는데, 무조건 우리 지역에는 그만한 시인이 없었다고 하니, 저로서는 '그만한 시인'에 관해 아는 바가 없어 어리둥절했습니다. 제가 아쉬운 빛을 보였더니, 민 선생님께서 한 선생님을 뵈면 그런 갈증이 다 풀릴 것이라고 하셨습니다.

내가 무슨 산속 석간수나 물이 펑펑 솟아나는 샘이라도 되는 줄

아나, 민 선생 공연히 내게 숙제를 미루었구만! 죽마고우라는 분은?

초등학교 6년을 함께 다니며 일이 등을 늘 다퉜다는 그 어른은 김장후는 수재였다고 강조했습니다. 공부도 잘했지만, 그림이나 시에도 특출했고 태권도도 이미 유단자였다고 했습니다. 하지만 수재라면 그런 좋은 머리로 어찌 그렇듯 가난에 찌들어 자식들에게 밥도 제대로 먹이지 못했겠느냐고 반문하자, 시대를 잘못 타고 났지, 시대를 잘못 타고 태어났어, 하고 한숨을 내쉬셨습니다. 저는 동네를 돌아다니며 빈 병을 줍고 고물을 주워 판 동전 몇 닢으로 풀빵을 사서 주린 배를 달랬던 기억이 너무나 생생해 그때 저도 모르게 눈물이 흘렀습니다. 그런 저를 보시더니 당시 대부분이 그렇게 살았다고 말씀하시며, 그분도 한 선생님을 뵈면 모든 것을 더 자세히 알 수 있을 것이라고 하셨습니다.

괘씸한 인사들이군. 난처한 문제는 다 내게 미루다니! 그런데 수재가 어찌 그렇듯 초라하게 살았느냐는 질타는 다른 문제일세. 자네도 학교에서 배워 다 알겠지만, 시인이 무엇인가? 일상의 구속을 벗어나려는 존재 아닌가. 일상으로부터 탈출하여 보다 이상적인 세상을 갈망하고 늘 꿈꾸는 존재들 아닌가. 다른 예술과 마찬가지로 시도 세상과 늘 불화하는 존재라네. 인간에게 주어진 조건을 늘 부정하고 저항하는 그런 불온한 존재지. 그리고 시가 어디 돈이 되던가. 물건을 떼다 팔면 그것을 사는 사람이 있어 이문이라도 떨어지지만, 형상이 없는 '생각'을 어루만져 몇 자 적어 놓은 것에

돈을 지불할 사람이 어디 잘 있어야지. 그래서 장사꾼과 달리 시인의 작업은 돈이 되지 않는 것이라네. 그런 사람이 어찌 잘 살기를 바랐겠나. 더구나 우리 또래 성장기 무렵 우리나라 국민소득을 생각해 보게. 일백 불 남짓 됐을까, 그런 궁핍한 세상에 시인이 잘살면 얼마큼 잘살 수 있었겠나? 오천 불, 칠천 불, 일만 불, 일만 오천 불, 심지어 이만 불 시대 사람들은 이해하기 힘들 걸세.

선생님께서도 본질을 슬쩍 비켜 버리시는군요.

시를 쓰든 예술을 하든, 가족을 먼저 부양하고 나서 비로소 하라. 가족을 고생시키는 아버지는 책임을 다하지 못한, 무능하거나 직무를 유기한 패려한에 지나지 않는다, 그런 질타인가?

저는 제가 벌어 학교를 마쳤습니다. 동생들도 마찬가지였습니다.

알고 있네. 자네 가족의 고생을 내가 왜 모르겠나.

한 선생은 그렇게 말한 후 한숨을 푹 내쉬었다. 한 선생은 아버지와는 사뭇 달랐다. 고등학교를 졸업한 후 달리 하는 일 없이 다만 시를 쓴답시고 손때 묻은 대학노트를 옆구리에 끼고 다니며 아는 사람들로부터 담배와 차와 밥과 술을 구걸하는 것으로 일과를 삼은 아버지와는 달리 한 선생은 어렵사리 대학을 마치고 잡지사 등에 다니며 사회인으로서 안정된 생활을 누렸다. 민 선생의 말에 의하면 아버지는 한 번도 올바른 직장을 가져 본 적이 없었다고 하였다. 선대로부터 물려받은 유산도 한 푼 없는 사람이 올바른 직장을 가져 본 적이 없었다면 생활인으로서 기본자세가 되어 있지 않은 금치산자와 다름없었을 터였다. 아버지는 정상적인 생활을 기대하기가 불가능한 무능한 사람이었다.

비록 생활 부적격자였으나 감성은 남달리 예민하였고, 그 감성에 충실한 나머지 남보다 더 일찍 사랑하고 결혼도 하고 자식도 주렁주렁 잘 가졌다. 사랑하는 데도 비용이 들기 마련인데 하물며 결혼하고 자식까지 갖는 데는 더 말해 무엇 하겠는가. 어디를 봐도 돈 들어갈 구멍만 뻥뻥 뚫려 있었다. 시로써는 용돈 마련에도 갑갑하던 터, 아는 사람들을 찾아다니며 그들의 온정에 기대는 걸 부끄럽게 여기지 않았다. 온정에 기대는 것도 한계가 있지 마냥 손을 벌리고 다닐 수는 없는 노릇이었다.

알음알음으로 어렵사리 얻은 것이 이름 없는 지방 신문의 광고 담당 임시직 자리였다. 일정한 급여 없이 실적 위주의 수당이 그에게 주어지는 수입의 전부였다. 지방 신문의 광고라는 것이 매우 한정적이었다. 그 수당으로는 새끼들 입에 풀칠하기도 힘들었다. 최저 생계비 마련에도 급급했던 그는 광고 담당 임시직으로 뛰면서 사업 기획자로서 실력을 발휘해 나갔다. 유망 사업의 청사진을 마련하여 안면 있는 사람의 사무실을 찾아다니며 그 수요자를 물색했다.

광고 담당 임시직도 그렇거니와 사업 기획자의 일도 다른 기술은 다 제쳐 두고 말이 가장 요긴한 수단이었다. 광고라는 것도 그렇지만 기획이라는 것이 무엇인가. 광고라는 것이 물건을 파는 것이 아니듯 기획이라는 것도 현물을 파는 것이 아니었다. 광고나 기획이나 앞으로 기대 가능한 어떤 꿈과 같은 것을 파는 셈이었다.

현물이 아닌 어떤 꿈과 같은 무형의 것을 파는 데 있어 무엇이 가장 중요하겠는가. 말솜씨였다. 광고 지면이나 기획도 그것을 설명하는 말솜씨에 따라 따느냐 마느냐 성패가 갈리고는 했다. 말로 그럴듯하게 구슬려 상대로 하여금 미끼를 물게 만들어야 했다.

거기에는 고도의 기술이 필요했다. 그 기술이란 '말의 요령' 이었다. 광고나 기획이나 그것을 설명하는 말솜씨가 매끄러워야 했다. 허술한 기획도 말만 잘하면 황금알을 낳는 거위처럼 대단한 것으로 인식시킬 수 있었다. 하지만 시류에 딱 맞아떨어지는 그럴듯한 사업 기획도 자칫 말 한마디 잘못하면 죽을 쑤기 마련이었다. 현물을 제시하는 것도 아니고 말로 구슬려 미끼를 입에 물게 만들어 내야 하니 어쩌겠는가. 최대한 말솜씨를 개발하지 않을 수 없었다. 좋게 표현해 말의 요령이지, 짐짓 거짓말 솜씨에 다름 아니었다. 말에 번드르르하게 기름칠을 해야 상대방은 거기에서 구수한 냄새를 맡고 그 맛을 느꼈다. 구수한 냄새를 맡고 그 맛을 느껴야 가까스로 미끼를 물었다. 광고나 기획이나 한 달에 한 건이라도 성사시키면 다행이었다. 그 성공을 위해 매번 죽어라고 단련을 해야 하는 것이 '말의 기술' 이었다. 말의 기술을 단련하다 보니, 느느니 거짓말이었다.

마침내 그는 거짓말에 이골이 났다. 거짓말에 이골이 난 그에게 광고나 기획보다 더 말을 필요로 하는 새로운 일거리가 나타났다. 선거판이었다. 선거에 맛을 들인 그는 광고나 기획은 안중에도 두지 않았다. 어느새 그에게는 선거철이 가장 큰 대목이 되었다. 다른 밑천이 없어도 말만 번드르르하게 해대면 돈이 절로 생겼다. 선거판이란 이러나저러나 눈속임만 잘하면 뒤탈은 없었다. 그런데 선거는 왜 4년마다 한 번씩밖에 돌아오지 않는 것인지, 그로서는 답답해 죽을 노릇이었다. 더 자주 있으면 오죽 좋을까. 국회의원 선거를 2년에 한 번씩 하면 좋으련만, 아니 해마다 선거가 있으면 좋으련만, 그렇지가 않았다. 요즘처럼 국회의원 선거다 지자체의원 선거다 보궐선거다 하며 선거가 자주 있었다면 그의 궁핍도 많이 덜어졌을 것이었다. 그러나 당시에는 답답하게 국회의원 선거가 4년에 한 번씩밖에 돌아오지 않았다. 어쨌거나 한때 지역구 국회의원 사무실에 빌붙어 큰소리 탕탕 치고 다닌 적도 없지 않았다.

그러나 버릇이 된 '말의 요령' 이 지나쳤던가, 의원 보좌관으로부터 의심을 받게 되었고 어느 사이 신뢰를 잃고 결국 쫓겨나는 신세가 되고 말았다. 만약 그렇지 않았다면 그의 명함은 실로 오랫동안 금빛으로 휘황찬란하게 빛났을 것이다. 즉 김장후 시인은 한때 세상을 속이는 것을 삶의 방편으로 삼았던 것이다. 민 선생으로부터 그 사실을 구체적으로 듣고 나자 그 전까지 기연가미연가 어렴풋하던 불안감이 윤곽을 확실하게 하여 떠오르며 나를 괴롭혔다.

자네가 들은 말이 모두 사실일까?

민 선생님께서 없는 말을 지어내셨겠습니까?

사실이 반드시 진실이 되는 것일까?

나는 잠시 말문을 닫았다. 아까 '자네 사실과 진실의 차이를 아느냐' 고 묻던 말이 상기되었다. 민 선생은 듣는 나를 의식하며 아버지에 관한 이야기를 가급적 사실보다 더 미화시켜 들려주었을 것이다. 그럼에도 불구하고 그것은 끔찍하고 전율을 느낄 만큼 충격적이었다. 그것을 사실이 아닐 것이라고, 부정할 수는 없었다.

내가 왜 페르시아전을 보려 했는지 아나? 아까 신라실에서 본, 경주 황남대총에서 나온 황금팔찌와 계림 14호 무덤에서 출토된 장식 보검이 페르시아 유물과 어떤 관계가 있는가, 둘 사이의 유사성을 한 번 더 따져 보고 싶어서였다네. 금판에 녹색 보석을 박아 뒤쪽에 다시 금판을 덧대 위와 아래를 앞쪽으로 둥글게 감싸 씌운 것이나, 금이나 은 테두리 안에 붉은색 마노를 박아 장식한 칼집이 현란하기 이를 데 없는데, 그 세공술이며 디자인이 신라 것이라 하기에는 너무 뛰어나 보여 늘 의심스러웠는데, 그것이 서아시아나 중앙아시아 등지에서 발굴된 유물과 동종의 것이라지 않겠나. 페르시아 등 서아시아의 유물도 그렇지만 기원전 3세기경에 소멸했다는 스키타이족의 황금유물도 신라 천마총 같은 대총에서 발굴되었다 하고……. 그런 사실이 웬 까닭인지 육중하게 나를 괴롭히며 오래 사유하게 했다네.

한 선생이 일부러 화제를 바꾼 것이려니 여기며 나는 잠시 입을 다물었다. 내 이야기를 듣고 있기 거북하다는 것인가.

페르시아전 가운데 날개 달린 사자장식 뿔잔을 본 순간 정신이 황홀하더군. 2천 5백여 년 전에도 저런 호사를 누렸는가. 그 섬세한 양각 음각 무늬며 실물보다 더 실물처럼 만든 형상이며, 내가 압도되는 느낌이었다네. 나중에 다리우스 대왕의 명문판을 보고 나서 천천히 돌아가던 내 머리가 이해의 한순간을 맞은 것 같았네. 그 문장을 정확히 기억하고 있는지 모르겠지만, '이것이 내가 차지하고 있는 왕국이다. 소그디아를 거쳐 스키타이부터 에티오피아까지. 신드부터 사르디스까지. 이것을 신들 중 가장 위대한 아후라마즈다(자라투스트라)가 나에게 주셨다' 고 되어 있었네. 오늘날 지도를 보면 동으로 키르기스스탄에서 서쪽으로 터키를 지나 불가리아, 루마니아 일부까지 그 영토였다는 것이네. 다리우스 대왕이 그토록 광대한 영토를 다스렸다면 문화는 또 얼마나 눈부시게 꽃피웠겠나. 그 찬란한 문화의 정수를 내가 다 보았다면 얼마나 좋겠나. 불행히도 그 일부, 후세에 발굴된 지극히 일부를 보며 당시의 문화를 유추해 낼 수밖에 없었다네. 눈앞에 있는 것보다 더 신비한 다른 유물이 땅속에 아직 묻혀 있지 않으리라는 보장이 어디 있겠나.

그러나 눈앞에 있는 사소할지도 모를 유물의 제유만으로도 나는 압도당했다네. 그리고 그것들 사이에 황남대총의 유물을 놓고 상념하자 내가 새롭게 태어나는 느낌이었어. 게다가 그 다리우스 대왕은 오늘날 어떤 존재인가? 그는 사라지고 없는 존재인가, 아니면 그와 나 사이에 눈에 보이지 않는 어떤 다리 같은 것이라도 놓여 있는 것은 아닐까? 만약 나라는 존재가 형상으로 나타나기 수천 년 전의 어떤 일이 지금의 나의 존재를 예비하는 어떤 것으로 작용하지 않았으리란 보장이 없지 않는가. 그 수천 년 전 어떤 사실이 나와 관계가 이어진다면, 하는 데 생각이 미치자 나는 소름이

쪽 끼쳤다네. 그러나 무엇보다 내가 눈으로 보고 있는 아주 사소한 일부에서 사실을 다 알아본다는 착각은 하지 않아야 할 것이라는 생각이 나를 늘 감계하게 만든다네.

나는 아무 대꾸할 말이 없었다. 우리가 공동으로 관심을 보여야 할 화제와는 거리가 먼 이야기이지 않은가. 아버지 김장후 시인의 생애를 다큐멘터리로 재현하는 작업에 웬 페르시아며 다리우스 대왕이며 스키타이족이 등장한단 말인가. 내심 의아스럽지 않을 수 없었다.

자, 그럼 2층도 구경해 볼까.

한 선생은 몸을 일으켰다. 2층으로 올라가는 계단 부근에 화장실이 보이자 한 선생은 그리로 들어가 볼일을 보고 나왔다. 내가 뒤따라 들어가 볼일을 보고 복도로 나와 보니 한 선생이 보이지 않았다. 2층 서예 전시실에서 전시물을 구경하고 있었다. 내가 옆에 다가가도 알은 체를 하지 않았다. 회화실을 한 바퀴 도는 동안에도 그는 묵묵히 전시물만을 뚫어지게 쳐다보며 기억에 담느라 안간힘을 쓰고 있는 눈치였다.

한 선생은 한 폭의 그림 앞에서 발을 멈추고 오랫동안 움직이지 않았다. '세한도' 만큼 널리 알려져 있지는 않았지만 많은 사람들의 사랑을 받는 김홍도의 '주상관매도' 앞이었다. 어른 키만 한 걸 그림인데 언덕 위에 매화 몇 그루가 쓰러질 듯 겨우 얹혀 있고 그 아래 보이지 않는 강물 위에 배가 떠 있고 배에는 가운데 술상을 두고 두 남자가 앉아 언덕을 쳐다보고 있는 모습이었다. 화제(畵

題)도 불과 일곱 자에 지나지 않았는데, 다른 형상은 일체 사상되어 여백이 훤했다. '老年花似霧中看.' 늙어서는 꽃도 안개 속을 보는 것 같구나!

내가 박물관을 찾을 때마다 가장 오래 머물러 구경하는 그림이 저 그림이라네. 자네도 알겠지만 서양 그림은 꽉 채워서 그리지 않나. 그림을 저렇게 비워 둘 줄 안 우리 동양 사람들이 얼마나 신통한지 모른다네. 서양 사람들은 그림을 다 설명하고 말지만 우리 동양 사람들은 어디 그래, 구경하는 사람의 몫을 남겨 두지 않나. 여백이 어디 빈자린가. 보는 사람에 따라 각기 채우라는 자리이지. 형체를 그리지 않고서도 관조 속에 그 형상을 그려 보이게 하는 경향성, 그 힘이 작용하게 하므로 다 설명하는 것보다 훨씬 고차원적인 기법 아니겠나. 냉방이 잘 되어 피서는 잘했지만, 나이 탓인지 다리품을 더 팔기가 힘들 것 같네. 3층은 다음을 기약해야겠어.

2층의 기증실까지 다 둘러보고 나서 한 선생은 나를 돌아보며 말했다. 나는 그 말이 반가웠다. 그러나 기다렸다는 듯 냉큼 받아들이는 눈치를 보일 수는 없었다. 지금까지도 싫은 걸 억지로 참아낸 내심을 들키고 싶지 않았다. 앞장서 복도로 나서는 한 선생의 뒤를 따르며 나는 박물관 앞 호반에 있는 레스토랑 아리수를 다시 생각했다. 조용히 이야기를 나눌 수 있는 곳이라면 그곳이 최적일 것 같았다.

아직도 내게서 더 듣고 싶은 이야기가 남았나?

레스토랑 아리수로 가서 차를 마시자고 제안하자 한 선생은 의

외로 뜨악한 표정을 지었다. 기분을 다스리지 못할 만큼 순진하지 못한 나는 적의나 분노를 드러내지는 않았지만 순간 불쾌한 표정을 짓고 말았을 것이다. 언제 무슨 말을 했다고, 내가 만나자고 제안한 용건은 아직 본격적으로 꺼내 보지도 않았는데 무슨 말인지 모르겠다고 비명이라도 지르고 싶은 심정이었다.

제가 여쭈었던 말씀은 아직 듣지 못했습니다.

나는 박물관을 도는 사이 자네가 다 알아차렸으리라 생각했네. 우리가 구경한 전시물들 모두 어쩌다 인연이 닿아 우리 눈앞에 모습을 드러내고 있을 뿐이지, 실제 그 시대의 중요한 유물을 망라해 다 보았다고 생각하나? 우연이 우리 앞에 모습을 드러내고 있는 것들만을, 그 표면만을 본 것에 지나지 않는다는 사실을 알아차렸어야지. 그렇지 않나. 진실과 필연은 항상 모습을 감추고 있거나 자리를 비켜 있다네.

한 선생의 말은 다큐멘터리 제작을 단념하라는 권유로 이해되었다. 아니, 해도 너무한 것 아닌가. 감정을 다스리고 표정 관리를 할 줄 알지만 절로 얼굴에 화가 그려졌다. 이러려면 처음부터 만남을 거절했어야지, 기껏 서울까지 올라오게 해 놓고, 만나니 부질없이 박물관 구경에 걸음품이나 팔게 하고, 이제 볼일 다 봤으니 그만 가 보라고 하는 것이 경우에 닿는 처사인가.

지금 자네가 부친에 대한 육친의 정을 생각하며 다큐멘터리를 만든다면 사실도 다 담지 못하고 진실은 아예 거리가 먼 그림을 그리고 말걸세. 한 10년은 더 지나서 만들어야 하네.

말씀의 뜻을 제가 다 이해할 수 있었으면 좋겠습니다.

자네 부친의 삶을 생생히 기억하고 있는 사람들이 아직 너무 많이 세상에 남아 있네. 그 생의 궤적이 이 세상으로부터 더 지워지고 나서 만들어야 자네 부친을 제대로 그렸다 할 수 있을 것이네. 자네 부친의 삶을 그리지 않는다면 거짓말이 될 게고, 그것을 그대로 그린다면 시를 죽여야만 할 것이네. 자네 부친의 삶은 사실로 띄워 보내고 시를 그려 내야만 진실에 근접할 수 있을 것이야.

나는 알아들을 것 같기는 하였지만 온전히 이해가 되는 것은 아니었다.

옛날 한 어리석은 사람이 그림자가 자꾸만 좇아오는 것을 귀찮게 여겨 그것을 떼어 버리려고 갖은 애를 다 썼다네. 마침내 지쳐 나무그늘 아래로 들어가 쉬었는데, 비로소 그림자가 사라지고 없지 않은가. 그 작자, 자기가 그림자를 떼어 버린 것으로 알고 펄쩍 뛰며 좋아했다네. 만약 자네가 지금 그 다큐멘터리를 만든다면 그 사람과 크게 다를 바 없이 되고 말 것이네.

그래도 아버지와 교분을 나눈 분들이 살아 계실 때 작업을 해야 사실을 담아 둘 수 있지 않겠습니까?

그렇기도 하겠지만 그렇지 않을 수도 있을 것이네. 내가 지난번 수련 이야기를 했지. 밑도 끝도 없이 엉뚱한 말로 들렸겠지만, 자네와 통화를 하던 중 언젠가 아는 교수가 보여 준 사진 한 장이 상기되더군. 수련 잎과 그 그림자를 찍은 것인데, 수면 위의 수련 잎은 둥그런 모양인데 물속에 그려진 그림자는 국화무늬를 짓고 있었네. 잎은 둥그런 말굽 모양인데 그림자는 국화무늬라니……, 나는 믿을 수가 없었네. 그 교수, 부처의 세계가 그처럼 오묘하다는 걸 비유하여 설명하기 위해 내게 보여 준 사진인데, 나는 그 그림자가 사실인지 아닌지에만 더 관심이 쏠렸다네. 여기저기 문의도 하고 서책도 뒤져 봤지만 내 궁금증을 풀어 줄 만한 어떤 해답도 구할 수 없더군. 어떤 인사는, 그 사진이 수련 잎 그림자를 찍은 것이 아니라 옆에 있던 수련 꽃 그림자를 찍은 것 아닌가, 하더군. 사실이야 어떻든 나는 그 후 수련 잎의 물속 그림자는 국화무늬를 짓는 것이겠거니, 늘 반신반의하면서도 그렇게 믿게 되었다네.

나는 무슨 뜻으로 한 선생이 그런 말을 하는 것인지 얼른 알아들을 수가 없었다. 수련 꽃을 보고 있으면 늘 완결된 것의 형상, 더 보탤 것도 없고 어디 덜어 낼 데도 없는, 그 어떤 완결성을 보고 있는 것 같은데 어떤 사람도 그런 완결된 모습으로 죽는 것 같지는 않더라고 하더니, 이번에는 수련 잎과 그 그림자가 각기 다르다는 점을 강조해 말하고 있는 것 아닌가. 처음 수련 꽃 이야기를 아버지의 죽음이 완결된 모습이 아니라는 지적으로 받아들일 때는 거의 무리가 없었으나 형상과 그림자의 다름은 또 무엇을 말하려는 것인지, 그 숨은 뜻을 헤아리기가 실로 쉽지 않았다.

자네, 둥그런 말굽 모양이 연잎의 제 모습이겠나? 물속에 그려진 국화무늬 그림자가 제 본래 모습이겠나?

나는 입술을 꾹 깨물었다. 내가 아무리 사실에 입각해 진실을 그려 낸다 해도 결국은 다른 무늬를 그려 내고 말 것이라는 예단인

가. 아니면 연잎은 사실이고 국화무늬 그림자는 진실이라는 것인가? 아니면 그 반대의 경우를 일깨우려는 의도인가?

필름을 보낸 후 일주일쯤 지났을 무렵, 한산도에 계신 한 선생으로부터 전화가 왔다. 언제 시간 나면 한산도에 한번 들르라고 당부하시더니, 필름 잘 봤다고 했다. 목소리가 밝은 것에 다소 안도를 하며, 어떻게 말씀하실지 걱정되어 필름을 보내지 않으려 하다, 용기를 내서 보내 드렸다고 솔직히 털어놓았다. 나로서는 잘 봤네. 하지만 내가 우려했던 점이 그대로 다 드러나 있더군. 나는 말문이 막혔다. 김군, 나는 김장후 시인의 친구일세. 내가 좀 더 시간이 흐른 다음에 그 필름을 만들었으면 하고 바란 것은 다른 뜻이 아니었네. 만약 십 년만 더 있다 만들었더라도 시인의 모습만을 건사하게 그릴 수 있지 않았겠나. 그의 생전의 삶이 시인을 훼손하고 있어 아쉬웠네. 하기야 현재로서야 어쩔 수 없었겠지. 하지만 그만하면 공정했어. 그래도 시인 쪽으로 약간 치우치게 그려 나간 것은 다행이었네. 한 선생은 그런 말로 나를 안도시켰다. 그리고 설령 시인의 모습만을 그려 냈다 할지라도 한때 세상을 시끄럽게 했던 한 시사다큐멘터리 필름과는 진위에 있어 본질적으로 다르지 않았겠나, 하고 말끝을 흐리기도 했다. 그 밖에도 한 선생은 내가 위안으로 삼을 만한 이야기를 여러 가지 들려주며 다정스런 손길로 어깨를 다독이듯 내 마음을 다독여 주셨다.

한산수첩 4

죽도 별신굿

1

여기서는 포구나무라캅니더.

마을회관 오른쪽 겨드랑이 어름의 고샅길 초입에 특이한 외양의 나무 한 그루가 앉아 있었다. 우툴두툴 못난 데다 퉁명스럽고 늙기까지 한, 볼품이라고는 털끝만큼도 찾아볼 수 없는 나무였다. 볼품이 없음에도 불구하고 그 나무가 눈길을 끄는 이유는, 특이한 생김새 때문이었다.

나무란 원래 향일성을 지녀 해를 향해 키를 키우기 마련일 터인데 이 늙은 나무는 키를 하늘을 향해 위로 키우고 있지 않았다. 무슨 속내 때문인지 모르지만 아예 앉은뱅이로 지낼 작정이라도 한 것인지 밑동으로부터 우듬지에 이르기까지 한 뼘가량씩 자랄 때마다 동서남북, 전후좌우로 방향을 달리하여 뒤틀어져 있는 형상이었다. 남쪽 방향으로 벋어 가다 문득 방향을 바꿔 동쪽 방향으로 틀어 벋어 있는가 하면, 동쪽 방향으로 계속 벋어 갈 사정이 여의치 않았던지 이번에는 서쪽 방향으로 줄기를 틀어 벋어 오르기도 하였다.

아무리 머리를 갸웃거리며 살펴봐도 그 종잡을 수 없는 형상이 나무 자신의 의지대로 자란 것 같지가 않았다. 물, 불, 흙, 바람 등, 나무가 서 있는 주변 사정의 시련과 강압을 오래 견뎌 온 탓인 듯하였다. 일정한 방향 없이 이리 구불 저리 구불 몸을 좌우로 비틀며 ㄹ자 형국을 짓고 있는 것이 마치 무슨 감당하기 힘든 고통을 감내해 온 것 같았다. 어쩐지 주저와 망설임으로 억누르고 인고한 오랜 세월을 형용하고 있는 것 같은 측은한 외양이 마치 굽은 허리를 펴지 못하고 힘겹게 땅을 짚고 서 있는 노파의 모습을 방불케 했다. 잿빛 몸통 여기저기 굴처럼 울퉁불퉁 튀어나와 있는 혹들 또한 나무의 남모를 속앓이 상흔처럼 보였다. 그것이 마치 꾹꾹 눌러 가며 애써 키를 키워 내지 않아야 할 늙은 나무의 무슨 아픈 속사정이라도 시늉하고 있는 것 같아 보고 있으려니 절로 마음이 아려 왔다.

아무도 이 나무 나이를 몰라예. 이 섬 나무 중 제일 나이가 많을 거라데예.

굿 구경을 위해 섬을 방문한, 머리가 하얗게 센 노인이 생긴 것이 괴이쩍어 보였던지 아까부터 이리저리 돌아가며 나무를 골똘히 살피고 있던 중이었다. 마침 고샅길로 들어가려던 마을아낙을 불러 세운 노인은 나무에 대해 이것저것 궁금한 것을 물었다. 마을아낙은 섬을 방문한 타지 손님을 소홀히 대할 수가 없었다. 성심껏 대답은 했으나 아는 것이 없어 좀 더 충실하게 대답하지 못하는 것을 아쉬워하는 눈치였다.

노인의 옆에 서서 아낙의 말을 곁귀로 듣고 있던 그는 속으로 고개를 끄덕였다. 이곳 섬사람들은 그 나무를 포구나무라 이르지만, 그가 알아본 바로는 팽나무였다. 팽나무란 느티나무 못지않게 큰 키에 가지를 무성하게 쳐 품이 넉넉하고 체수가 미끈한 교목이다. 그러나 고샅길 초입에 앉아 있는 그 팽나무는 울퉁불퉁 못생긴 데다 키도 자라다 만 난쟁이 꼴을 짓고 있었다.

몇 해 전 할머니를 뵈러 섬에 왔을 때 그는 그 나무를 처음 봤었다. 세상에 저렇듯 못생긴 나무가 다 있나. 하도 괴이쩍은 모습에 절로 그 앞에서 걸음이 멈추어졌고, 고개를 갸웃거리며 한참이나 뜯어 살폈었다. 나무가 저렇게 못생긴 까닭은 이 섬과 풍상을 견디며 고락을 함께 해 왔기 때문이 아니겠느냐고 시틋한 반응을 보이던 어떤 마을사람이 아직도 기억에 생생했다. 그 마을사람의 막연한 한마디가 그러나 곱씹을수록 과연 그렇겠거니 절로 고개가 끄덕여졌었다. 그래 섬과 운명을 같이 해 온 까닭에 저 나무가 저토록 못생겼다면, 섬이 지닌 곡절 또한 저렇듯 굽이굽이 뒤틀려 있으리라.

선착장이나 방파제는 물론, 마을 전면 해안의 전봇대와 가로등마다 빨강, 파랑, 노랑, 하양, 검정, 다섯 가지 색깔의 중형 오방기가 높이 걸려 바람에 휘날리고 있었다. 마을회관 앞 공터에는 대형 천막의 굿청이 마련되어 있고 굿청에서 시작하여 방파제 끝까지 거래상[退鬼床]이 잇대어 길게 놓여 있었다. 빛깔 좋은 사과, 흠집 없이 잘 생긴 배, 층층이 쌓은 백설기, 통통하고 살진 참돔 찜, 모양을 낸 유과, 가가호호마다 기원을 담아 지극정성 차린 거래상은 한 상 한 상 모두 정갈하고 푸짐했다. 대형 천막 안에 마련된 굿청의 제상에 켜진 촛불은 바람에 연신 흔들리고 그 옆에 과일과 떡 등 제수가 푸짐하게 높이 쌓여 있었다. 굿청 안쪽 양중(사니: 악사)들의 연주석에는 마이크 설비와 함께 장구, 징, 북, 대금, 해금 등이 연주를 기다리고 있었다.

조금 전 여객선을 타고 뭍에서 건너온 스무남은 명의 선객들이 굿청을 기웃거리기도 하고 들맞이 굿 배설을 준비하느라 분주한 대모[主巫]의 동용주선을 가까이서 살피기도 했다. 이미 여객선은 용초도 쪽으로 뒷모습을 감춘 지 오래되었으나 아직도 선착장에 남아 서성거리고 있는 선객도 있고 무거운 짐을 끌며 방파제를 건너오고 있는 선객도 보였다.

이윽고 꽹과리 소리가 솟구쳐 오른다. 언제 들어도 머릿속을 개운하게 헹궈 주는 경쾌하고 높은 쇠가락과 둔탁한 북이 조화를 이루며 어깨에 신명을 실어 준다. 마을회관 옆 거리지신상 앞에서 풍물패의 길군악이 시작되었던 것이다. 쇠잡이가 천지신명과 용왕님께 굿 배설을 차례로 고하고 힘껏 꽹과리를 치자 무작정 하늘로 솟구쳐 오르는 기세 좋은 꽹과리소리에 이어 장구, 징, 북이 어우러지며 신명을 높여 나간다. 풍물소리에 마을 여기저기에 흩어져 있던 구경꾼들이 마을회관으로 하나둘씩 모여들기 시작한다. 쇠잡이는 꽹과리를 치며 열두 발 상모를 돌리느라 정신이 없다. 꽹과리에 호흡을 맞춰 장구, 북, 징이 따라가기에 바쁘다. 굿거리장단에 훨훨 날며 둥글게 원을 그리는 풍물패의 율동적인 춤사위에 이끌려 모여든 구경꾼의 어깨에 신명이 절로 실려 들썩인다. 온몸을 굿거리장단에 맏긴 구경꾼들은 어깨를 들썩이며 풍물패를 빙 에워싼다. 풍물패의 구성진 풍악이 마냥 신명을 자아낸다.

풍물패가 구경꾼들을 불러 모으는 동안 마을회관 오른쪽 당산나무 아래에서 들맞이 굿을 준비하던 대모의 동작이 분주해진다. 금관으로 장식된 큰머리에 오방색 색동저고리, 붉은 치마 차림의 대모가 장승 앞에 제상을 마련한다. 촛불을 밝히고 향이 타오르는 제상에 술을 올린다. 제상 옆 '거리지신' 비석 앞에 굿장모(제관) 이장이 마을 자산 총 목록이 든 지동궤를 가져다 공손히 올려놓는다. 굿장모가 뒷걸음질로 물러나자 대모가 부채를 활짝 펴 들고 동서남북 사방을 향해 차례로 큰절을 올린다. 그러는 어느 어름에 풍물패의 풍악이 뚝 그친다.

신명을 자아내던 풍물소리가 뚝 그치자 신명이 실려 들썩이던 구경꾼의 어깨가 일시에 축 늘어지며 주위가 물속처럼 고요하게 가라앉는다. 깊이 모르게 가라앉아 가는 고요 속에 문득 소슬한 가을바람 소리 같은 청아한 대금가락 한 줄기가 길게 여운을 끌며 공중으로 솟아오른다. 율동적인 풍물패와는 달리 당산나무 아래에 나란히 앉아 연주하는 양중들은 모두 하얀 두루마기 차림이다. 맨 왼쪽으로부터 대금, 피리, 징, 장구, 그리고 마지막에 북이 자리 잡고 있다. 청아한 대금소리는 온몸을 들썩이게 하던 풍물소리의 신명과는 현격히 다른, 그러나 심오한 속삭임으로 구경꾼의 귀와 마음을 사로잡는다. 이어 장구소리가 딱따그르르 주위를 흔든다. 징과 북이 장단을 맞추고 대금이 또 한 번 홀로 구경꾼의 귀를 아련히 현혹한다.

양중들의 반주에 맞추어 대모(무녀)가 너울너울 춤을 추기 시작한다. 새와 꽃이 그려진 화려한 부채를 너울거리며 덩실덩실 춤을 추던 대모가 문득 춤을 멈추고 제상 앞으로 다가가 조용히 꿇어앉는다. 제상에 술을 올린 다음 굿을 배설하게 된 내력을 마을 서낭에 고하고 준비한 소지에 불을 붙여 사른다. 술잔을 기울여 세 차례 찔끔찔끔 고수레를 하고 다시 제상으로 돌아가 술을 올린다. 절을 올린 다음 다시 소지를 한다. 재가 된 소지가 바람을 타고 훨훨 공중으로 날아오른다. 소지를 마친 무녀는 제상 서낭나무 앞에 다시 절을 올리며 오늘 진설할 굿을 끝까지 무탈하게 배설할 수 있게 해주십사 하고 기원한다.

바다에다 술잔을 기울여 세 차례 찔끔찔끔 비우던 대모가 눈을 든 순간 마을 굿장모가 마침 눈에 들어온다. 대모는 다짜고짜 굿장모를 제상 앞으로 이끌고 간다. 오늘 굿 배설을 주도하는 이장은 대모의 귀엣말을 들으며 제상 앞으로 끌려가 마을을 대표하여 서낭에 머리를 조아린다. 머리를 조아린 후 대모가 시키는 대로 이마를 바닥에 대고 등을 거북등처럼 구부리고 엎드린다. 지난해 마을이 겪은 여러 험난한 사고들이 이장의 머릿속을 분주하게 지나간다. 태풍으로 배를 잃은 몇몇 집들, 갯일을 나갔다가 영영 물귀신이 되고만 영우와 동운이의 모습이 검은 그림자를 끌며 눈앞을 지나간다. 엎드린 이장의 눈에 금세 눈물이 맺힌다. 무녀는 엎드려 있는 이장의 등을 대금으로 이리저리 밀며 부정을 씻어 주고 마을사람들의 무사강녕과 발복을 축원한다.

이장이 만 원짜리 지폐 석 장을 제상에 올리자 대모가 수부잔을 따라 주며 마시게 한다. 굿장모가 물러나자 그 다음 차례를 기다리고 있던 다른 마을사람이 대모에게 축원을 부탁드린다. 이장과 같은 절차에 따라 축원을 올리고 제상 위에 만 원짜리 지폐를 올리고 수부잔을 받아 마신다. 마을사람 서넛이 잇따라 축원을 부탁하고 대모는 그들의 무사강녕과 발복을 기원한다. 축원을 부탁하는 사람이 더 없자 대모는 부채를 활짝 펴고 다시 춤을 추기 시작한다. 이윽고 대모가 춤을 멈춘다. 그에 맞추어 양중들의 무악도 일제히 뚝 그친다. 대모는 부정을 씻어 내고 당마지, 청좌 등의 제차를 마친 것이다.

거리지신상 앞에서 들맞이 당산굿을 마친 대모가 방파제로 자리를 옮긴다. 풍물패가 매구를 치며 삼한대를 앞세우고 한발 앞서 방파제에 도착해 있다. 방파제에는 마을사람들이 차린 용왕상이 즐비하다. 가운데 마련된 용왕상에 촛불을 새로 밝히고 이령수를 하며 대모가 용왕님께 비손을 한다. 사해용왕님께 바람과 파도를 막아 주고 배의 안전과 풍어를 기원하는 제차이다. 바다에 명줄을 대고 사는 마을사람들로서는 고기잡이의 안전과 만선이 늘 간절한 소망인 것이다. 별신굿을 배설하되 그 중심에 용왕굿이 자리 잡고 있는 까닭은 바다를 주관하고 운영하는 사해용왕님의 가피가 무엇보다 절실하기 때문인 것이다.

2

용초도 쪽 하늘을 선홍빛으로 물들이고 있던 저녁노을이 스러지고 바다에 잿빛 해무가 깔리기 시작했다. 눈 깜짝할 사이에 달라진 하늘과 바다 빛깔을 번갈아 살피던 그는 갑자기 마음이 바빠졌다. 과연 그녀가 낮에 한 약속을 지킬 것인가. 해금을 켜는 그녀에게서 눈을 떼지 못하고 있던 그는 달콤한 기대가 혹시 씁쓸한 회한으로 바뀌지나 않을까 아까부터 속을 태우고 있었다.

그녀는 그와의 약속을 챙기고 있는지 아닌지, 해금 연주에만 골몰해 있었다. 눈이라도 한 번 마주친다면 위안이 되겠건만 그녀는 일부러 능청을 떨고 있는 것인지 현과 활에서 잠시도 눈을 떼지 않았다. 손가락을 꺾으며 점점 초조해지는 마음을 다독이던 그는 그녀가 고개를 들자 얼른 그녀의 눈을 좇았다. 그녀는 그를 쳐다보지 않고 누군가를 손짓으로 불렀다. 손짓으로 부른 여자가 곁으로 오자 해금과 활을 그 여자에게 넘겼다. 그녀는 자리에서 부스스 일어나며 스쳐가는 눈길로 그를 살폈다.

그와 눈이 마주친 순간 그녀는 급히 고개를 돌렸다. 그녀의 얼굴에 번지는 상기된 빛을 다른 사람은 알아차리지 못했으나 그는 놓치지 않았다. 그는 비로소 안도의 숨을 내쉬며 자리에서 슬그머니 일어났다. 해금과 활을 넘겨받은 여자는 그녀가 앉아 있던 자리를 대신 차지하고 앉아 익숙한 솜씨로 해금을 타기 시작했다. 그녀가 천막을 나가는 것을 본 그는 구경꾼들 사이에서 소리 없이 빠져나왔다. 그는 마을회관 앞을 지나 해안을 따라 길게 난 콘크리트 포장길을 스적스적 걸어 올라갔다. 구성진 심청굿 진행이 한창이어서 그가 자리를 뜨는 것을 눈여겨본 사람은 아무도 없었다.

천막을 나온 그녀는 아미를 숙여 해안도로를 걷고 있는 그의 뒷모습을 슬쩍 일별한 다음 마을회관으로 들어갔다. 그녀의 가슴은 아까부터 두근 반 세근 반 뛰고 있었다. 설명할 수 없는 아련한 아픔과 달콤한 기대와 설렘이 파도처럼 가슴속에 계속 철썩이고 있었다. 한 번도 경험해 보지 못한 낯선 울렁임이 온몸을 감미롭게 감싸고 돌았다. 몸속 가장 깊은 곳에 오래오래 갇혀 있던 어떤 감성이 회오리바람처럼 일어나 정신을 뒤흔들었다. 이런 달뜨고 감미로운 느낌을 언제 경험한 일이 있었던가. 그녀는 속으로 도리질을 했다. 의식하지 못한 사이, 언제 이런 달뜬 감성적 충동이 몸을 흔들고 간 적이 있었는지 모르지만, 기억에는 없었다. 몸이 감추고 있던 어떤 본원적 감성의 소용돌이를 그녀는 처음으로 생생히 느꼈다. 굿패의 숙소로 배정된 마을회관의 자기 방으로 들어간 그녀는 잠시 볼일을 본 다음 현관으로 나와 밖으로 고개를 내밀었다. 굿판의 동정을 은밀히 살폈다.

대모는 조용한 춤사위에 무가를 읍조리고 있고 양중들은 제각각 연주에 몰두해 있었다. 대사산이(굿패 대표)도 등을 보이고 서서 굿판을 주시하고 있었다. 탈놀이를 맡은 이현구와 잠시 눈이 마주쳤으나 그도 그녀에게 신경을 쓰는 눈치가 아니었다. 금방 굿판으로 눈을 돌렸다. 그녀는 잠시 주위를 살핀 후 서둘러 마을회관을 빠져나왔다. 그녀는 잽싸게 포구나무 뒤로 숨어들어 그 안 고샅길로 모습을 감추었다.

그녀가 언덕길을 허위허위 올라가자 먼저 돌탑에 당도해 있던 그가 급히 뛰어내려 왔다. 그는 불현듯 그녀의 손을 잡았다. 그녀는 손을 뿌리칠 엄두를 내지 못하고 얼떨결에 그를 쳐다봤다.

낮에 점심 먹을 때 마주 앉아 그를 몇 번 훔쳐봤지만 볼 때마다 가슴이 울렁거리고 뛰었다. 윤곽이 뚜렷한 얼굴에 눈썹이 짙고 입술은 얇았다. 가끔 사람을 쳐다보며 짓는 친근한 눈웃음이 마음을 잡아끌었다. 그녀는 저도 모르게 그의 밥그릇 위에다 장어구이 한 점을 올려놓았었다. 다른 사람들이 봤는지 모르지만 개의치 않았다. 그녀로서는 제어할 수 없는 어떤 충동적인 감정의 발로로서 매우 돌발적인 행동이었다. 그녀는 얼른 고개를 돌리고 모른 척했다. 하지만 그가 눈웃음 짓고 있음을 직감적으로 느끼며 안도하였다.

손 하나가 밥그릇에다 장어구이를 한 점 얹어 놓고 얼른 도망갔다. 그의 눈이 도망가는 손을 급히 따라갔다. 손 임자는 그와 눈이 마주치자 당황하며 머금고 있던 미소를 얼른 거두고 고개를 외로 돌렸다. 볼에 발그레 상기된 빛이 떠올랐다. 아까부터 몇 번이나 눈이 마주쳤고 마주칠 때마다 무슨 잘못이라도 저지르다 들킨 것처럼 매번 두 사람은 급히 눈을 돌리고는 했었다. 스물셋 아니면 네댓, 그와 같은 또래일까. 더 어리면 어렸지 위로는 보이지 않았다. 얼굴이 갸름하고 귀염성이 있었다. 화장기 없이 백설기 같은 피부가 청신해 보였다. 까만 눈이 사람을 쳐다볼 때마다 초롱초롱 빛났다. 사람을 끄는 묘한 힘을 지닌, 선량하고 사랑스러운 눈빛이었다. 그는 가슴속에 뜨겁고 짜릿한 충동과 안도감을 동시에 느꼈다. 그는 장어구이를 입에 넣고 천천히 씹었다. 혀끝에 고소한 맛이 감돌았다.

어서 많이 먹어, 이런 데서는 많이 먹어 주는 게 도와주는 거야.

장어구이를 올려 준 그녀는 능청스럽게 제 옆 친구에게 말했다. 그는 그 말이 짐짓 자기에게 한 말일 것이리라 짐작하며 속으로 웃음 지었다. 장어구이를 다 삼킨 그는 못 들은 체하고 앞에 놓인 볼락구이를 한 점 집어 입안에 넣고 씹었다. 장어구이처럼 진하고 자극적이지는 않았으나 담백한 맛이 또 그에 못지않았다. 점심은 풍성했다. 생선회, 가자미조림, 볼락구이, 장어구이 등 오늘의 행사를 위해 요 며칠 사이 바다에서 건진 싱싱한 해물이 메뉴의 주를 이루었다. 돼지수육과 나물들은 곁다리에 지나지 않았다. 조개국물에 톳과 말, 콩나물, 채 썬 무, 잘게 저민 두부를 고르게 앉힌 나물 그릇에 밥을 말아 입에 넣으니 혀끝에 감도는 고소한 맛이 그만이었다. 바로 이런 것을 두고 진미라고 하는가, 싶었다.

상에는 일곱 사람이 둘러앉아 점심을 먹었다. 한 상에 둘러앉아 점심을 먹고 있었으나 짐짓 다 아는 사이이거나 일행은 아니었다. 포구나무 앞에서 본 머리가 하얗게 센 노인과 아낙네 셋이 서로 이야기를 주거니 받거니 하고 있었고, 그녀는 옆 친구와 말을 주고받고 있었다. 그리고 그는 혼자 양쪽을 곁눈질하며 말없이 숟가락질을 하고 있었다. 밥그릇을 반쯤 비웠을 무렵 혼자 묵묵히 동떨어져 있는 것이 측은해 보였던지 머리 하얀 노인이 그에게 말을 걸었다.

예, 별신굿 구경하러 서울서 내려왔습니다.

그렇게 대답한 그는 이곳이 자기 아버지의 출생지이며, 할아버지와 할머니의 산소가 이 섬에 있다는 사실을 말해야 될지 안 해야 될지 잠시 망설였다. 그러나 초면의 노인에게 굳이 그런 사실을 밝혀 말할 필요는 없으리라 생각하고 입을 다물었다.

대학생쯤으로 보이는 그가 오로지 별신굿을 구경하기 위해 서울서 예까지 내려왔다는 말에 노인의 표정이 금세 달라졌다. 심상하던 낯빛에 의외라는 빛이 아로새겨졌다. 새삼스럽다는 눈으로 그를 살폈다. 그리고 그가 청하지도 않았는데, 노인은 이곳 죽도별신굿의 내력과 내용을 알아듣기 쉽도록 자상하게 들려주었다. 노인은 별신굿에서 시작해 우리 민속은 물론 무속이며 전래 악기에 대해서도 두루 잘 알고 있었다. 그 방면에 관심이 깊은 그는 노인의 말을 경청하며 가끔 의문 나는 것을 묻기도 했다.

노인과 그가 이야기를 나누고 있는 동안 그녀는 아닌 척하면서 골똘히 귀를 기울여 두 사람이 주고받는 말을 열심히 듣고 있었다. 노인의 말에는 전에 모르고 있던 우리 전통예술에 관한 내용이 들어 있어 귀를 기울이지 않을 수 없었고, 그의 말에는 그의 신상에 관한 정보가 담겨 있었으므로 한마디도 놓치지 않고 새겨들었다. 그는 극작을 전공하고 있고, 전통예술과 현대예술의 이상적인 접목이 자신의 장래 포부라고 노인에게 밝혀 말했다. 그의 말 한마디 한마디가 그녀의 가슴에 깊이 새겨지고 뿌리를 내렸다.

점심 후, 굿이 본바탕으로 들어가자 그는 자기 눈을 의심했다. 자기 밥그릇에 장어구이를 올려 준 그녀가 행중의 일원으로서 해금을 타고 있는 것을 보았던 것이다.

3

광덕재 옆 언덕길 돌탑 아래 그들은 나란히 앉았다. 키가 전봇대보다 더 껑충하게 큰 돌탑의 몸통 아래는 펑펑하고, 위로 가며 볼이 점점 좁아지다 꼭대기에 이르러 홀쭉하게 뻗어 곧게 올라간 것이 마치 백자항아리를 연상시켰다. 돌에는 이끼가 뒤덮여 있고 담쟁이넝쿨이 온몸을 휘감고 있었다. 그들은 돌담 옆에 가로눠어 있는 기다란 목탑에 걸터앉아 있었다. 굵기가 한 아름 정도 될까, 전에 봤을 때는 돌탑과 길을 사이에 두고 마주 서 있던 것이었다. 키는 돌탑 높이에 버금갈 정도로 우뚝 컸었다. 생명이 없는 것은 또 다른 수명이 정해져 있는 것인가, 목탑은 영원하기를 바란 세운 이의 기대를 저버리고 스무 해 정도 풍상을 견딘 것으로 수명이 다했던지 어느 날부터 밑동이 부식해 들어가기 시작했다. 밑동이 부실해지자 몸통의 무게를 지탱하기 힘들었던지 점점 옆으로 기울어지는가 싶더니 어느 날 그만 털썩 쓰러지고 말았다. 그리하여 지금의 자리로 옮겨 누워 있게 된 것이었다. 목탑의 전신에는 부적 같은 비의적인 무늬가 촘촘히 아로새겨져 있었다. 남태평양 어느 어름의 원시 종교의 제의적인 무늬들이었다. 사람의 영역에서는 독해가 불가능한, 그러나 신들을 향한 소통의 방편으로 마련된 축원의 기호들이었다. 이제 소임을 마쳤으나 목탑은 한때 신과 인간 사이의 중재역을 맡은 존재였다.

징소리가 가끔 바람을 타고 두 사람이 있는 곳까지 올라왔다. 피리소리와 북소리는 이쪽으로 올라오다 다리에 힘이 빠졌던지 중간에 번번이 주저앉고는 했다. 굿판에는 전등이 켜져 환했다. 춤을 추고 있는 무녀의 모습이 먼빛으로 아스라이 바라보였다.

해금 한 지, 오래된 모양이지요?

그는 굿판에서 눈을 돌려 바다 건너를 바라보았다. 한산도 진두와 봉암마을 해안을 따라가며 가로등이 나란히 꽃송이처럼 피어 있었다. 용초도 호두마을에도 같은 모양의 가로등이 꿈결처럼 흔들리고 있었다.

글쎄, 한 육칠 년쯤 됐나.

그녀는 하늘을 쳐다보았다. 별이 하나둘 보이기는 했으나 아직 그 모양이 또렷하지는 않았다. 시간이 좀 더 흐르면 어둠의 도움을 받아 가며 별들은 점점 제 모습을 또렷이 갖추어 나타내리라. 그녀는 그런 생각을 잠시 더듬었다.

정이 많이 들었겠네요?

오래 간직해 온 물건은 으레 간직한 사람의 정령이 스며들어 있기 마련이다. 정령의 바탕에는 항상 정이 깔려 있는 것이다. 할머니가 살던 집은 지붕이 반쯤 내려앉고 벽도 허물어져 있었다. 장독대도 비어 있고, 집 뒤 옹달샘도 말라 흙바닥이 드러나 있었다. 할머니가 돌아가신 것이 고작 5년여밖에 지나지 않았는데, 어찌하여 이처럼 허망하게 허물어져 있는 것인가. 풍우의 위력이 아무리 막강하다 할지라도 그것 때문만은 아닌 듯했다. 비와 바람으로서도 어찌할 수 없는 사람의 정, 그 정이 떠나자 집이 그만 허망하게 허물어지고 만 듯했다.

7년 전, 아버지는 할머니를 서울로 꼭 모셔 와야 한다고 다짐하며 이곳 죽도로 내려왔었다. 그것은 아버지의 일방적인 희망사항이지 할머니는 죽도를 떠날 생각이 털끝만큼도 없었다. 할머니의 일생은 할아버지와 가꾸어 온 지난날의 추억으로 수놓아져 있었다. 바다에서 미역을 채취하여 말려 내고, 감성돔이나 도다리를 낚아 팔아 양식을 구했는데, 넉넉하지 않아 고생이 따랐으나 고생에도 나름대로 삶의 낙이라는 것이 있었다. 굴을 따고 파래나 김을 뜯고 남새밭에서 나는 채소를 반찬으로 삼는 생활에 부족한 것이 없을 수 없었으나 모자란 것은 정으로 채웠다. 할아버지는 춤과 노래를 즐기는 한량이었다. 별신굿을 한다 하면 굿장모(제관)를 도맡아 하기도 했다.

호강 필요 없다. 니 애비캉 나란히 묻히는 것보다 더한 호강이 어디 있을라고. 손 하나 까딱하지 않고도 잘 먹고 잘 입고 무병장수할 수 있도록 잘 모시고 보살피겠으니 섬에서 혼자 고생하지 말고 아들, 며느리, 손자, 손녀 있는 서울로 올라가 함께 살자고 간청했으나 아들의 어떤 달콤한 유혹도 할머니에게는 소용이 없었다. 집으로 돌아온 아버지는 떨떠름한 표정을 짓고, 세상 바뀐 줄 모르는 무식한 노인네는 어쩔 수 없다며 한숨지었다. 할머니는 두 해를 더 혼자 힘으로 섬에서 지내다 할아버지 곁으로 떠나갔다. 어제 할아버지와 할머니가 합장한 무덤에 올라가 술을 부어 주고 내려오며, 그는 할머니의 마음을 알 것만 같았다.

정만 들었겠어요.

그녀의 대답은 해금과 자신을 이미 한 몸처럼 생각하고 있다는 투였다. 그래 정만 들었겠는가. 떼려야 뗄 수 없는 무슨 연이 작용하고 있을 것이었다. 별신굿 굿패는 대모 · 소모 등의 승방(무녀)이나 장구 · 대금 · 피리 · 징 · 해금 등 악기를 맡은 양중이 종횡의 혈연관계를 맺고 있다 했다. 그녀는 대사산이나 무녀나 양중 가운데 어떤 이와 혈연관계를 맺고 있는 것일까. 오랜 기간에 걸쳐 정으로 짜인 혼이 할머니와 할아버지를 묶어 놓았던 것처럼, 천언 만언으로서도 설명할 수 없는 어떤 끈이 그들을 묶어놓고 있을 것이었다.

타는 솜씨가 십 년 이력은 넘는 것처럼 보이던걸요.

10년 정도 경력이 아니라면 어찌 이런 큰 굿판에서 잽이(악사) 노릇을 할 수 있겠는가, 그는 머릿속에서 그런 생각을 뒤적이며 그녀를 쳐다보았다.

칭찬에 아주 서툰가 봐요. 아니면, 작은 것에서 큰 것을 보다니, 공부가 깊은가?

그녀는 혼잣말처럼 중얼거렸다. 그는 잠시 할 말을 잃었다. 작은 것에서 큰 것을 보다니, 공부가 깊은가? 그녀가 해금을 연주하되 그것을 알아듣지 못하는 귀도 있을 것이리라. 그는 그녀의 말뜻을 알아들을 수가 없었다. 그러나 입을 닫고 잠자코 있을 수만은 없었다.

공부가 깊은 것이 아니라, 이곳저곳 떠돌아다니며 구경을 많이 했습니다.

그는 그냥 마지못해 둘러대듯이 중얼거렸다.

구경이 공부가 아니고 무엇이 공부겠어요.

그는 그녀의 말에서 해금 선율의 아름다움 그 이상의 어떤 운치를 느꼈다. 구경이 공부라! 글쎄 그렇게 말할 수도 있겠다는 생각을 하며 고개를 끄덕였다. 견문을 넓힌다는 것이 바로 그를 두고 이르는 말 아니겠는가.

저는 해금을 쥔 이래 한 번도 행중을 벗어나 본 적이 없어요. 그래서 견문이 형편없어요. 바깥세상이 늘 궁금하고 그립답니다.

동백은 사랑 없이도 저녁노을보다 더 붉은데, 나는……. 돌탑 옆에 세워진 오석의 글귀가 문득 떠올랐다. 그녀의 말뜻을 곱씹어 보던 그는 귀밑이 화끈 달아올랐다. 그녀의 말속은 미지의 것에 대한 동경으로 가득 차 있었다. 그 동경을 향한 갈망과 그에 따른 출분을 그녀는 그에게 빗대 말한 것이었다. 그는 그녀의 속내를 알아차렸으나 대답을 망설였다. 자칫 자신의 감정에 몰두하여 그녀를 더욱 부추기게 될까 저어되었다.

해금의 유래를 아십니까?

그는 자신의 감정을 꾹꾹 눌러 다독이며 일부러 딴청을 부리듯 화제를 돌렸다. 바깥세상이 궁금하고 그립다는데 갑자기 해금의 유래라니, 해금 타는 사람에게 그보다 더 어리석은 질문이 달리 또 있겠는가. 그녀는 시틋한 표정을 지었다.

해금은 옛날 유목민들이 고안한 악기였답니다.

해금은 중세에 중국에서 건너온 것으로 그녀는 알고 있었다. 그런데 유목민들이 고안한 악기라니! 그녀의 가슴속에 한 줄기 싸한 찬바람 같은 기운이 지나갔다.

저는 죽림칠현의 한 사람인 혜강(嵇康) 선생이 고안해 즐기던 것이라 들어 알고 있었는데, 아까 점심 먹을 때 옆에 머리 하얀 노인 있었지요. 낮에 줄곧 그 노인과 함께 앉아 굿 구경을 했는데, 그 노인이 그러더군요. 옛날 요나라 궁중 악사 한 사람이 고려에 귀화할 때 가져온 것이 그 시초라고요. 요나라는 유목민인 거란과 해족을 중심으로 북부 지방 사람들이 세운 나라로, 한때 중국을 위협하며 위세를 크게 떨쳤답니다. 그러다가 송 · 금 연합군의 공격을 받고 패망하고 말았는데, 요나라가 패망하자 그 나라 사람들이 고려로 많이 귀화했답니다. 해금은 바로 그때 귀화한 유목민인 해족의 고유 악기였다는 것입니다.

구경을 다니다 보면 많은 것을 보고 듣고 배운다더니, 이번 여행에서도 소득이 있었군요?

그녀는 자기 속내를 짐짓 외면하는 그가 미타하다 생각했던지 말투가 곱지 않았다.

그런가요.

그는 그런 그녀의 속내를 간파하고 속으로 웃음 지었다.

내가 해금의 유래를 아느냐고 물은 것은 다른 뜻이 아닙니다. 유목민이란 한곳에 정주하지 않고 늘 구름처럼 떠돌아다니는 존재 아닙니까. 해족은 말을 타고 초원을 바람처럼 달리는 유목민이란 말입니다. 그런 유목민들이, 피리나 대금이라면 모르겠거니와, 거문고나 가야금 같은 현악기를 등에 지고 어찌 초원을 자유롭게 달릴 수 있었겠습니까. 그래서 이동할 때 지니기 용이하도록 현이 두 개인 해금을 고안해 냈고, 해질녘이면 끝없는 초원의 저녁노을을 온몸으로 견디며 엄습해 오는 외로움을 그것으로 달래고는 했겠지요. 해금은 말을 타고 초원을 바람처럼 달리는 유목민, 즉 해족이 고안한 것이라는 말입니다. 다시 말해 해금을 지닌 사람은 거기에 맞는 생활을 해야 한다, 그런 뜻이었습니다.

너무 직설적이었던가. 그가 말을 마치자 그녀의 볼이 발그레 상기되었다. 그가 쳐다보자 아미를 숙여 그의 눈을 피했다.

그래요. 해금은 유랑하는 자의 악기란 말입니다.

그는 무엇인가 확실하게 해 두고 싶은 마음에 다시 그렇게 말했다.

유랑과 깊은 관계가 있는 악기라, 소슬한 바람이 그녀의 가슴속을 훑으며 지나갔다. 바람을 가르며 초원을 달리는 말발굽소리가 따그닥 따그닥 귀를 울렸다.

4

이튿날 오후, 굿패를 뭍으로 싣고 갈, 시에서 나온 행정선이 선착장에 도착한 다음, 얼마 지나지 않아 굿이 끝났다. 굿이 끝나자 굿패와 마을사람들은 오방기를 떼고 천막을 걷고 음향기기를 챙기느라 분주했다. 장비와 악기를 챙긴 후 그것을 행정선에 싣는 사람들로 선창은 한동안 부산스러웠다. 무녀와 양중들은 각기 제 물건을 챙겨 배에 실었고, 대사산이는 이장을 비롯한 마을사람들과 내년을 기약하며 작별인사를 나누느라 바빴다. 섬을 온통 들쑤셔 놓았던 신명이 아직도 여운처럼 몸에 아련히 남아 있는 마을사람들은 작별이 아쉬웠던지 굿패가 행정선에 다 승선하고 배가 떠날 때까지 손을 흔들며 선창을 쉽게 떠나지 못했다.

뭍에 도착한 직후, 대사산이는 그녀를 찾았다. 어쩐지 아까부터 보이지 않는다 싶었기 때문이었다. 섬에서 장비를 챙겨 행정선에 실을 때만 해도 이리저리 움직이는 그녀가 눈에 들어왔었다. 그런데 통영 선착장에 도착한 후 행정선을 다 뒤져도 그녀가 보이지 않았다. 대사산이와 양중들은 그녀가 배에 탄 줄만 알고 서둘러 섬을 떠난 자신들을 질책했다. 작은 행정선에 서른 명 남짓 북적대 누가 탔는지 안 탔는지 헤아리기가 쉽지 않았다. 으레 배에 탔겠거니 했지 행중의 누구도 그녀가 배를 타지 않은 줄 알지 못했다.

행정선이 떠난 후, 한 시간 뒤에 여객선이 섬에 도착했다.

여객선을 기다리는 선객은 달랑 두 사람뿐이었다. 한 사람은 따개비처럼 등에 딱 붙은 작은 배낭을 메고 있고 다른 한 사람은 기다란 가방을 들고 있었다. 여객선에 오르기 전 여자는 가방을 열고 휴대전화기를 꺼내 전원을 끈 다음 가방에 다시 넣었다. 여자가 휴대전화기를 넣고 해금이 든 가방의 지퍼 닫기를 기다리던 남자가 가방을 빼앗듯 챙겨 들었다. 여자가 여객선에 오를 때 남자는 여자를 부축했고 객실로 들어가서는 여자와 팔짱을 굳게 꼈다.

뭍에 도착한 그들은 버스터미널로 갔다.

그녀의 뜻을 존중해 그는 가장 먼 도시로 가는 버스표를 끊었다.

5

그들은 아는 사람이 한 사람도 없는 낯선 도시로 가서 일주일을 보냈다.

여자는 일주일째 되던 날 저녁 한 차례 해금을 탔다. 낯선 도시에 도착한 다음 그가 몇 번 해금이 듣고 싶다고 연주를 청했으나 그녀는 고개를 저었다. 손만으로 타는 것이라면 언제라도 타 줄 수 있지만, 지금은 마음이 손을 따라 주지 않을 것 같다고 했다. 그는 강요하지는 않았다.

그녀에게 위안이 되는 것이 무엇일까. 그는 날이 지날수록 초조한 마음으로 궁리를 거듭했다.

그는 앞으로 다가올 날들을 화폭 삼아 거기에다 다채로운 그림을 그려 그녀에게 보여 주었다. 열정과 성실과 눈부신 성취로 가득 채워진 그림은 한 폭 한 폭 오색영롱하였다. 그가 제시하는 그림들은 그녀의 마음을 사로잡았다. 기대와 희망이 그녀의 가슴속에서 연신 폭죽처럼 터졌다. 그는 자기 분야에 관한 학식이 풍부했고, 꿈을 이루고자 하는 열정과 의욕이 넘쳐 났다. 언행이 일치해 보였고, 믿음직했다. 그러나 그가 일단 말을 마치면 이상하게도 실제보다 무거운 침묵이 깔리고 그 잠깐의 허전한 침묵 끝에, 그가 그려 보인 화려한 그림을 누군가 왼손을 벋어 쓰윽 문질러 지워 버리는 느낌이 들고는 했다. 그들 앞에 다가올 날들은 순식간에 다시 텅 빈 캔버스로 바뀌어 버리고는 했다.

그가 걱정했던 대로 그날 밤 그녀는 자취를 감추고 말았다.

이튿날 잠에서 깨어난 그는 휑한 찬 기운을 느꼈고, 예상했던 대로 그녀가 사라지고 없는 빈자리를 망연자실 바라보았다.

며칠 후 집으로 돌아온 그는 긴 메일을 받았다.

그대가 제시한 그림은 제가 동경해 온 모든 것을 담고 있었습니다. 그 그림 속에 제가 위치할 수 있다는 것만 해도 분에 넘치는 행운에 다름 아니었습니다. 우리 나이에 그런 화려한 그림을 동경하지 않는 사람이 누가 있겠습니까. 그러나 저로서는 해금이 빠져 있는 그림은 결코 상상할 수 없었습니다. 아무리 화려하고 훌륭한 그림이라 할지라도 해금이 빠지고서야 저에게 무슨 의미가 있겠습니까.

만약 그대가 곡절 많은 죽도의 포구나무 이야기를 해 주지 않았거나 광덕재 옆 목탑의 무늬가 신과의 소통을 위한 기원의 주문임을 제게 이야기해 주지 않았다면 또 모르겠습니다. 왜 그런 이야기로 제 혼란을 부추겼습니까. 그리고 해금의 중요성에 대해서도 말해 주지 않았어야 했습니다. 저는 그대의 말을 듣고 나서야, 현악기인 해금이 관악합주에 반드시 편성되어 관악기와 현악기의 균형을 유지시키는 데 매우 중요한 역할을 한다는 사실을 처음 알았습니다. 해금이 삼현육각을 비롯해 궁중음악의 편성에는 물론 민속악 전반과 무용 반주에 있어서도 피리, 대금과 함께 빼놓을 수 없는 중요한 가락악기라는 것 정도는 저도 알고 있었습니다. 그러나 해금이 국악기 제작의 여덟 가지 재료인 8음을 모두 갖추고 있는 유일한 악기라는 것은 그대에게서 듣고 처음 알았습니다.

어디 그뿐인가요. 시문(詩文)의 근본이 무사(巫師)가 입으로 풀어내던, 사(詞)가 있는 주술(呪術)에 바탕을 두고 있다는 그대의 말이 가슴속에 크게 대문자로 새겨졌고 그것 또한 저를 견딜 수 없게 만들었습니다.

그래, 저는 포구나무 곁, 해금이 있어야 할 제 본자리로 돌아왔습니다.

…….

한산수첩 3

꽃배

1

개인 블로그 '무지개 섬나라'를 방문하면 한려수도의 여러 섬에 관한 정보들이 넘실대고 있다. 첫인상은, 자기 고장 관광 명소를 소개하는 흔한 광고용 블로그 같아 보이지만 회원으로 가입한 후 한발 성큼 안으로 들어가 보면, 그런 일반적인 광고용 수준을 훨씬 넘어서는 흥미로운 내용들과 만날 수 있다. 이미지 메뉴 '빛과 바람의 섬길 따라'에는 하늘이라도 뚫을 것 같은 활촉 모양의 바위섬, 대한해협 망망대해에 조각배처럼 떠 있는 마지막 섬 홍도, 해수면에 납작 엎드려 수십 길 심해의 인력을 간신히 견디고 있는 위태로운 몇 개의 염 등 아름다운 풍광들이 소개되어 있다. 언제 봐도 비슷한 모습으로 비상과 하강을 반복하는 갈매기, 물속을 노리며 몸을 최대한 응축시키고 서 있는 재두루미, 물이랑을 사뿐히 스치고 바쁘게 멀어져 가는 바다제비 등 여러 바닷새들의 매혹적인 모습도 보인다.

눈요깃거리들도 풍성했지만, 이야기 메뉴도 그에 못지않게 다채로웠다. 한산도 · 추봉도 · 용초도 · 비진도 · 매물도 · 장사도 · 죽도 등 서로 어깨를 겨루듯 가까이 떠 있는 섬들에 얽힌 기이한 전설이며 설화들이 소개되어 있었다. 전설이나 설화뿐만 아니라 현재 섬에 거주하고 있는 섬사람들에 얽힌 일화도 십수 건 소개되어 있었다. 고등학교 국어교사인 블로그 개설자가 일일이 현장을 답사하여 촬영하고 보고 들은 것을 소개해 둔 것들이어서, 향토지 등에 실려 있는 오래 묵은 이야기들과는 비교할 수 없을 만큼 그 맛이 생생했다.

섬 처녀의 이루지 못한 애틋한 사랑 이야기가 있는가 하면, 뭍을 동경한 나머지 섬을 등지고 떠났다가 고생 끝에 따뜻한 고향으로 되돌아온 젊은이 이야기도 있었다. 오랜 세월 모진 가난을 극복하고 큰 어장을 이루었으나 하룻밤 사이 바람신 영등할만네가 홀랑 쓸어가 버려 다시 빈털터리로 전락한 기박한 어부 이야기도 눈길을 끌었다.

'사랑의 빛과 바람', '운명의 날개', '영원한 수수께끼' 등 내용에 따라 별개 항목으로 분류하여 정성껏 소개하고 있는 것으로 미루어보아 블로그 개설자는 전설이나 설화보다 현재 섬에 거주하고 있는 섬사람들의 기구한 사연을 소개하는 데 더 비중을 두고 있는 것 같았다. 전설이나 설화 같은 묵은 이야기보다 살아 있는 사람들의 사연으로 새로운 전설을 엮어 가려는 블로그 개설자의 사명감과 열정이 이야기 곳곳에 엿보였다.

특히 '영원한 수수께끼' 라는 코너가 내게는 매력적이었다. 블로그 개설자의 독창성이 엿보이는 이 코너는 사실을 빌미로 했으되 전적으로 사실에만 매달린 것이 아니라 상상력에 더 많은 빚을 지고 있는 이야기들로 보였다. 그래, 작은 사실을 상상력에 의해 침소봉대하여 그럴듯하게 지어낸 이야기들로 보였다. 지어낸 이야기는 역시 사실보다 더 매력이 있는 것인가. 그 코너에 들어가면 여러 홍미로운 이야기에 마음을 푸근히 적시며 한나절씩 보내기는 일도 아니었다. '영원한 수수께끼' . 수수께끼란 푸는 재미를 전제로 존재하는 것일 터인데, 여기의 수수께끼는 풀지 못해야 영원히 존재 의의를 지니는 것인가. 영영 풀리지 않을 것 같은, 참 알 수 없는 일들을 여러 가지 소개하고 있었다. 하기야 무엇이나 한 점 의문 없이 자명한 것이란 얼마나 무미건조하고 싱겁겠는가. 의문을 찾아 나서는 기분으로 나는 '영원한 수수께끼' 라는 코너를 자주 방문하고는 했다. 그 코너에서 특히 나를 사로잡은 것은 장작지 해안에 떠 있었다는 '꽃배' 이야기였다. 그 '꽃배' 이야기는 어두운 기억 저편, 별로 돌이켜 보고 싶지 않은 지난 일 한 가지를 내게 상기시키기도 했다.

2

장작지는 한산도 남서쪽에 위치한 작은 갯마을이다.

뭍에서 건너온 손님들을 태운 버스는 제승당 포구를 등지고 동쪽 해안선을 따라 여러 마을을 경유하며 남쪽으로 달린다. 구불구불 산굽이를 따라 오르내리며 대고포, 소고포, 창동, 진두, 야소, 의암, 죽전을 지나 서쪽으로 내처 달리던 버스가 하포 언덕바지를 치오르며 몇 번 숨을 고르고 나면 내리막이 나오고, 내리막을 다 내려가면 문득 길이 끝나는 지점에 도착한다. 타고 있던 손님이 다 내리고 나면 버스는 섰던 자리에서 바로 회차하여 왔던 길로 되돌아 나간다. 그곳이 장작지였다. 외지에서 온 낚시꾼들이나 관광객이 아니면 그곳 회차 지점에서 내리는 승객은 많아야 서너 명, 아니면 한두 명이 고작이었고, 한 명도 없을 때가 대부분이었다. 외진 섬에서도 서쪽 끝머리에 있는 작은 갯마을이라 한갓지고 고즈넉하였다.

장작지 마을 초입의 산기슭, 외따로 떨어진 곳에 빈집이 한 채 대숲에 둘러싸여 있었다. 대숲 언덕 바로 아래에 마을로 통하는 큰길이 있고, 큰길 턱 아래에 바닷물이 바투 다가와 철썩이고 있었다. 몇해 전 큰 태풍 때 허물어지고 반쯤 남은 방파제가 가로막고 있어 그 안쪽은 언제나 물결이 잔잔했다. 건너편, 버스 회차 지점에서 시작해 길게 휘어지며 바다로 벋어 들어간 새로 축조한 방파제는 이쪽과는 비교할 수 없을 만큼 규모가 장대했다. 마을의 배는 모두 새로 축조한 방파제 안쪽에 정박해 있고, 이쪽 허물어진 방파제 쪽에는 한 척의 배도 없었다. 집들도 대부분 버스 회차 지점을 기점으로 산자락을 타고 올라가며 옹기종기 어깨를 겨루며 모여 있었다. 이쪽 허물어진 방파제 쪽에는 대숲에 둘러싸인 그 빈집 한 채만이 달랑 외떨어져 있었다. 오래 비어 있던 그 집에 어느 날 저녁 불이 반짝 들어왔다. 한 사내가 그 빈집에 들어와 짐을 풀고, 저녁이 되자 불을 켠 것이었다.

마을에 들어온 첫날, 그 사내는 새 방파제 초입에 앉아 이장을 기다리고 있었다. 마침 거룻배로 굴 양식장을 다녀오던 이장은 방파제에 앉아 있다 슬그머니 일어나 자기에게로 스적스적 다가오는 사내를 보았다. 마치 움직이지 않고 걸어오는 것 같은 기이한 느낌이 들어 무심코 눈이 그쪽으로 갔다. 사내는 분명 그림자는 아니었으나 마치 그림자 같았다. 이장은 사람이 저렇게 움직임을 작게 하고도 몸을 옮겨 놓을 수 있는 것일까, 그런 생각을 하며 가까이 올 때까지 눈을 떼지 못하였다. 사내는 한 발 앞까지 바짝 다가오더니 움직이지 않고서도 걷는 듯하던 발걸음을 이윽고 멈추었다. 걸음을 멈추었으나 원래 움직이지 않고 그 자리에 서 있었던 것처럼 느껴졌다. 이장님이시죠? 사내는 그렇게 입을 떼어 말했다. 음성이 새소리보다 작고 연약했다. 말귀를 알아듣기 위해 그쪽으로 고개를 숙이지 않을 수 없었다. 의암 방파제에서 만난 낚시꾼한테 들었는데, 저 집이 비어 있다면서요? 사내는 고개를 돌려 마을 초입 대숲 속에 고즈넉이 앉아 있는 집을 눈으로 가리켰다. 저 집에서 좀 지낼 수 없을까요?

대처로 나간 둘째아들이 사업에 크게 성공하여, 바다에서 고달프게 육신 부리지 않고서도 편안히 잘살 수 있게 된 최낙선네가 이태 전에 떠나고 비워 둔 집이었다. 미역양식과 고기잡이로 별로 궁색하지 않게 살던 그들이었으나 출세한 대처의 둘째아들네로 떠날 때 득의만면해하던 표정을 마을사람들은 서운한 마음으로 생생히 기억하고 있었다. 마을을 떠나기 전에 집을 처분하고 싶어 했으나 뜻대로 되지 않자 이따위 허름한 집이야 이제 어찌 되든 상관없다는 듯 심드렁한 표정으로 언제라도 임자가 나서면 알아서 처분해 달라고 이장에게 일임해 둔 집이었다. 최낙선네가 떠난 지 벌써 두 해나 지났다. 그동안, 임자가 나서기는커녕 지금까지 그 집에 대해 관심을 보이는 사람조차 하나 나타나지 않았다. 집이란 비워 두면 바람과 비가 들이닥치기 마련이고 벌레들이 대신 들어와 살기 마련이었다. 바람과 비는 지붕과 서까래와 기둥을 가리지 않고 삭히고 마모시키기 마련이고, 벌레들이란 파고 뜯고 허무는 것이 천성이었다. 그러므로 집이란 오래 비워 두면 급기야 허물어지기 마련인 것이다. 그 집도 필경 언젠가는 비바람과 벌레들이 잔치를 벌이다 종말을 고하게 될 그런 딱한 처지에 놓여 있었다. 비워 두어 비바람에 삭히고 벌레들에게 파먹히느니 사람이라도 들어와 있으면 비나 바람 단속을 할 것이고, 사람 기척이라도 나면 벌레가 덤비지 못하여 마모가 덜할 것은 불문가지였다.

이장은 마다할 까닭이 없었다. 더구나 많지는 않지만 집세도 지불하겠다는데 반색할 일이지 내칠 일은 아니었다. 금을 정하기가 망설여져 머뭇거리고 있는데 사내가 여섯 달 치라며 내놓은 것이 이장의 예상보다 높은 액수여서 군소리 보태지 않고 받았다. 손을 좀 봐야 할 거라고 하자, 그건 자기가 다 알아서 하겠으니 걱정 말라고 하였다. 사내가 자신이 신경 쓸 일을 덜어 주는 것 같아 이장은 고마웠다.

빈집에 사람이 들어와 살게 되었다니 반가운 일이지만, 그 사람에 대한 궁금증 때문에 마을사람들은 공연히 마음이 쓰이고 도리어 불편하였다.

마을사람들은 기회를 봐 가며 사내에게 접근을 시도하였다. 그러나 사내는 마을사람들이 접근하는 기색이 보이면 마당에 있다가도 얼른 집 안으로 들어가 몸을 피해 버렸다. 어쩌다 일부러 작정하고 찾아가 불러 놓고 말을 붙여도 허공을 쳐다보듯 상대를 공허한 눈으로 바라볼 뿐 입을 열어 대답하지 않았다. 그는 마을사람들의 접근을 꺼릴 뿐만 아니라, 새로 축조한 방파제에서 낚시질을 하던 외지 사람들과 마주쳐도 역시 외면으로 일관하였다. 사내는 철저히 사람을 기휘하는 것 같았다. 그런 별난 성정 때문일까, 사내에 대한 마을사람들의 궁금증은 날로 눈덩이처럼 불어났다. 어디서 무엇을 하며 살던 사람이고 또 어떤 연유로 장작지의 그 빈집에 들어와 살게 되었는지 그 내력이 궁금해 몸살이 날 지경이었다.

마을회관에 모여 이런저런 이야기를 나누던 마을사람들은 급기야 이장을 시켜 그 사내의 내력을 알아 오라고 당부하기에 이르렀다. 마을사람들의 성화를 이기지 못해 우정 사내를 찾아 나섰다가 마을회관으로 돌아온 이장은 떨떠름한 표정을 지었다. 사내로부터 무슨 말을 듣고 왔던지 들은 말은 전하지 않고, 해를 끼칠 사람은 아니니 그냥 모른 척하고 지내자고 말막음을 했다. 그래도 사람이 어디 그럴 수 있느냐, 한동네 사는 사람이 어떤 사람인지 모르면 당최 마음이 쓰여 불편하지 않느냐, 내력을 알아 오라고 다시 이장을 다그쳤다. 이장은 그러는 마을사람들에게 남의 일에 그렇게 쏟을 열정이 있으면 자기 일에나 열정 쏟으라며 도리어 짜증을 내고 핀잔을 주었다. 전에 볼 수 없던 이장의 완강한 태도에 마을사람들은 머쓱해 말문을 닫았다. 자칫 잘못하다간 다툴 것 같아 원망스런 표정을 감추지 않고 입을 다물었다. 그런 일이 있은 후 마을사람들은 사내가 시야에 들어오기라도 하면 먼빛으로 사내를 살피다 아쉽게 눈을 거두며 궁금증을 다독이고는 했다.

그러구러 마을사람들과의 간격이 일정하게 유지되어 가는 기운이 느껴져 안도가 되었던지 사내는 가끔 허물어진 방파제 쪽에 모습을 나타내고는 했다. 마을사람들과 마주치는 일은 아직도 꺼리는 눈치였지만 마당 쪽의자에 앉아 바다 바라기를 하다 인기척이 나면 쫓기듯 집 안으로 몸을 숨기는 일은 없어졌다.

그러기를 두어 달 후, 허물어진 방파제 안쪽에 낯선 거룻배 한 척이 세워져 있었다.

거룻배를 처음 발견한 마을사람은 그 배가 마을사람의 소유가 아님을 금방 알아보았다. 마을사람 전체가 한집안 식구처럼 속속들이 다 잘 알고 지내는 터였다. 집집마다 숟가락이 몇 개 있는지, 어느 집 염소가 새끼 낳을 때가 되었는지, 누가 말하지 않아도 다 알고 지냈다. 그러므로 가장 소중한 재산인 배에 대해서 모를 까닭이 없었다. 마을사람들이 소유하고 있는 배는 다 해 봐야 아홉 척이었다. 통발어선이 다섯 척, 소형동력선이 세 척, 거룻배가 한 척이었다. 그런데 열 번째 배라니, 더구나 허물어진 방파제 안에 세워진 그 거룻배는 마을 누구네의 소유도 아니었다. 이물이 유난히 하늘로 쳐들려 있는 꼴이 낯설고, 무엇보다 낡아서 바다로 나가 어떤 갯일도 할 수 있을 것 같지가 않았다. 멀리서 봐도 왼쪽 고물이 찌그러져 있는 것이 식별되었다. 새로 온 낯선 사내가 끌어다 놓은 것임에 틀림없어 보이는데, 저런 쓸모없는 거룻배를 무엇에 쓰려 끌어다 놓은 것인가. 방파제로 나와 바다로 나가려던 마을사람들은 그 거룻배가 눈에 들어오면 으레 고개를 갸웃거렸다.

사내가 사는 집이 아무리 좀 외진 곳에 떨어져 있다 할지라도 마을사람들은 그 사내의 움직임을 대략 감지할 수 있었다. 바다는 한눈에 다 들어왔고, 마을 밖으로 나가는 길도 버스가 다니는 차도가 유일했다. 그러므로 바깥나들이를 하려면 다른 사람들 눈에 띄지 않고서는 거의 불가능했다. 사내가 마을을 나간 것을 아무도 본 적이 없는데 언제 저 거룻배를 끌어다 놓았다는 것일까. 마을사람들에게는 그것이 마냥 궁금하고 아리송했다. 다 잠든 한밤중에 홀로 마을을 나가 어딘가에서 저 배를 끌어다 놓았다는 것인가.

사내가 사라지고 나서 한참 후에야 알려진 사실이었으나, 그 거룻배는 추봉도의 추원마을 권가네 것이라 했다. 낡아 쓸모가 없게 되자 갯가에 끌어올려 둔 것이었는데 사내가 장작지에 들어오기 전 이곳저곳 머물 곳을 물색하고 다닐 때 우연히 봐 두었던 모양이었다. 남의 것을 몰래 가져올 때 도움을 주는 것은 어둠이 가장 제격인 것, 그는 야밤 밀물 때를 기다렸다가 그 거룻배를 손질한 후 모야무지 추원에서 장작지의 자기 거처 아래로 옮겨 온 것이었다. 배가 아직 쓸 만한 것이었다면 그것을 찾아 수소문을 하고 다녔겠으나 이미 낡아 처분하는 데 드는 비용을 걱정하고 있었던 터, 임자는 없어진 것을 도리어 잘된 일로 여기고 찾지 않았던 것이다.

어쨌든, 마을사람들은 사내의 집 아래에 세워진 그 거룻배의 정체를 알지 못해 애를 태웠다. 쓸데없이 남의 일에 웬 관심이 그렇게 많은가, 누군가 그런 타박을 할지 모르지만 지금까지 이웃의 어떤 일도 모르는 것 하나 없이 지내온 마을사람들에게는 의문이나 궁금증을 담아 둘 속이 따로 없었다. 나들이라고는 전혀 하지 않던 사내인데다 이미 쓸모가 다한 낡은 배를 끌어다 놓다니, 그 용처와 내막이 궁금해 견딜 수가 없을 지경이었다.

그러던 어느 날 사내가 드디어 바깥나들이를 나섰다. 버스 도착 시간에 맞춰 정류소로 나온 그는 버스를 타고 어디론지 출타를 하였다. 버스를 기다릴 때 마을사람 두엇과 마주쳤으나 사내는 발아래다 눈을 깔고 시선 마주치기를 피하였다. 버스에 오르고 나서도 마을사람들과 눈을 마주치지 않으려고 창밖에다 눈을 던져 놓고 한 번도 고개를 옆으로 돌리지 않았다. 그는 제승당 선착장에서 뭍으로 가는 카페리를 타고 통영으로 나갔다.

사내는 산더미 같은 짐과 함께 저녁나절 막차로 돌아왔다. 대접만 한 크기의 막 구운 토기들이 몇 짐 되었고, 신문지에 말아 든 것도 몇 뭇 되었다. 그리고 정체 모를 다른 보따리도 있었다. 혼자 살아도 생활을 위해서는 많은 것이 필요하리라. 마을사람들은 생활에 필요한 물건을 구입해 온 것이려니 짐작하며 별로 관심을 두지 않았다. 그러나 짐의 내용을 유심히 살핀 마을사람 하나는 집으로 가는 길에 자꾸만 뒤를 힐끗거리며 고개를 갸웃거렸다. 대접 크기의 막 구운 토기들의 용처가 궁금했던 것이다. 대접이라면 국그릇으로 쓰이겠지만 숫자로 보아 그런 것만도 아닌 것 같고 막 구운 토기, 그것도 한두 개가 아니고 수십 개라니, 저것을 무엇에다 쓰려는 것인지 궁금증을 떨쳐 버릴 수가 없었다. 궁금증이 부풀어올라 견딜 수 없을 지경이 되었으나 그것을 풀 방도를 찾을 길이 없었다. 속으로 끙끙 앓던 그 마을사람은 그로부터 두어 달 후에야 겨우 그것의 쓰임새를 알게 되었다. 그 마을사람은 막 구운 토기의 쓰임새는 물론 하릴없이 끌어다 놓은 거룻배의 쓰임새도 그때 함께 알게 되었다.

3

꽃은 하루 만에 피어날 수 있는 것이 아니다. 한 송이 꽃이 세상에 얼굴을 내밀고 그 아름다움을 뽐내게 되기까지는 여러 날 혹은 여러 달이 걸리기 마련이다. 그러나 그 낡은 거룻배에 꽃이 피어난 것은 하루아침에 갑자기 일어난 일이었다. 그 전날까지 분명히 거룻배에 꽃이 있는 것을 본 마을사람은 아무도 없었다. 마을사람들은 지나가다 배가 시야에 들어오면 저것이 오늘도 저기에 있군, 하고 무심코 바라볼 뿐 눈여겨보지는 않았다. 그런데 꽃이 실려 있다니!

그날 아침 바다로 나가던 마을사람은 무언가 색다른 것이 눈을 끌어 그쪽으로 눈을 돌리다 깜짝 놀랐다. 거룻배에 웬 꽃이 저렇게 많이 실려 있단 말인가. 낡아서 금방 가라앉을 것 같던 거룻배가 거기 있는 것도 늘 마음에 켕겼는데, 영문 모를 꽃을 가득 싣고 있다니, 마을사람은 걸음을 돌려 충동적으로 거룻배 쪽으로 다가갔다. 공연히 이게 무슨 짓인가, 그런 자책을 하면서도 발길이 되돌려지지 않았다. 외딴집을 일별했으나 인기척이 없었다. 밤새워 거룻배에다 꽃을 피우느라 아직 깊은 잠에 떨어져 있는 것인가. 마을사람은 기척이 들리면 발길을 돌리리라 내심 작정하고 다가가 배를 살펴보았다. 배는 원래의 모습을 찾아볼 수 없을 만큼 변형되어 있었다. 노를 젓고 바다로 나가 해산물을 채취하거나 고기를 낚아 올려 싣고 오는 것이 거룻배의 원래 기능일 터인데 그런 기능에 맞춤한 시설은 다 거둬 내고 하나도 보이지 않았다. 뱃전을 따라 잇대어 붙인 판자 위에 꽃을 심은 화분들이 나란히 정돈되어 있었다. 가운데도 칸칸이 판자를 잇대어 선반을 짓고 그 선반 위에 꽃을 심은 화분들이 촘촘히 올려져 있었다. 거룻배는 해산물을 싣는 것에서 꽃배로 바뀌어 있었다.

마을사람은 예상하지 못했던 엉뚱하고 터무니없는 변화에 그만 불끈 심화가 솟구치고 마음이 뒤틀렸다. 배에다 저런 쓸데없는 짓을 하다니, 마치 자신이 무슨 모욕이라도 당하고 있는 기분이 들었다. 원래 꽃이라면 별로 관심을 두지 않고 살아왔었다. 꽃을 몰라도 사는 데 아무 불편을 느끼지 않았다. 관심이 없는데다 꽃이란 생활과 직접 관련이 있는 것이 아니어서 마을사람은 꽃에 대해 잘 알지도 못했다. 기껏 아는 꽃이라야 무궁화, 국화, 장미 등 책이나 텔레비전에서 자주 봐 왔던 흔한 것들에 한정되어 있었다. 거룻배에 실려 있는 꽃 가운데 그가 아는 꽃은 장미와 봉선화 정도밖에 없었다. 장미야 어디를 가도 쉽게 구경할 수 있고 봉선화는 딸아이가 손톱에 물들일 때 따 오는 것을 봤기 때문에 알고 있었다. 마을사람으로서는 처음 보는 꽃들이 대부분이었다. 무궁화나 목련 같은 목본은 거의 없고 대부분 초본의 꽃들이었다.

마을 쪽을 바라봤으나 마침 아무도 눈에 띄지 않았다. 혼자 보고 있기가 아까운 까닭이 아니었다. 꽃들로 인해 불편해진 마음을 다른 마을사람들과 나누어 공유하며 심화를 다스리고 싶은 충동 때문이었다. 거룻배에다 꽃을 심어 두다니, 이렇듯 괘씸한 노릇이 어디 있단 말인가. 자꾸만 뒤틀어 오르는 심화를 혼자 삭이기가 힘들었다. 잠시 뜸을 들이며 기다렸으나 아무도 나타나지 않았다. 하는 수 없이 발길을 돌려 선창에 세워 두었던 자기 배를 향해 터벅터벅 걸음을 옮겨 놓았다. 발걸음을 떼놓을 때마다 숨결이 점점 거칠어졌다. 배에 가까워졌을 때는 숨쉬기가 힘들 정도로 숨이 가빠 올랐다. 어디 할 짓이 없어 저런 쓸데없는 짓을 한단 말인가. 아무리 생각해도 괘씸하고 불쾌했다. 저 작자, 처음부터 수상하고 마뜩찮다 싶더니, 결국 저렇듯 사람 속을 박박 긁어놓을 게 뭐람, 당장 쫓아 버려야 해, 그 마을사람은 홍분을 가라앉히지 못한 채 바다로 나갔다. 바다로 나갔으나 여느 날과 달리 일이 손에 잘 잡히지 않았다. 종일 헛손질만 하다 해가 뉘엿뉘엿 질 무렵 배를 돌려 포구로 돌아왔다. 거의 빈 망태기를 어깨에 메고 선착장을 걸어 나오던 마을사람은 불쾌한 눈으로 외딴집을 쏘아보았다. 마침 그 집 사내가 마당에 나와 서성거리고 있는 모습이 보였다. 그가 눈에 들어오자 배 쪽으로 가 보려던 생각을 고쳐먹고 집을 향해 걸음을 옮겨 놓으면서 마을사람은 공연히 헛기침을 몇 번이나 되풀이하였다. 그래 배에다 왜 꽃을 실어 놓는단 말인가. 집으로 가던 길에 방향을 돌려 이장 집으로 가다 다시 생각을 고쳐먹고 집으로 올라갔다.

4

지난 며칠간 마을은 뒤숭숭했다. 홍윤이 내외가 크게 다툰 끝에 헤어지기로 하고 안사람이 보따리를 싸 집을 떠났다는 사실이 마을에 퍼지고부터 모두 신경이 날카로워져 있었다. 두 내외가 싸운 원인이 동네 사람들 입에서 입으로 전해지며, 마을 분위기는 점점 더 뒤숭숭해졌다. 도대체 꽃배가 어쨌다고, 그것 때문에 싸우고 보따리를 싸 집을 나갔단 말인가. 조용하던 마을에 여태 없었던 불상사였다.

이장 집 마당에 들어서자 안에서 두런두런 이야기 나누는 소리가 들렸다. 인기척을 내며 기침을 하자 방문이 열리고 성규가 고개를 내밀어 밖을 살폈다. 까닭 없이 속이 뒤틀려 있던 재철은 어서 오시게, 하는 말을 듣고도 대꾸를 하지 않았다. 시큰둥한 얼굴로 마루를 거쳐 방으로 들어갔다. 성규 외에도 방에는 대호와 그 처가 찻잔을 앞에 놓고 앉아 있다가 재철이 들어가자 아는 체하며 목례를 했다. 재철이 방으로 들어가 자리를 잡고 앉자 그의 출현으로 잠시 중단했던 말을 다시 이어 나갔다.

"그래 어쩔 생각인가?"

"내게, 뭘 어쩌란 말인가."

그때 또 마당에서 인기척이 났다. 주인을 찾는 목소리가 귀에 익었다. 방문을 여니 현수가 마루로 올라오고 있었다. 현수 혼자가 아니었다. 그 처가 뒤따라 마루로 올라오고 있었다. 방으로 들어온 그들은 먼저 와 있던 사람들에게 일일이 목례를 보냈다.

"이장이 그렇게 말하면 되나. 마을사람들이 의견을 내면 나서서 적극적으로 해결할 생각을 해야지."

현수 내외가 재철의 옆에 좌정하고 나자 기다렸다는 듯 대호가 이장을 향해 투박한 음성으로 면박을 주었다.

"허어 참, 이장은 남의 사생활까지 이래라 저래라 할 수 있는 것인 줄 아나?"

"사생활이라니, 그것이 어디 사생활인가. 남에게 피해를 주는데 그것을 사생활이라고 나 몰라라 할 수 있나? 도리에 어긋나고 사회통념을 벗어나 눈에 거슬리는 짓은 사생활이라 볼 수 없는 것이네!"

"지금 무슨 이야긴데 사생활 보장이니, 도리니, 사회통념이니 그런 유식한 문자를 쓰고 그러나?"

뒤늦게 도착한 재철이 대호의 말꼬리를 잡고 늘어졌다.

"저 아래 낙선네 집에 들어와 사는 사내 있잖나. 그 사내가 집 앞에 배를 한 척 끌어다 놓아 저도 언젠가는 바다 일을 하려나 싶었는데, 웬걸 배에다 꽃을 심은 화분을 가득 실어 놓지 않았겠나. 배라는 것이 뭔가, 바다에 나가 일할 때 쓰라는 것 아닌가. 그것을 일하는 데 쓰지 않고 쓸데없는 꽃을 잔뜩 실어 놓은 걸 오고 가며 보려니 어찌나 속이 뒤틀리는지 견딜 수가 있어야지. 아까 뛰어가 꽃을 치우라고 했는데, 이 작자 응대하는 꼴 좀 보게. 대꾸는커녕 콧

방귀를 뀌며 딴청을 부리는 것 아닌가. 어찌나 화가 나던지 뛰어올라와 이장더러 그 꽃을 치우는 방안을 강구해 보라고 당부한 것이네."

대호는 아내의 괘씸한 짓은 제쳐 두고 꽃배 타령으로 씩씩거렸다. 사내가 거기에 꽃배를 띄우든 담배를 태워 물고 앉아 바다를 멍하게 바라보고 앉아 있든 상관할 바 아니었으나 볼 때마다 심사가 뒤틀리는데 어쩌란 말인가. 더구나 아내가 그 집 마당에 배추나 무를 가져다 두고 바다에서 따 온 굴이나 파래도 심심찮게 가져다 놓아두고는 하는 것을 알고부터, 그 사내와 꽃배에 더 참을 수가 없었다. 아내는 그런 일 없다고 딱 시치미를 잡아뗐으나 대호도 눈치가 있었다.

"그 일이라면 나도 대호 자네와 같은 생각이네. 아침에 선착장에 나갈 때마다 꼴같잖은 그 배가 보이면 어찌나 부아가 치미는지. 배라는 것이 무엇인가? 바다로 타고 나가 미역을 따든가, 낚시질을 하든가, 그런 벌이를 위해 쓰라는 것 아닌가. 그런데 척 꽃을 심어 두다니, 그럼 바다로 나가 일을 하는 우리는 뭐란 말인가. 그 배만 보고 나가면 종일 바다에서 헛손질만 하다 돌아오게 되던걸. 그래서 나도 그걸 어떻게든 치울 수 없을까 알아보려 왔네."

"원 별일 다 보겠네. 남이야 삿갓 쓰고 박치기를 하든 말든."

대호 처가 빈정거렸다.

"별일 다 보다니, 그게 어디 남의 사돈 가거나 말거나 할 일이야. 이 여편네가 보자 보자 하니까……."

대호가 눈을 부라리며 처를 노려보았다. 그 작자를 끌어내 덕석 몰이를 하거나 매타작하는 꼴을 봐야 역성을 그만 들 것인가. 아내가 한 짓을 생각하면 생각할수록 화가 치밀어 견딜 수 없을 지경이었다.

"난 꽃구경이 좋기만 하데. 꽃을 심은 배, 그런 멋진 생각을 다 하다니."

대호 처는 도리어 대호를 향해 눈을 흘기며 빈정거렸다.

"그래, 그 배에 심어 놓은 꽃들, 정말 이쁘더라. 세상에 그렇게 이쁜 꽃들이 다 있다니, 매일 꽃배 구경 가고 싶어 일이 손에 잘 잡혀야지 원."

현수 처가 웃으며 대호 처의 말을 거들고 나섰다.

"여편네들이란 원, 재철이 말마따나 배란 바다에 나가 벌이를 하라는 것이지 어디 꽃 키우라는 것이야. 저런 철딱서니들이라니."

대호와 현수가 거의 동시에 구시렁거렸다.

"어디 일만 중요한가. 꽃을 즐기는 여유도 가져야지."

"지금 우리 형편에 꽃 타령하게 생겼어. 입에 풀칠하랴, 애들 학비 마련하랴, 뼛골이 쑤시고 손발이 닳도록 육신을 움직여야 겨우겨우 버텨 가는 주제에, 원."

"이장, 그래 어쩔 셈인가?"

대호가 다시 이장을 불러 다짐을 받으려 했다.

"나더러 뭘 어쩌란 말인가. 그 사람은 그 사람 나름으로 숨은 사연이 있다네. 자네들로서는 알 수 없는 큰 고통을 겪고 있어. 그 고통을 달래기 위해 아마 배에다 꽃을 실어 둔 모양이야. 그런 사람을 나더러 어쩌란 말인가."

이장은 답답하다는 듯 혀를 차며 좌중을 둘러 살폈다.

마을사람들은 얼굴을 들어 서로를 쳐다보았다. 이장의 말을 이해하기 위해 잠시 입을 닫고 생각을 골똘히 굴리고 있는 표정들이었다.

"자네들 말은 내가 충분히 알아듣겠네. 하지만 나로서는 어쩔 수 없네. 나는 그 사람이 삭이고 있는 큰 슬픔을 외면할 수 없다네."

"그 사람 감정만 중요하고 우리 감정은 무시해도 된다, 이건가? 그럼 오늘 밤 내가 배에 있는 것을 싹 쓸어버릴까 부다."

이장의 말에 대호가 울컥 성깔을 부렸다.

"그래서는 안 되네."

이장은 대호 앞으로 다가앉으며 고개를 완강히 저었다. 그는 사내로부터 들은 말을 입 밖에 내서 말하지는 않았다. 그 꽃들이 다 사람 뼛가루를 거름으로 피운 것이라는 사실을 알면 이 사람들이 어떻게 나올까. 자신도 믿어지지 않고 곧이듣고 싶지 않은 것을 이들이라고 곧이듣고 믿으려 들겠는가.

"세상살이라는 것이 먹고 입고 애들 학비 마련하는 것만 힘드는 줄 아나 봐. 먹고 입고 하는 것은 육신을 움직여 마련되는 것으로 해결이 가능하지만, 사람이란 육신으로만 사는 것이 아니지, 마음이라는 것이 더 무겁고 더 무서운 것이야. 당신은 육신을 움직여 사는 것만 알지 마음이 당하는 고통은 모르고 있는 사람이야."

이장의 말을 듣고 무슨 생각을 했던지 대호 처가 이장 역성을 들며 주절거렸다. 이 여편네 말하는 것 좀 보게, 대호는 울컥 치미는 성질에 종주먹을 들이대려다 가까스로 억누르며 아내를 노려보았다. 그러나 대호 처는 아랑곳하지 않고 거기 있는 사람들을 차례차례 둘러보며 동의를 구하는 눈치였다.

"아, 똑똑하신 분 납셨구만. 그런 말 안 해도 그 정도는 우리도 알아. 하지만 경우라는 것이 있어. 아무리 마음이 아프다 해도 육신을 움직여 먹고 사는 우리 같은 사람이 사는 동네에 와서 저런 티를 내서야 되나. 우리는 뼈 빠지라고 움직여 겨우 연명이나 하는데 우리가 타고 나가 일하는 배에다 여유만만 꽃이나 키우다니, 저건 절대 안 될 일이지."

대호는 아내를 노려보며 결연히 선언했다.

"나도 대호랑 현수와 같은 생각이네. 아마 마을사람들 거의 모두가 우리 마음과 같을 것이네. 저 작자를 마을에서 떠나라고 하게. 이장 자네가 나서서 우리 뜻을 전하게."

이장을 쳐다보며 신중한 어조로 재철이 단안을 내려 말했다.

"그래, 내가 한번 만나는 보겠네. 하지만 난들 떠나라 말라 할 수는 없는 일 아니겠나. 다만 마을사람들 의견이 그렇다는 것은 전함세."

그날 대호와 그의 처, 그리고 현수와 그의 처는 집으로 돌아간

즉시 한바탕 전쟁을 치렀다. 여자 쪽은 눈물바다를 이루고 남자 쪽은 하릴없이 담배를 뻐끔뻐끔 태우며 분을 삭였다.

5

상주는 보름이 지났는데도 요지부동이었다.

아직 더 많은 문상객이 다녀가야 하므로 장례를 치를 수 없다는 것이었다. 다행인지 지난 보름 동안 영하 십 도 안팎의 맹추위가 계속되었다. 방이 냉골이라 얼어붙는 것은 걱정되어도 상하거나 부패할 걱정은 없었다. 향은 계속 타오르고 있었지만 국화는 다 시들어 있었다. 사흘 전 다녀간 문상객이 올리고 간 국화였다. 애도 기간을 보름이나 넘겼으면 됐지 장례를 더 미뤄서는 안 된다고 상주의 친구들이 다그쳤으나 상주는 듣는 척도 하지 않았다.

"선생님, 아무래도 선생님께서도 문상을 한 번 다녀와야 될 것 같습니다. 영비가 남긴 물건도 있다는데, 그것을 꼭 선생님께 전해 달라는 유언을 남긴 모양입니다."

그런 말을 듣고도 한동안 문상을 가고 싶은 마음이 일어나지 않았다. 세상을 뜬 사람에게는 서운할지 모르지만, 먼저 간 후배를 문상한다는 것이 썩 마음 내키지가 않았다.

"상주가 장례 치르기를 미뤄 친구들이 애를 태우고 있습니다. 적선하시는 셈 치고 한 번 다녀오시지요?"

그런 권유를 더 이기지 못하고 나는 급기야 내키지 않는 문상 길을 나섰다.

상가의 현관문은 열려 있었다. 거실에 고인의 영정을 모신 빈소가 마련되어 있었다. 빈소는 비어 있었다. 영정 밑 선반에 문상용 국화가 몇 송이 놓여 있었다. 문상객이 다녀간 지 오래되었던지 빈소에 놓인 꽃은 다 시들어 있었다. 거실로 올라가 영정의 눈을 마주 쳐다보며 앞으로 다가갔다. 인기척이 없던 집에, 상주가 부스스한 모습으로 방에서 나왔다. 눈이 마주쳤으나 아는 체를 하지 않고 상주는 단전 위에 두 손을 마주 잡고 묵묵히 빈소 왼편에 장승처럼 섰다. 방에서 나올 때도 그림자 같더니 서 있는 모습 또한 그림자 같았다. 상주가 부주의했던 것인지 향로에는 향이 꺼지고 재만 쌓여 있었다. 향 상자에서 향을 세 개 뽑아 들고 촛불에다 대고 불을 붙였다. 향로에다 향을 꽂는 사이 강한 향이 코를 찔렀다. 영정을 쳐다보는 내게 비로소 한 상념이 실감으로 다가왔다.

영비, 지닌 재주에 비해 누려 보지 못한 것이 너무 많았어.

사랑은 은밀한 감정의 일이니 얼마나 누렸는지 내가 알 수 없는 일이지만, 재주는 칭찬으로 빛을 얻고 그 광휘로써 보람을 느낄 터인데, 영비는 칭찬의 구체적 결실이라 할 수 있는 무슨 상 같은 것은 별로 타 본 적이 없었다. 직장에서는 태만하고 불성실하기로 소문난 기피인물이었지만 그녀가 세상에 내놓은 작품은 남다른 데가 있고 훌륭했다. 결근과 지각이 잦은 그녀는 직장에서는 겨우 명

줄만 이어가는 불량 직원이었으나 작품을 위해서는 물불 가리지 않고 몸을 혹사하는 열성파 작가였다. 언젠가 큰 상을 하나 받아야 하는데, 하고 아쉬움을 나타낸 적이 있었는데 그때 영비는 아직 2프로 부족한걸요, 하고 심드렁하게 대꾸했다. 그러나 영비의 작품은 도리어 5프로 이상 넘쳐 난다고 나는 생각했다. 모자라는 2프로와 넘쳐나는 5프로, 그 7프로가 신뢰를 받기까지에는 더 많은 시간이 필요한 모양이라 생각하며 은근히 기대하고 있었는데 내가 예상했던 기간을 훨씬 넘기고도 그에게 상은 차례가 가지 않았다. 상은커녕 작품이 상업적 성공으로 연결되는 행운 또한 누려 보지 못했다.

영비는 미묘한 감정이나 정서에 정명(正名)을 부여하는 재능이 탁월했다. 예리한 촉수로 시대의 변화를 읽어 내고 명명하는 데도 남다른 재주를 나타냈다. 아날로그 시대에서 디지털 시대로 넘어가는 숨 가쁜 문명적 전환기에 대처하는 방편의 제시도 널리 공감을 살 만했다. 그녀는 답변이 용이하지 않은 질문으로 작품을 가득 채우거나, 풀기 어려운 의혹으로 넘실대는 작품을 많이 남겼다. 그러나 명예도 재복도 타고나지 못했던지, 남다른 재주가 아니고서는 닿지 못할 높은 수준의 작품을 세상에 내놓고서도 냉대를 받거나 철저한 무관심 속에서 외로움을 겪으며 담배와 술을 위안으로 삼고 지냈다. 영비가 세상의 주목받기를 갈망했는지, 그런 것에 초연했는지, 그 점은 알 수 없지만 다른 이들은 영비의 작품과 비슷한 수준의 작품으로 곧잘 상도 받고 상업적 성공도 거두었다. 그 점을 감안하면 세상 참 고르지 못하다는 생각이 들곤 했다. 영비가 자신의 불운과 다른 사람들이 누리고 있는 행운을 비교해 본 일이 있는지 모르지만, 만약 비교해 보았다면 응당 허탈감과 좌절감에 사로잡혀 심리적 고통을 겪었으리라. 그 때문에 그녀가 외로움을 탔는지, 그 외로움을 견디는 방편으로 치명적인 줄담배와 술에 탐닉해 지냈는지 모를 일이지만, 어쨌든 영비는 누려야 마땅할 것들을 다 누리지 못한 채 그것들을 세상에 남겨 두고 우리 곁을 일찍 떠난 것이었다. 고인과의 작별의 자리라는 의식 때문이었던지, 전에 한 번도 진지하게 생각해 보지 못했던 그런 상념들이 머릿속을 오락가락했다. 영비가 누리지 못하고 남겨 놓고 간 명예와 부를 누가 대신 누리게 되는 것일까. 서른아홉 한창 때 폐암이라니, 겨우 두 해를 투병으로 견디고 세상을 뜨다니!

영정 앞에 두 배 반, 절로 작별의식을 치르고 상주와 맞절로 애도의 인사를 나누었다. 나는 눈시울이 뜨거워졌으나 상주는 물기 하나 없는 쓸쓸한 눈으로 나를 쳐다보았다. 좁은 이마에 앞머리가 흘러 내려와 있고, 볼은 홀쭉하고 입술은 터 있었다. 까칠한 피부와 동공이 한곳에 고정되어 있는 공허한 눈 때문인지, 그가 겪고 있는 슬픔의 고통이 내게 직접 건너오고 있는 것 같았다.

상주가 권하는 데 따라 옆방으로 자리를 옮겼다.

발을 딛고 있기가 힘들 정도로 방바닥이 냉랭했다. 그런 내색을 하기에는 어울리지 않는 상가라는 인식이 없었다면 견디기 힘들

만큼 고통스러웠다. 상주는 두툼한 방석을 내놓았다. 앉을 엄두가 나지 않아 방석 위에 발을 딛고 섰다. 방석 위에 서 있어도 방바닥의 냉기가 올라와 온몸의 뼈를 시리게 하는 것 같았다.

"저 사람, 곧 불의 연옥을 치러야 할 텐데, 여기 있는 동안이나마 시원하게 지내야 할 것 같아 집에 온기를 일체 없앴습니다."

상주는 아직 감정을 다 추스르지 못하고 슬픔의 늪을 허우적거리고 있는 것인지 힘에 겨운 작은 소리로 말했다. 무릎관절이 삐걱거리는 늙은 사람처럼 움직임이 더뎠다. 몸의 기운을 다 소진하고 이제 쓸 힘이 하나도 남아 있지 않은 노쇠한 사람처럼 그의 움직임은 고요했다. 마치 그림자가 움직이는 것 같았다.

"영비가 남기고 간 것입니다. 선생님께 꼭 전해야 한다고 마지막 운명할 때 제게 부탁했습니다."

상주는 얇은 봉투를 하나 내밀었다. 영비가 남기고 간 것이 있다는 말을 듣기는 했으나 새삼스럽다는 느낌이 없지 않았다. 무슨 미발표 원고라도 들어 있는 것인가. 그 유작의 처리를 내게 일임한 것인가. 부담스러운 기운이 어깨를 묵직하게 눌러 와 서류봉투를 받아 드는 손길이 절로 머뭇거려졌다. 서류봉투는 얇았고 겉에 영비의 낯익은 필체로 내 이름이 씌어 있었다. 서류봉투를 건네며 상주가 지은 표정의 암묵적 의미를, 나는 그때는 알아차리지 못했다. 다만 그가 겪고 있는 슬픔이 그의 표정을 다스리고 있겠거니, 막연히 그렇게 짐작했을 뿐이었다. 그리고 그가 한 말도 별로 귀담아듣지 않았다.

때마침 마당에서 인기척이 들렸다. 자리가 어색해 더 있고 싶지 않았는데, 잘 되었다 싶어 나는 마루로 나왔다. 벌써 가시게요. 아무것도 대접하지 못해 죄송합니다. 상주가 그런 말을 하는 사이 마당에 있던 인기척이 현관으로 들어섰다. 상주와 비슷한 연배의 문상객은 상주를 보자 대뜸 언성을 높였다.

"나는 아냐. 그런 일 없었어."

내가 들어서는 안 될 무슨 비밀스런 이야기라도 두 사람이 나눌 모양이라 짐작하며 나는 얼른 현관을 나와 마당을 가로질러 그 집을 나왔다.

나중에 들은 사실이지만 내가 문상을 다녀온 사흘 후에 장례를 치렀다 한다.

상주의 친구들이 머리를 맞대고 의논한 끝에 그냥 저대로 둘 수는 없다, 한겨울의 혹한이 계속되어 탈이 나지 않을지는 모르지만 국장을 치를 것도 아닌 주제에 주검에 대한 예의가 아니지 않느냐, 상주의 비통한 심정을 이해하지 못하는 것은 아니지만 보름이 넘도록 장례를 치르지 않는 것은, 존엄한 죽음을 마무리 짓는 행위로서 살아 있는 자들의 올바른 처신은 아닐 것이라는 데 친구들은 합의하였다. 상주를 묶어 놓고서라도 장례를 치러야 한다, 고 친구들은 의견일치를 보았다. 문상객은 주로 상주 쪽 친구들이었다. 영비의 직장 동료들이나 친구들은 코빼기도 보이지 않았다. 상주가 처가 쪽에 알렸으나 이복동생이 하나 와 사흘 동안 빈소를 지킨 것이 고작이었다. 상주가 장례를 계속 미루자 장례일자가 결정되면 연락하라며 돌아간 다음 다시 나타나지 않았다.

의견일치를 보고 나자 실행은 신속하게 빈틈없이 이루어졌다. 만약을 위해 친구들은 밧줄을 마련했고, 상주를 깊이 잠재우기 위해 약을 마련했다. 상주가 잠든 사이에 일을 처리할 수 있기를 바라 장례에 필요한 장의차와 일꾼을 미리 물색해 대기시켰다. 그러나 상주에게 약을 먹일 필요도, 상주를 밧줄로 묶을 필요도 없었다. 보름 넘게 내처 제대로 잠을 자지 못한 상주가 어느 순간 제풀에 푹 쓰러져 깊은 잠에 떨어졌기 때문이었다. 그 틈을 놓칠세라 친구들은 서둘러 장례절차를 간소하게 밟은 다음 대기하고 있던 일꾼들을 시켜 시신을 화장장으로 옮겼다. 화장을 한 다음 빻은 뼛가루를 담은 상자를 가져와 잠에서 부스스 깬 상주에게 내밀었다. 산이든 강이든 적당한 곳에 가서 뿌리고 털어 버리라고 하자 무슨 일이 벌어진 것인지 미처 사태를 알아차리지 못한 상주는 어리둥절한 표정으로 친구를 빤히 쳐다보았다. 그러나 이내 사태를 알아차린 상주는 벌떡 몸을 솟구치고 일어났다. 아악, 발악하듯 친구에게 덤벼들어 멱살을 거머쥐고 사납게 흔들어 대며 맹수처럼 포효했다. 너희가 뭘 알아? 뭘 안다고 그래. 상주의 손을 겨우 뜯어내고 마당으로 나온 친구는 새파랗게 질려 있었다. 좋은 일 하고 뺨을 얻어맞은 꼴이 된 그 친구는 다른 친구들을 돌아보지도 않고 휑하니 밖으로 나가 버렸다.

상주야 어찌 감당하든, 뼛가루를 뿌리는 가장 간단한 일만 상주에게 안기고 친구들은 비로소 홀가분한 기분으로 각기 집으로 돌아갔다. 당연한 일이지만, 친구들은 자기들 앞에 산적해 있는 일거리들을 처리하느라 상을 당한 친구를 마음속에서 비워 버리는 데는 그다지 오랜 시간을 쓰지 않았다. 상주의 슬픔까지 친구들이 어찌 다 관계할 수 있겠는가. 그 후 친구들은 상주가 어떻게 되었는지 궁금해하지도 않았고, 상주의 다음 행적에 대해서도 관심을 가지지 않았다.

문상을 다녀온 후에도 마음이 무겁기는 가기 전이나 마찬가지였다. 영비가 등지고 떠난 세상이 내게 전과 다르게 인식되거나 변할 조짐은 아무것도 없었다. 어떤 영향력 있고 위대한 인물이 세상을 뜬다 할지라도 남은 세상은 결코 달라지지 않고 관성에 따라 흐르기 마련이다. 떠난 인사는 남아 있는 사람들의 기억 속에만 존재할 뿐, 세상은 결코 변함이 없는 것이다. 영비는 세상을 어떻게 인식하고 살아 냈으며 떠날 때는 또 어떤 생각을 갖고 있었는지, 궁금하기는 했다. 영비는 아마 그런 상념을 한 땀 한 땀 수놓듯 글로 새겨 두었으리라. 나는 상주로부터 받아 온 서류봉투를 열었다. 서류봉투 속에는 시디가 한 장 들어 있었다. 시디를 노트북에 넣고 문서를 열었다.

10포인트 41행으로 된 문서는, 무려 120페이지에 이르렀다. 웬만한 장편소설 한 권 분량이었다. 분량을 먼저 살핀 나는 서두부터 천천히 읽어 나갔다. 앞 몇 페이지는 세상을 사는 동안 느꼈던 아름다움에 관한 소회를 밝히고 있었다. 아름다움에 관한 일반적인 관념을 훌쩍 뛰어넘는 독창적인 상념들이 눈부시게 전개되어 있었다. 그러나 아름다움을 원경으로만 바라봤을 뿐 한 번도 근경에 두고 누려 보지 못한 사람의 적막한 소회가 느껴져 기분이 척척하게 젖어 들었다.

몇 페이지를 넘기고 나자 글의 성격이 점점 모호해져 갔다. 일정한 구성 요건을 갖춘 미발표 작품이 아니었다. 막연한 신변잡기도 아니었다. 몇 페이지에 한 번씩 날짜가 명시되어 있었다. 길이가 무한정한 것이 다르기는 했지만 그것은 하루하루의 일을 기록한 일기 형식의 글이었다. 하루에 겪은 일을 사실대로 기록하는 것만이 일기는 아닐 것이다. 그날그날 느낀 어떤 상념을 기록해 두는 것도 일종의 일기일 것이다. 영비가 남긴 글은 그런 성격의 일기였다. 일기 성격의 글이라는 생각을 정리하고 나자 그때까지 느끼지 못했던 낯선 기운이 온몸을 관류하며 나를 옥죄기 시작했다. 그 글이 끝날 때까지 나는, 이건 아닌데, 이건 아닌데 하며 몇 번이나 강하게 도리질을 해 댔다. 불편하고 고통스러운 정도를 지나 나를 격분케 하는 대목이 군데 군데 발견되었다. 사실이 아닌 것을 사실처럼 고백체로 써 둔 글에 내가 '선생님' 으로 빈번히 등장했다. 상주가 서류봉투를 건넬 때 짓던 묘한 표정의 의미가 뒤늦게 상기되었고, 자연 수치심에 얼굴이 벌겋게 달아올랐다. 상주가 봉투를 건넬 때 "선생님, 제가 먼저 대략 훑어봤습니다." 하던 말이 상기되자 앉았던 자리에서 벌떡 몸을 일으키지 않을 수 없었다. 심장이 부르르 떨렸다. 아니 이럴 수가 있나. 이건 아냐, 절대 이런 일은 없었어, 당황한 나는 어찌할 바를 몰라 도리질을 해댔다.

'선생님께서 저녁식사나 같이 하자면서 인사동 한정식 집으로 나를 데리고 갔다. 식사를 하며 반주로 맥주를 곁들였다. 선생님께서, 내가 영비의 아비 뻘은 되지. 앞으로 아버지로 여겨. 그렇게 말씀하시며 내게 친근감을 나타냈다.'

그러고 보니, 언젠가 영비가 나를 강권하다시피 인사동 선천집으로 안내해 저녁식사를 대접한 일이 있었다. 그 자리에서 영비는 '선생님은 꼭 아버님 같으세요.' 하며 내게 전에 볼 수 없던 친근감을 나타냈었다. 영비는, 지금은 문을 닫고 없는, 당시 형편이 어려운 문예지의 편집직원으로 근무하며 내게 작품 청탁을 몇 번 한 적이 있었다. 원고관계로 얼굴을 익힌 후 영비가 건넨 그녀의 작품집을 검토한 다음 유능한 후배 작가라는 사실을 알게 되었고, 함께 이야기를 나누는 것이 싫지 않아 몇 번 만남을 가졌었다. 그것뿐이었다. 이 기록은 사실과 달랐다. 영비 쪽에서 했던 짓을 내가 한 짓으로 뒤집어서 써 둔 것이었다. 왜 이런 짓을 한 것일까.

그 글 끝에 단락을 바꿔 맥락이 다른 글이 보였다.

'……전북 부안에서 중저준위 방사성폐기물처리장을 위도에 건설하려는 계획에 반대하는 시위가 일어났다. 전국의 환경단체들이 부안에 집결하고 부안성당은 그들의 아지트가 됐다. 일부 환경단체 인사들은 여고생에게 "시집가면 기형아를 낳을 것"이라는 거짓선동을 서슴지 않았다. 지역발전을 위해 방폐장 건설을 유치하려던 당시 부안 군수는 반대 세력에 린치를 당했다. ……부안이 거부한 방폐장은 주민 찬성률이 가장 높은 경주에서 가져갔다. 부안과 인접해 있는 군산 주민도 84.4%가 유치를 찬성했다. 방폐장 유치 거부에 성공하여 방사선 오염 걱정을 던 부안 군민과 방폐장 유치에 성공하여 방사선 오염 걱정을 할지도 모를 경주 시민, 지금 어느 쪽이 더 만족하고 있을까. 그리고 그때 주민들을 선동해 부안을 폭동의 소용돌이 속에 몰아넣었던 반핵단체, 환경단체 인사들과 종교인들은 지금 부안에 대해 어떤 생각을 갖고 있는 것일까?'

그리고 이런 글도 있었다.

'목이 칼칼한데 우리 목이나 축이고 갈까. 선생님께서 그러면서 나를 낯익은 카페로 데리고 갔다. 나는 술을 잘 못하는 편이었으나, 선생님께서 권하는 술잔을 마다할 수 없어 계속 받아 마셨다. 얼마나 마셨던지 나는 그날 결국 의식을 잃고 말았다. 잠시 필름이 끊어져 중간의 일은 기억에 없으나 의식을 차려 보니 선생님과 나는 호텔 방에 함께 있었다. 나는 알몸이 되어 있었고, 선생님도 마찬가지였다. 선생님께서는 아주 익숙한 솜씨로 내게 접근했고 이성을 잃은 나는 그 접근을 막아 내지 못했다. 선생님께서는 내가 전에 느껴 보지 못했던 깊이 모를 쾌락을 선물했다. 그것은 아주 특별한 선물이었다.'

나는 수치심으로 얼굴이 확 뜨거워졌다. 분노가 치밀어 올라 손끝이 바르르 떨렸다. 이런 거짓말이라니, 이건 아냐. 이건 사실과 달라. 상주가 이 페이지를 볼 때 어떤 생각을 했을까, 짐작만으로도 소름이 끼쳤다. 수치심으로 인해 온몸이 부들부들 떨리다 못해 마비되는 것 같았다.

근거가 없는 일은 아니었다. 어느 날 원고를 넘기고 났을 때 영비가 오늘은 유난히 목이 칼칼하다며 내게 목이나 축이고 가자고 제안했다. 내 대답도 듣지 않고 앞장선 영비는 광화문의 낯익은 카페로 들어갔다. 영비가 당면하고 있는 여러 정신적 고민을 털어놓아 술자리 시간이 자꾸만 길어졌다. 그 시간의 대부분을 술로 채운 나는 의식을 잃을 만큼 대취하였다. 나중에 정신을 차리고 보니 호텔방에 들어가 있었고 알몸이 된 영비가 내 옷을 벗기고 있었다. 알몸이 된 것을 알아차린 나는 술이 확 깼다. 거칠게 영비의 손을 털어 내고 다시 옷을 입었다. 그리고 뒤도 돌아보지 않고 호텔을 나와 버렸다.

영비의 알몸을 완강히 거부하고 돌아 나온 것은 내게 그런 야욕이 없어서가 아니었다. 나는 영비와의 마지막을 생각하고 싶지 않았다. 영비는 분명 재능이 남다른 데가 있었다. 가히 두려워할 만한 후배라, 영비는 그런 존재였다. 행운이 따르지 않는다면 그런 재능 있는 후배를 가까이 두기란 힘든 일일 것이다. 영비를 뿌리치고 나온 것은 훗날 후회하지 않기 위해서였다. 몸을 가졌다 해서 훗날이 계속되지 말라는 법은 없었다. 그러나 그런 끈적끈적한 훗날이 아니라, 지금처럼 상큼한 관계를 지속하고 싶었다. 그래 근거가 없는 것은 아니었다. 그러나 사실이 달랐다. 행위의 주객이 뒤바뀌어 있었다. 이렇게 사실을 뒤바꾸어 놓은 의도가 무엇일까.

그 글 끝에 단락을 바꾸어 그 무렵 신문과 방송에서 떠들썩하게 보도했던 기사를 인용해 둔 것도 뜨악했다.

'"당명개정은, 당원과 국민과의 약속인 만큼 꼭 지키겠습니다." 2004년 7월 19일 새 대표최고위원으로 선출된 당 대표는 수락연설에서 다짐했다. 그러나 당명은 바뀌지 않았다. 이듬해 초 연찬회에서 의원 10여 명이 "당의 변화 없는 당명개정은 무의미하다."며 반대한 것이 빌미였다. 대표는 당명개정 표결제안을 철회할 수밖에 없었다. 고작 10여 명의 반대에 주저앉았던 그가, 이성의 화살표를 따라가 보면 국가적 손실이 명약관화하다 할 세종시 원안 추진에 대해서는, '국민과의 약속'은 꼭 지켜져야 한다며 주장을 굽히지 않고 있다. 앞의 당명관계 약속을 지킨 후, 뒤의 국민과의 약속을 지키겠다고 강경하게 나서고 있다면 얼마나 공정하다 할 것인가. 그랬다면, 앞의 국민과의 약속은 표와 무관하고 뒤의 국민과의 약속은 표와 직결되어 있어 그러리라는 오해를 사지 않았을 텐데, 그렇지 않을까?'

영비는 학교 동창들과 직장 동료들에 대한 가십도 폭로하고 있었다. 학교 여자동창들과 직장의 여자동료들을 하나같이 악녀로 묘사하고 있었다. 자신이 제출한 논문의 표절 부분을 어떻게 알아냈는지, 그것을 지도교수 홈페이지에 올려놓은 친구가 있는가 하면, 남편에게 전화를 걸어 그녀의 외도 사실을 고자질하고 상대 남자의 직장이며 연락처까지 알려 준 악의적인 직장 동료도 있었다. 언제 어디로 나들이를 함께 갔으며 특정 모텔의 소재지와 그 명칭까지 들먹이며 두 사람이 잠을 몇 번이나 잤는지도 밝혀 알렸다.

그런 폭로에 이어 그 날짜의 신문기사를 인용한 글을 꼬리처럼 달아 놓고 있었다.

한 학교 친구는 영비와 지도교수의 부적절한 관계를, 구체적 사실을 적시해 가며 학교 게시판에 올려놓아 주의를 끌었다. 영비는 그 무렵 뒤늦게 박사과정을 밟고 있는 중이었다. 양쪽 다 유부남과 유부녀로서, 아무렇지도 않게 불륜을 저지르고 다녔다는 학생과 교수의 가십은 순식간에 학교를 발칵 뒤집어 놓았다. 두 사람을 비난하는 내용의 글이 학교 게시판에 줄을 이어 올라왔다. 학생을 피해자로 교수를 가해자로 추정한 학생회에서는 수업 거부와 교수 축출을 들고 나왔고 학교 당국에서는 윤리위원회를 소집하여 사실 여부를 조사하였다. 이 소동은 한 달을 훨씬 넘긴 후 허위 모함이라는 사실이 밝혀지기는 했으나 영비는 말할 것도 없고 지도교수의 실추된 명예는 영원히 회복 불가능하게 되고 말았다.

친구들이 악의를 품고 자신을 파멸시키기 위해 그녀 발밑의 흙을 파내는 데 혈안이 되어 있는 것으로 생각한다고 영비는 쓰고 있었다. 친구들이 영비의 파멸을 즐기고 있는 것 같다고 술회하기도 하였다. 영비가 감당하기 힘든 피해의식의 늪에 빠져 허우적거리고 있었던 것인가.

그 글 다음에도 당시 신문기사가 인용되어 있었다.

'……한 국회의원은 미디어 법안이 국회를 통과하자 이튿날 국회의원직을 사퇴했다. 그는 언론의 자유, 표현의 자유, 헌법, 민주주의를 지켜 내지 못했다며 모든 것을 버리겠다고 선언했다. 그 다음 날, 또 한 의원이 사퇴했다. 그는 언론악법을 막아 내지 못해 사퇴를 통해 책임을 다하고자 한다고 밝혔다. 그는 헌신적인 자세와 자기희생이 절대적으로 필요한 시점이라며 살고자 하면 죽을 것이고, 죽고자 하면 살 것이라 했다. 두 의원의 사퇴의지는 비장하고 단호해 보였다. ……그는 헌법재판소의 '미디어법 유효' 결정이 나온 뒤 주변의 사퇴철회 요청에도 불구하고 '국민과의 신의를 저버릴 수 없다' 고 거절했다. 이때 또 다른 의원이 추가로 사퇴했다. 하지만 사퇴 3인방의 결기는 여기까지였다. 결국 이들은 국회복귀를 밝혔다. 재야원로와 시민단체의 권유와 충고에 따르기로 했다는 것이다. 그러나 이들이 그동안 쏟아 냈던 민주, 희생, 헌신 같은 멋진 말들이 한꺼번에 거짓으로 추락하는 순간이었다. 그들은 어차피 국회의원 배지가 떨어지지 않으리라는 믿음이 있었기 때문에 국민과의 신의를 내세우며 다음 선거를 의식한 계산된 투쟁경력 쌓기에 다름 아닌 쇼를 벌였던 건 아니었을까?'

영비가 남긴 글을 읽고 난 느낌은 지저분하고 불쾌하기 짝이 없었다.

영비가 나와의 관계를 비틀어 놓은 것처럼 친구들과의 관계도 비틀어 기술해 둔 것은 아닐까. 그렇다면 친구들이 자행했다는 야비한 행위는 다 영비가 꾸며 써 놓았을 개연성이 높았다. 미묘한 감정이나 정서에 전에 없던 이름을 똑 떨어지게 붙이는 탁월한 재능을 지녔던 영비였다. 그런 그녀가 왜 그렇듯 못난 짓을 저질렀을까. 이유를 알 수가 없었다. 그리고 믿고 싶지도 않았다. 친구를 괴롭히기 위해 없는 사실을 지어내 이해당사자에게 제공하는 파렴치한 짓을 영비가 정말 저질렀단 말인가. 답변이 용이하지 않은 질문으로 작품을 가득 채우거나 풀기 어려운 의혹으로 작품을 가득 채워 놓고는 하더니, 세상을 향해 그런 어떤 의도라도 있었던 것일까. 믿고 싶지는 않았지만 영비가 악의를 품고 그런 짓을 저질렀을 가능성이 매우 높아 보였다. 돌이켜 생각해 본즉 그러고도 남을 만큼 위악적인 면이 영비에게 없지 않았음을 수긍하지 않을 수 없었다. 아무리 그렇다 하더라도 그런 야비하고 파렴치한 언행을 저지른 저의가 무엇이었을까.

죽은 자를 불러내 물어보거나 사실 여부를 따져 고쳐 쓰게 할 수도 없고, 나는 안타깝고 혼란스러웠다.

이 시디를 내게 전하려 한 의도는 또 무엇이었을까.

6

어느 날 꽃배가 사라지고 없었다. 마을은 오랜만에 평온을 되찾았다. 꽃배로 인해 일상을 잃어버린 마을사람들은 그동안 줄곧 마음이 불편했었다. 손에 잡는 일마다 이 짓이 꼭 옳은 것인가, 세상을 반드시 이렇게 살아야만 하는 것인가, 마을사람들은 그런 회의에 문득문득 시달렸다. 일상을 잃은 마을사람들은 생활의 중심 또한 잃어버렸다. 그런데 꽃배가 사라지고 눈에 보이지 않자 오랜만에 안도감이 스르르 온몸을 감싸 왔다. 일상을 되찾은 데 따른 감미로운 기분에 젖어 마을사람들은 비로소 안도의 숨을 내쉬었다.

꽃배와 함께 빈집의 그 사내도 자취를 감추고 없었다.

며칠 후, 대한해협 망망대해에 시들어 빠진 꽃이 가득히 실린 배 한 척이 파도를 따라 흔들리고 있었다. 시든 꽃들과 함께 배 안에 한 사내도 시들어 있었다.

한산수첩 2

바람신

1

지난해 늦가을 한산도에 들어온 나는 바람 드센 겨울을 쓸쓸하게 견디고, 며칠에 한 번씩 하늘과 바다와 섬과 등대를 모두 하얗게 지워 버리곤 하던 안개와 더불어 막막하게 봄을 지낸 후, 마침내 여름을 맞았다. '마침내' 라는, 오랜 기다림의 더께가 앉아 있는 부사를 여름 앞에 놓은 것은, 그동안 여름을 기다리던 마음이 절실했던 까닭이다.

하늬바람이 하얀 물 언덕을 짓곤 하던 냉랭한 겨울바다와 걸핏하면 세상을 뽀얗게 지워 버리던 안개 때문에 활동이 불편하던 봄바다를, 시야에 들어오는 것마다 반짝이지 않는 것이 없는 여름바다와 그 아름다움을 두고 어찌 우열을 견줄 수 있겠는가. 겨울바다도 나름대로 운치가 없지 않고 봄바다 또한 그 멋이 따로 없는 것은 아니지만, 마음과 몸이 서로 다투어 달뜨는 여름바다가 지닌 활기 넘치는 매력에는 결코 미치지 못하는 것이다.

잊고 있던 의혹을 새삼스레 불러내 시간이 돌을 깎아 가듯 궁구하게 하는 사색의 겨울바다나, 바라보고 있으면 시시각각 새로운 번민을 거품처럼 일으키는 봄바다도 각기 특색이 없지 않다 하겠지만, 햇빛과 바다가 아름다운 조화를 이루고, 마음과 몸에 날개를 달고 동경의 세계를 향해 훨훨 날아오르게 하는 여름바다와 그 매력을 두고서야 어찌 서로 견줄 수 있겠는가. 가을, 겨울, 봄. 철이 바뀔 때마다 내 마음속 낚시꾼은 쉴 새 없이 낚싯대를 드리우고 바다로부터 이런저런 이야기를 낚아 올리기는 했다. 그러나 그 조황이, 풍성한 여름바다에서 장차 낚아 올릴 새로운 전설에는 결코 미치지 못할 것이 분명했다. 그래서 요즘 나는 여름에 대한 기대로 사뭇 가슴 부풀어 있다.

그래, 돌이켜 보니 지난 세 철, 나의 한산도 생활은 매우 단조로운 편이었다.

오전에는 책상 앞에 앉아 이런저런 책을 뒤적이거나 컴퓨터 자판을 두드리는 것으로 보냈고 오후에는 주변 산을 오르거나 해안도로를 따라 산책이나 하며 한가롭게 보냈다. 책상 앞에 웅크리고 앉은 오전의 작업 시간은 가급적 지키려 이를 악물고는 했으나 산책 시간은 철에 따라 달라지는 시간에 맞춰 조금씩 변동하였다. 겨울에는 햇볕이 가장 넉넉한 저녁나절에 나들이를 했고 안개가 많은 봄에는 시야가 트이는 틈을 활용하고는 했다. 여름 들어서는 해 오르기 전 이른 아침 산책이 좋았다. 산책은 일석이조의 효과를 거뒀다. 몸을 가볍게 하는 운동으로서도 효력이 있었지만, 낯선 섬의 여러 마을을 구경하며 마을주민들과 이야기를 나눌 수 있는 매우 소중하고 유익한 기회 또한 얻을 수 있었다.

내가 거주하는 야소마을에서 서쪽 방향으로 해안도로를 따라 쉬엄쉬엄 걷다 보면 의암, 죽전, 하포, 장작지 같은 마을이 있고, 동쪽 방향으로 길을 잡아 나가면 면사무소와 우체국이 나오고 그 곳을 지나 길모퉁이를 돌아 나가면 추봉도로 건너가는 다리가 나왔다.

어디 정해진 것이 아니어서 내 발길은 언제나 자유로웠다. 마음 내키는 대로 서쪽으로 향하기도 또는 동쪽으로 향하기도 하였다. 서쪽 방향의 여러 마을은 그 나름의 흥미로운 이야깃거리를 지니고 있었고, 동쪽 방향으로 가다 다리를 건너 만나는 봉암, 추원, 예곡, 곡룡포 등 여러 마을도 그에 못지않은 여러 곡절을 지니고 있었다. 당시 내 관심은 죽전마을의 폐가와 추원마을 포로수용소 옛터에 꽂혀 있었다. 죽전마을에 있는 폐가는 나의 상상력을 자극했고 추원리 포로수용소 옛터는 역사의 쓰라린 상처와 아픔을 고스란히 담고 있어 관심이 쏠렸다.

죽전마을은 한 마장 거리여서 잠시 걸음품을 팔면 당도할 수 있었으나 추원마을은 서너 마장 거리여서 갈 때마다 작심하고 나서야 했다. 시간에 다소 쫓길 때는 코스가 짧은 서쪽 방향으로 길을 잡아 나갔고, 여유가 좀 있다 싶을 때면 코스가 긴 추봉도 길을 택하고는 했다.

추봉교를 건너 왼쪽 오르막길을 넘어 해안을 따라 몇 군데 양식장의 하얀 부표와 그 부표 위에서 한가롭게 날개를 쉬고 있는 두루미와 갈매기 같은 바닷새들을 눈요기하며 쉬엄쉬엄 가다 보면 다시 오르막길이 나왔다. 그 오르막길을 넘어가면 바로 턱밑에 추원마을이 앉아 있었다. 추원마을은 가슴에 둥그렇게 바다를 껴안고 있었다. 바다가 마을의 가슴께를 파고들며 작은 만을 이루고 있어 따로 방파제가 필요하지 않은 모양이었다. 방파제 대신 갯가에 잔교로 이어진 작은 계선장이 떠 있고 거기에 소형 동력선과 거룻배 몇 척이 정박해 있었다. 추원마을에서 한 마장 정도 더 간 오른쪽 해안 끝에 아담한 마을이 건너다보인다. 숨을 죽이고 고즈넉이 앉아 있는 그 마을이 예곡이고 그 예곡마을 뒤의 산허리를 타고 오르는 오르막길을 네댓 마장 가면 거제를 내왕하는 카페리 선착장이 있는 곡룡포 마을에 닿았다.

가슴에 바다를 품고 앉은 추원, 예곡 두 마을 다 평온한 어촌이었다. 한없이 평온해 보이는 겉모습과는 달리 두 마을에는 6 · 25의 상흔이 깊이 새겨져 있다 하였다. 6 · 25 당시 추원, 예곡마을 일대에 포로수용소가 들어섰고, 그 포로수용소로 인하여 전장과는 거리가 먼 섬인데도 전장의 포화를 직접 맞은 것에 진배없는 전화를 입었다고 했다. 추원, 예곡마을 뒤 산비탈에는 지금도 그 흔적들이 널려 있었다. 옛 상흔을 고스란히 간직한 수용소 막사의 주춧돌이며 잔해들과 경비초소 터를 지금도 쉽게 찾아볼 수 있다 하였다.

마을회관에서 만난 여든이 넘은 한 노인은 당시의 일을 생생히 기억하고 있었다. 이야기를 청하자 처음에는 정색을 하고 손사래를 쳤다. 거듭 간청을 넣자 마지못해 입을 열기는 했으나 그때의 참혹한 기억은 돌이켜 보고 싶지 않다고 했다. 이야기를 시작하기 전 노인은 도리질부터 먼저 하였다. 당시 겪었던 분하고 억울한 일은 생각만 해도 치가 떨린다는 것이었다.

어느 날 새벽, 별안간 상륙작전용 수송함 엘에스티선 수십 척이 굉음을 내며 추원마을 해안에 접안하였다. 무장한 미군 엠피들의 삼엄한 경계 속에 엘에스티선들이 이물의 아가미를 열고 괴물처럼 생긴 거대한 기계를 수도 없이 부려 놓았다. 해변은 순식간에 거대한 기계들로 새까맣게 뒤덮였다.

한국인 통역이 마을 이장을 찾아와 주민들을 모두 다른 지역으로 소개시키도록 군령을 하달하였다. 통역은 군령을 하달하며 마을주민들로 하여금 왜 집을 비우고 마을을 떠나라고 하는지 그 이유를 자세히 설명했다. 그러나 이장은 물론 마을주민들은 그 설명을 잘 알아듣지 못했다. 그 내용이라는 것이, 꿈에도 생각하지 못했던 청천벽력과 같은 것이었다. 인간 세상에서는 있어서도 안 되고 또 있을 수도 없는 얼토당토않고 터무니없는 강제수용령이었다. 살던 집을 내놓고 마을을 떠나라니, 설마 나라에서 그럴 리 있을라고, 나라를 하늘처럼 믿고 살던 마을주민들은 명령을 현실로 받아들이기가 쉽지 않았다. 통역이 하달한 내용을 주민들이 어렴풋이나마 현실의 공포와 위협으로 받아들이기까지는 며칠이라는 시일이 소요되었다. 사안의 심각성과 공포심 역시 하달된 내용을 이해하는 데 걸린 시일만큼 지연되어 마을사람들에게 가까스로 실체를 드러냈다. 뒤늦게 생존의 근본을 뒤흔드는 위기감과 공포심을 느낀 마을사람들은 비로소 경악했다. 포로수용소를 세우기 위해 마을을 싹 쓸어 없앨 것이므로 주민들에게 살던 터전을 버리고 다른 지역으로 떠나라니, 그리고 만약 정한 기일까지 집을 비우지 않으면 사람이 있든 없든 불도저로 집을 밀어 버릴 것이라니, 이런 억울하고 분하고 참혹한 일이 세상에 어찌 있을 수 있단 말인가. 설마설마하던 주민들은 그것이 엄포가 아니라 엄연한 현실임을 뒤늦게 인식하고 그제서야 공포심과 절망감에 사로잡혀 울고불며하며 땅을 쳤다.

미군의 방침은 완강했다. 마을사람들의 저항은 소극적인 것이라도 일체 용납하지 않았다. 울부짖음도 애원도 다 소용없었다. 당시는 전시였고, 마을의 수용은 전쟁의 일환이라 했다. 전쟁은 모든 것의 상위 개념이었다.

집을 뭉개며 마을 복판을 치고 올라가는 불도저 등 중장비를 공포에 사로잡힌 채 무기력하게 쳐다보고 있던 마을주민들은 몇 가지 손에 닿는 대로 주섬주섬 챙긴 가재도구를 이고 지고 재 넘어 곡룡포나 봉암마을로 넘어갔다. 가까운 이웃마을에 거처를 구하지 못한 사람들은 미군이 주선한 배를 타고 가까운 한산도 등 다른 섬으로 이주하였다.

주민들을 쫓아낸 미군은 주민들이 살던 집을 모두 허물고 그곳에다 여러 동의 거대한 퀀셋 막사를 건립하였다. 거제도 포로수용소에서 격리수용이 불가피한 극렬분자들을 따로 이곳 추봉도에 이송해 수용하기 위한 시설들이었다. 포로들이 수용된 후 예곡이나 추원마을처럼 직접 피해를 입지는 않았지만 재 넘어 봉암마을 주민들 역시 수용소가 철수하기까지 포로수용소 안팎의 달라진 환경으로 인해 입은 피해가 여간 크지 않았다.

아침저녁으로 섬이 떠나가라 질러대는 포로들의 구호와 우렁찬 군가 소리로 섬은 조용할 날이 하루도 없었다. 포로들의 소요는 밤낮을 가리지 않았다. 한 차례 총소리가 지나가고 나면 한동안 뜸해지기도 했으나 그것도 잠시뿐이었다. 포로들은 시도 때도 가리지 않고 무섭게 포효하며 소동을 일으키고는 했다. 맹수의 울부짖음보다 더 격렬한 단말마의 포효는 섬 주민들을 공포의 도가니로 몰아넣기에 부족함이 없었다.

주민들을 괴롭힌 것은, 포로들의 소요와 그로 인한 공포와 불안감만으로 그치지 않았다.

수용소에 근무하는 미군들 또한 여간 골칫거리가 아니었다. 해질녘 봉암이나 곡룡포로 넘어온 미군들은 여자만 보면 단번에 짐승으로 변했다. 그들에게는 인륜도 도덕도 없는 모양이었다. 손에 달러를 들고 흔들어 대며 수컷 짐승이 암컷 짐승을 덮치듯 여자만 보이면 닥치는 대로 덮치려고 덤벼들었다. 그로 인해 목을 매거나 바다로 뛰어들어 세상을 버린 마을 아낙이 한둘이 아니었다. 마을 대표와 수용소 책임자가 논의 끝에 뭍에서 색시를 들여와 가까스로 그 난리는 가라앉았지만, 그 후에도 비슷한 사건은 잊어버릴 만하면 툭 터지고 또 잊어버릴 만하면 툭 터지고는 했다. 그 때문에 섬은 전쟁을 직접 치르지는 않았으나 전쟁을 직접 치른 것보다 더 심한 피해를 입었다. 그 피해의 여진은 육십여 년 가까이 지난 오늘날까지도 이어지고 있다 하였다.

거제도 외에 추봉도에도 포로수용소가 있었다니, 내게는 금시초문의 일이었다.

2

……이른 봄 어느 날, 의암 방파제에서 감생이나 볼락을 낚고 있는 낚시꾼들의 조황을 기웃거리다 산책을 계속하던 나는 죽전마을 초입에 있는 버스 정류소 앞에서 걸음을 멈추었다. 걸음을 멈춘 나는 정류소 긴 의자에 앉아 담배를 피우고 있던 사람에게 모자를 벗으며 "안녕하십니까?" 하고 정중하게 인사를 건넸다. 얼굴의 깊은 주름과 하얗게 센 머리, 온몸에 세월을 담뿍 덮어쓰고 있는 그 사람은 엉겁결에 인사를 받았다.

그렇지 않아도 그 버스 정류소 부근에 이르면 나는 곧잘 발걸음이 더뎌지고는 했었다. 정류소 뒤편에 허물어져 있는 폐가가 눈길을 사로잡고는 했기 때문이다. 그 폐옥이 눈에 들어올 때마다 까닭 모르게 가슴속에 무엇인가 텅, 소리를 내며 무너지는 소리를 내고는 했다. 지붕은 내려앉아 이미 흔적도 찾아보기 어렵고 서까래의 형해가 허물어진 벽에 이리저리 아무렇게나 걸쳐져 있었다. 꺼진 방구들에는 억새며 쑥대가 자라 어지럽고 황량하게 뒤덮여 있었다. 어떤 사람이 저 집을 지었을까. 저 집을 짓고 나서 집주인은 얼마나 흐뭇해했을까. 저 집에 사는 동안 어떤 때는 행복을 누리기도 하고, 또 어떤 때는 불행을 겪기도 했으리라. 그런데 저 집에 살던 사람들은 다 어디로 간 것일까. 왜 저 집은 쓸쓸하게 버려진 채 저렇듯 홀로 허물어져 가고 있는 것일까. 만약 저 집에 살았던 사람이 저 허물어진 폐옥을 보면 어떤 심정이 될까. 나는 그 폐옥을 볼 때마다 그런 안쓰러운 상념이 떠올라 무심히 지나칠 수가 없었다. 왜 그런지 까닭은 알 수 없지만, 그 폐가에 살던 사람들이 힘든 어촌 생활을 버리고 대처로 나갔거나, 형편이 펴 다른 데다 더 좋은 집을 짓고 이사를 갔겠거니, 하는 따위의 긍정적인 생각은 한 번도 들지 않았다. 저 집이 홀로 허물어지고 있는 데는 무엇인가 안타까운 사연이 속에 숨어 있으려니 하는 짐작으로 마음이 못내 무거워지고는 했다.

인사를 건넨 다음 내가 여투어 두었던 짐작을 얼버무리며 공손한 말씨로 그 폐가에 대해 궁금증을 나타내보이자 긴 의자에 엉덩이를 걸치고 앉아 담배를 피우고 있던, 얼굴이 쪼글쪼글한 마을사람은 한동안 나를 물끄러미 쳐다보았다. 내가 자기 기억의 어느 언저리에도 존재하지 않음을 뒤적여 알았던지, 얼굴색이 어두워졌다.

"왜 그러십니까?"

내 태도가 무람없어 보였던 것인가, 낯선 사람이 폐가를 기웃거리는 것이 수상쩍다는 투의 시비조였다.

"지나갈 때마다, 저 집에 어떤 사람들이 살았을까, 그 사람들은 지금 어디 가고 집만 홀로 남아 허물어지고 있는 것일까, 자꾸만 그런 안타까운 생각이 들어 무심해지지가 않았습니다."

내 말에 마을사람은 생뚱맞다는 듯 물끄러미 쳐다보았다.

그리고 마을사람은 내 시선을 따라 천천히 고개를 돌려 폐가를 돌아보았다. 병풍처럼 폐가를 에워싸고 바람이 불어올 때마다 우수수 우수수 쓸쓸한 함성을 지르고 있는 대나무 숲을 그윽이 바라보던 그는 눈길을 거둬 새삼스럽게 나를 다시 쳐다보며 무슨 생각이 났던지 안쓰러운 표정으로 고개를 몇 번 저었다. 내 짐작대로 집주인이 어촌 생활이 싫어 집을 버리고 대처로 나갔다거나, 형편이 펴서 다른 곳에 좋은 집을 짓고 이사를 간 것은 아닌 모양이었다.

"무슨 숨은 곡절이라도 있는 모양이군요?"

마을사람의 반응에서, 폐옥에 무슨 곡절이 숨어 있을 것이라 짐작한 내 추측이 틀리지 않았음을 읽고 한발 성큼 내딛는 기분으로 물었다.

"뭐, 무슨 곡절이 있었다기보다, 하기야……, 무슨 숨은 곡절이 있었다고 말할 수도 있는 것 같기도 하고!"

잠시 생각을 뒤적이는 눈치였다. 별것 아니라고 눌러 덮으려다, 무슨 곡절이 있었다고 말할 수도 있기는 있을 것 같기도 하다고, 새롭게 인식을 바꾸고 있는 눈치 같았다.

"무슨 곡절이…… 있었는지 궁금하군요?"

"갯가 사는 사람, 바다에 몸 묻는 일 예사지. 그걸 일타절타 말할 건 없지만, 내외가 다 바다에 몸을 묻었으니 안됐긴 안됐지."

바다가 베푸는 것으로 살아가는 갯가 사람들인지라 바다에 몸 묻는 것 예삿일이지 그걸 원망하거나 탓할 일은 아니라는 투로 들렸다. 심드렁하게 한마디 던지며 바닥에 버린 담배꽁초를 발로 눌러 끈 마을사람은 다시 고개를 젓더니 일 다 보았다는 듯 긴 의자에서 부스스 일어났다. 궁금증이 불어난 나는 그를 붙들고 이야기를 더 듣고 싶었으나 그것은 이쪽 일방의 바람일 뿐, 그는 말할 기분이 아니었던지 내 궁금증 따위는 아랑곳하지 않고 뒤도 돌아보지 않은 채 휘적휘적 비탈진 길을 걸어 마을로 올라가고 말았다.

며칠 후, 급기야 나는 언덕 위에 있는 죽전마을로 올라갔다. 버스 정류소에서 만난 마을사람이 부채질한 궁금증을 어서 풀어 버리고 싶었던 까닭이었다. 폐가의 내외가 다 바다에 몸을 묻었다니 그 곡절이 궁금해 몸살이 날 지경이었다. 더구나 그 이야기를 꺼려 하는 것 같던 마을사람의 떨떠름한 표정 또한 궁금증을 배가시켰다.

마을로 올라간 나는 이 사람 저 사람 보이는 대로 붙들고 마을 초입의 폐가에 얽힌 사연을 수소문하였다. 그러나 나의 답답한 속을 후련하게 틔워 주는 사람은 쉽게 만날 수 없었다. 낯선 타지사람이라 경계하며 말조심을 한 것인지, 아니면 자기들로서는 함부로 발설해서는 안 되는 무슨 내막이라도 있어서 말을 삼가는 것인지, 몇 마디 대꾸하지 않고서는 한결같이 이장을 찾아가 물어보라며 말문을 닫았다. 하는 수 없이 가르쳐 주는 대로 빨간 지붕의 이장 집을 찾아갔다. 그런데 웬걸, 버스 정류소에서 담배를 피던 바로 그 얼굴 쪼글쪼글한 사람이 나를 맞이했다. 내가 인사를 하자 이장은 금방 나를 알아보았다.

"그렇지 않아도 진작 찾아뵙고 싶었는데, 집을 알 수 있어야지요. 바다에 몸을 묻었다는 폐가의 두 내외 이야기가 더 듣고 싶어 몸살이 날 지경이었습니다."

이장은 고개를 돌려 아래쪽 버스 정류소 뒤편에 있는 폐가를 내려다보았다.

3

"이월 하순, 이맘때쯤이면 인근 대부분의 섬에서 영등할만네 제를 올립니다. 바닷일을 하자면 제일 두려운 것이 무엇이겠습니까. 바람 아니겠습니까. 바람이 무서운 파도를 일으키고 파도가 늘 탈을 내고는 하지요. 그래서 바람을 주관하는 영등할만네에게 제를 올려 무사태평을 기원하는 것입니다."

방으로 들어가 좌정한 다음, 내온 커피를 마시면서 다소 겸연쩍은 투로 자신이 이곳 죽전마을 이장이라고 밝혀 말했다. 이 섬 주민 중 가장 많은 함안 조씨에 태호라는 함자를 쓴다고 했다. 우리나라 어디를 가나 똑같은 맛을 느낄 수 있는 것이 커피 말고 또 무엇이 더 있을까. 이런저런 마을에 관한 이야기를 몇 가지 들려준 다음, 내가 일회용 믹스커피를 탄 잔을 다 비우고 났을 때, 이장은 나름대로 이야기를 정리한 듯 표정을 가다듬고 입을 열어 말했다. 그런데 무슨 이야기를 하려고 영등할만네 제 이야기를 먼저 앞세우는 것일까.

"미신이라고 관에서 엄금하여 영등제뿐만 아니라 마을에서 공동으로 올리던 모든 제를 오랫동안 올리지 못했지요. 새마을운동이다 바르게살기운동이다 뭐다 해서 굿은 말할 것도 없고 제를 올리는 것도 엄두를 못 냈어요. 대신 예배당이 하나둘 들어서기 시작하더니, 네 개 리에 스무 개 작은 마을로 되어 있는 이 섬에, 주민이라야 겨우 삼천여 명뿐인데, 한때 예배당이 무려 열다섯 개나 있었습니다. 한 개 리에 네 개 꼴로 예배당이 들어선 것이지요."

"지금은 교회가 열세 군데라고 들었습니다만?"

나도 들은 바 있어 한마디 거들었다.

"맞습니다. 열세 군뎁니다. 그런데 한 십오륙 년쯤 됐나. 다시 대부분의 마을에서 제를 올리기 시작했습니다."

그렇게 말해 놓고 이장은 내가 어떤 반응을 보이는지 넌지시 살폈다. 제를 올리는 것이 원시적인 미신행위라고 미타스레 여기는 것이나 아닌지 살피는 눈치였다.

"그런데, 아직도 관에서 금합니까?"

"아닙니다. 한때는 제를 올리다 발각되면 벌금을 물리기도 했습니다만 요즘은 간여하지 않습니다. 가끔 젊은 청년 중에서 시대착오적인 미신행위에 마을기금을 쓴다고 반대하는 소리를 내기도 하지만 이제 씨알이 먹히지 않습니다. 그렇지 않습니까. 강물이 범람하여 일삼아 홍수가 나는 강기슭에 사는 사람들에게는 무엇이 두렵겠습니까. 홍수가 두렵지 않겠습니까. 산중에 사는 사람들에게는 산신이, 들에 사는 사람들에게는 비를 주관하는 하늘이 두렵듯이, 우리처럼 바다에 명줄을 대고 사는 사람들에게는 뭐니 뭐니 해도 바람신이 젤 두렵습니다. 그래서 우리는 바람을 주관하는 영등할만네에게 제를 올립니다. 우리는 그것을 미신이라 생각지 않습니다. 갯가에 사는 사람들에게 대대로 전해 오는 생활 풍속 중의 하나지요."

신이란 지역의 특성이나 환경에 따라 다르게 존재하는 것이 마땅하지 않겠느냐는 주장으로 들렸다. 이장의 말에는 시대에 따라 변천해 온 신앙의 대상에 대한 주관적 의견이 담겨 있었다. 지역주민의 공통된 경험과 정서가 녹아들어 있는 풍속이란 대대로 지켜 갈 필요가 있는 것 아니냐는 주장으로도 들렸다. 이장의 말에서 나는 엉뚱하게도 텔레비전이 지닌 힘을 느꼈다. 텔레비전에서 보고 듣지 않고서야, 이런 외진 섬의 어촌 어디서 보고 배워 저런 주장을 펼쳐 놓을 수 있겠는가. 학교에서 배웠겠는가, 책에서 읽었겠는가. 텔레비전은 이른바 국민 수준을 일정 단계 높여 놓는 학습기기로서의 역할을 쉬지 않고 수행해 왔고 앞으로도 또 수행해 갈 것이리라. 이장은 텔레비전 학교에서 습득한 지식을 바탕으로 내게 자신의 알음알이를 당당하게 펼쳐 보이고 있는 것 같았다.

폐가에 관한 이야기를 듣고 싶은 나에게 바람신 영등할만네 제가 미신이니 아니니 하고 들고 나오는 것이 사뭇 뜨악하였다. 내가 속으로 이야기 방향을 바로잡아 가기 위해 궁리하고 있는 사이 이장이 다시 입을 열어 말했다.

“그 폐가 이야기를 하자면 영등할만네 제 이야기를 먼저 하지 않을 수 없습니다. 왜냐하면 제를 올리지 않았으면 그들의 내력을 마을사람들 누구도 소상히 알지 못했을 것이기 때문입니다.”

이장이 굳이 영등할만네 제 이야기를 먼저 꺼낸 까닭은 폐가 이야기를 하기 위한 방편이라는 말에 나는 비로소 안도하였다.

“영등제를 올리는데 처음 몇 해는 마을 어른들 가운데서 제주를 맡아 제를 올렸습니다. 그런데 제주로서 지켜야 할 금기사항이 너무 엄하고 까다로워 올바로 지켜 내기가 힘들었던 모양입니다. 마을 어른들이 한사코 사양해 어쩔 수 없이 경비를 들여 뭍에서 무녀들을 모셔다 제를 올리게 되었습니다. 무녀들이 제를 올리고부터 마을이 더 평온해진 것 같다고 이구동성 마을사람들이 입을 맞추어 이제 아예 그쪽으로 굳어지고 말았지요. 그런데 재작년부터 무녀들이 굿을 못하겠다고 중도작파하고 도리질을 하며 떠나지 않겠습니까. 지난번 온 무녀에게서 비로소 그 까닭을 들었는데, 신대를 세우면 어떤 남녀가 나타나 굿을 훼방한다는 것이었습니다. 무녀의 신대를 타고 들려온 무당의 공수를 듣고서야 우리는 그 남녀가 저 아래 폐가 사람들임을 알았습니다."

4

……그해, 영등제를 올리기 전 죽전마을에서는 오구굿을 먼저 배설했다.

부정거리, 골매기거리를 간략히 넘기고 넋건지기 순서로 들어갔다.

무녀가 맨 앞장을 서고 소무, 잽이, 마을사람들이 서낭기, 신위, 신태집, 넋전이 담긴 주발, 닭 등 굿 소용 일습을 들고 그 뒤를 따라 방파제로 내려갔다. 방파제에는 메와 탕국, 나물, 고기, 떡 등 제물을 차린 거래상[退鬼床]이 미리 마련되어 있었다. 먼 난바다에서 밀려오는 파도를 막기 위해 바다로 길게 휘어져 벋어 있는 방파제 안쪽에 몇 척의 동력선과 거룻배가 정박해 있었다. 장구, 쇠, 징을 치며 잽이들이 방파제를 한 바퀴 돌았다.

방파제 안쪽의 갯가로 내려간 무녀가 흰 헝겊으로 묶은 주발과 닭을 바다를 향해 던졌다. 주발은 물속에 가라앉고 닭은 가라앉지 않으려고 깃으로 물을 치며 버둥대었다. 무녀는 골매기 서낭대를 잡고 잠시 몸을 바로 하였다. 그리고 바다를 향해 서낭대를 휘저으며 구슬픈 목소리로 초혼을 하기 시작했다. 갈 곳 없어 수중을 떠도는 가엾은 망자의 넋을 모셔 오기 위한 초혼의 노래는 어찌나 절절했던지 듣는 사람의 가슴을 저미는 것 같았다. 애절한 초혼의 노래에 이어 무녀는 한결 더 높고 애조 띤 목소리로 염불을 외기 시작했다. 염불소리가 어찌나 간절하였던지 아무리 악독한 신이라 할지라도 그 기원을 들어주지 않을 수 없을 것 같았다. 염불이 이어지는 어간에 소무가 제상에 차려져 있던 밥과 나물, 고기, 떡 등 제물을 바다를 향해 던지며 고수레를 하였다. 바다에 술을 뿌리고 고수레를 마친 소무는 서낭기를 들고 춤을 추기 시작하였다.

무녀의 염불이 끝나고 소무의 춤이 무르익어 갈 무렵, 바다에서 버둥거리던 닭이 뭍을 향해 헤엄쳐 나오기 시작했다. 닭이 뭍을 향해 헤엄쳐 나오는 것이 무슨 영검스런 감응이라도 된다고 믿는 것인지 무녀와 소무, 잽이들이 일제히 닭을 향해 절을 올리며 간절히 축원을 읊조리기 시작했다. 헤엄쳐 나온 닭이 마침내 뭍에 당도하자 무녀는 바닷속에 던져두었던 넋전이 담긴 주발을 끌어올렸다.

주발을 살핀 무녀의 얼굴이 환히 밝아졌다. 갈 곳 몰라 바다 깊이 가라앉아 있던 외로운 넋이 주발에 들어와 있다고 외쳐 알리며 무녀는 선 자리에서 주발을 쳐들고 춤사위로 몇 바퀴 돌았다. 주발을 받쳐 든 손길이 마냥 삼가고 조신스러웠다. 무엇인가 축원을 계속 뇌던 무녀는 이윽고 외로운 넋이 든 주발을 신태집에 넣은 다음 신태집을 가슴에 안고 앞장서 마을의 굿당을 향해 걸음을 옮겨 놓았다. 서낭기, 신위 따위를 든 마을사람들과 소무가 앞서거니 뒤서

거니 그 뒤를 따르고 잽이들이 장구, 쇠, 징을 치며 서로 보조를 맞추어 마을로 올라갔다.

신태집에 든 외로운 넋은 마을의 굿당에 모셔졌다.

굿당에 당도한 무녀와 소무, 잽이들은 마당을 돌며 한 차례 정경을 밟았다. 무녀는 망자의 혼이 당도했음을 고하고 망자가 극락으로 들어갈 수 있도록 문을 열어 달라고 축원을 드렸다. 이윽고 극락으로 들어가는 문이 활짝 열렸음을 크게 소리쳐 알린 다음 무녀는 망자가 극락으로 타고 갈 용선에 베를 걸고 그 끝을 당겼다 늦추었다 반복하며 구성지게 용선가를 부르기 시작하였다.

이윽고 신대를 잡은 무녀가 사해용왕과 골매기서낭 등 여러 신을 향해 가엾고 불쌍한 영가의 넋이 신대에 내리게 해 주십사고 오방을 향해 차례로 절을 올리며 기원하였다. 장구잽이와 쇠잽이의 바라지가 더욱 구성지고 높아졌다. 이윽고 무녀가 신대를 후들거리며 넋이 내렸음을 고하였다.

"수중고혼이 어느 넋인가 했더니, 저 아래에 집을 짓고 살던 추원마을 태생 조문례였구나. 조문례 바깥양반 박인봉도 동행하여 여기 자리한 연유는, 마을사람들에게 아뢸 말이 가슴속에 서리서리 똬리를 틀고 있었기 때문이렸다. 그래 할 말을 다 하거라. 이제 내가 조문례와 박인봉이 되어 마을사람들에게 전하리라. 왜 마을사람들의 무사강녕을 한사코 해코지하려 했는지 그 사연을 내가 듣고 마을사람들에게 전하리라."

5

“지가, 조문례가 맞십니더. ……. 우리 엄마요. 우리 엄마, 생각하면 이 세상에서 젤 불쌍한 여자였십니더. 엄마 불행은 지로부터 시작되었지예. 추봉도 고향 마을에서 엄마가 시커먼 불한당한테 봉변을 당해 지를 가졌다 아입니꺼. 좋게 말해 봉변이지, 겁탈이라는 거 있잖아예. 겁탈을 당해 지를 가졌는데, 죽지 몬해 낳기는 했지만 낳고 보니 시커먼 도깨비 화상인기라예. 집안 식구들도 모두 낯을 돌리는데 마을사람 누가 볼까 봐, 남세스러워 견딜 수가 있어야지예. 결국 어느 날 밤 갓난 지를 안고 추봉도를 떴지예. 궂은 일로 손이 트고 발이 퉁퉁 붓지 않은 날이 하루도 없는 고달픈 생활 속에서도 모진 것이 목숨이라 끊지도 못하고 진주, 마산, 부산을 전전해 다니다 한때는 송정 우에 대변항에서 한 오륙 년쯤 살았지예. 아마 고향 추봉도가 그리운 나머지 대변 바닷가에서 해물을 건지며 향수를 달래는 것 같았어예. 하지만 바다에서 건지는 것으로는 살기가 팍팍했던지 지가 열세 살 무렵 엄마는 결국 울산으로 옮겼지예. 울산에 와서도 허드렛일에 품을 팔았지만 조금 안정을 찾기는 했어예.

하지만 지가 언제나 문제였십니더. 가는 곳마다 머리끄덩이를 질질 끌며 싸우거나 놀림을 받아 질질 짜고 다녔으니, 에미로서 속이 안 상하고 어쨌겠십니꺼. 잘나가는 것들은 지를 멀리하거나 놀림감으로 삼고 못난 것들만 친구가 되었으니, 지가 할 수 있는 것이 무엇이 있었겠십니꺼. 또래들 사이에 쌈질이나 얌생이질이야 솜씨가 그럭저럭 알아주는 정도는 됐고, 술이나 담배는 늘 달고 다녔지예. 그룹미팅이다 뽄드다 그런 것에는 주도적 역할이 늘 제게 주어졌지예.

이만하면 지 소개가 대략 된 것 같지예. 하지만 늘 그렇게 불량하게만 산 것은 아입니더. 저도 개과천선이라는 걸 했지예. 소년원 몇 번 드나들고 나면 그 방면에 이골이 나 범죄성향이 더 강해지기 마련이라는데, 엄마가 가엾어서 그랬는지, 피를 그렇게 타고나서 그랬는지 모르지만 불현듯 그런 불량배 생활이 싫어지더라고예. 마음잡고 친구들 유혹 다 뿌리치고 집에서 빈둥거리다 엄마가 권하는 대로 봉제공장에 시다로 들어갔다 아입니꺼. 시다란 눈치 빠르고 손과 발만 부지런하면 얼굴색이나 생긴 것에는 별로 신경을 쓰지 않아 좋데예. 그래서 시다를 꽤 오래 했어예. 한 사오 년 한 것 같아예. 시다 사오 년 하고 나니 재봉틀이 한 대 지에게 주어지데예. 출세한 것으로 안 저는 신이 났지예. 그래서 밤낮 가리지 않고 할당된 몫보다 늘 더 많이 하는 쪽으로 자신을 몰아붙였지예. 그러구러 한 세월 잘 나간다 싶었는데, 봉제공장이 그만 부도를 내고 문을 덜컥 닫는 거 아입니꺼. 청천벽력, 그야말로 하늘이 무너지고 땅이 꺼지는 것 같았지예."

무녀가 입으로 말을 하고 있었으나 그 목소리는 평소 듣기에 좋은 무녀의 동글납작한 목소리가 아니었다. 누군가 다른 사람의 목소리였다. 지금 무녀의 몸은 다른 사람의 몸으로 바뀌어 있었다.

무녀의 몸속에는 조문례가 들어와 있었다. 조문례는 원망이 깊었던지 그 목소리가 성마르고 서두르는 품이었다.

"그뿐인 줄 압니꺼. 세상에서 젤 불쌍한 여자, 우리 엄마가 그만 덜컥 저세상으로 떠나고 마는 거 아입니꺼. 우리 엄마 말년에 꿈만 꾸면 추봉도 고향 마을, 고향 부모 형제, 고향 사람들이 보인다고 눈시울을 붉히거나 미친 듯 방바닥을 치며 펑펑 눈물을 쏟아 내고는 했십니더. 그렇듯 몽매에도 그리던 고향 추원마을에 죽기 전에 한 번은 꼭 가 보겠다고 입에 달고 살더니, 그 고향 마을 추원리에 한번 가 보지도 몬하고 덜컥 세상을 뜬 거 있지 않십니꺼. 지는 엄마가 세상을 떠나 기댈 데 하나 없는 외로운 신세가 된 것보다 엄마가 고향 추원마을에 한 번 가 보지도 몬하고 세상을 뜨고 만 것이 불쌍하고 가엾어 한없이 눈물을 짰십니더. 한 사나흘쯤 눈물을 짜고 났더니 몸 안에 있던 눈물이 다 말랐던지 겨우 울음이 그쳐집디더."

이장을 비롯한 마을사람들은 무녀가 쏟아 내는 말에 혼을 쏙 빼놓았다. 감전이라도 된 듯 몸을 옴짝달싹 할 수도 없었다. 다만, 유별나게 귀만 크게 살아 있는 듯했다.

"눈물이 마르자 제정신이 돌아와 살길을 찾아 나서야 되겠다는 결심이 서데예. 손에 익은 봉제 일이면 무던할 따 싶어 봉제공장을 찾아다녔지예. 하지만 가는 곳마다 지 얼굴만 보면 그만 손사래를 치는 기라예. 길거리에 붙은 구인광고를 보고 찾아가면 지 얼굴색이 일을 한다고 생각한 것인지 어쩐지 도리질부터 하기 마련이라예. 일할 사람을 찾는다는 구인광고는 많았지만 지에게 일자리를 주겠다는 데는 잘 없었어예. 나중에 '급구!' 라는 빨간 글자를 크게 써 붙인 구인광고를 보고 자동차 시트 공장을 찾아갔지예. 광고에 쓴 것처럼 일손이 급하기는 급했던 모양이라예. 얼굴색 같은 것 따지지 않고 재봉 경험이 있다니까 반색하는 거 있지예.

비로소 일자리를 잡아 밥벌이를 하게 됐지 뭡니꺼. 저는 그 공장에 오래 붙박이로 붙어 있을 요량이었어예. 얼굴색을 보고 손사래를 치는 것에 넌덜머리가 나 아무리 좋은 데가 있다 해도 돌아보지 않고 지는 오로지 시트 공장에 매달렸어예. 오래 있다 보니 사람들과 정도 들고 또 하늘이 도왔던지, 남자도 생긴 거 아입니꺼. 박인봉이라고예, 브레이크 라이닝 만드는 자동차 부품 공장에 다니던 저기 있는 저 팔푼이가 그 남자라예. 지가 잘난 데가 없어서 그랬던지 저 박인봉은 지 얼굴색에는 별로 마음을 두지 않았지예. 대신 대차고 바지런한 성격에 더 후한 점수를 주는 눈치였어예. 그런 무던한 남자를 하늘이 지에게 내릴 줄은 꿈에도 몰랐기 때문에 저는 주어진 행복을 놓치지 않으려고 저 팔푼이한테 갖은 정성을 다 쏟았어예. 아이도 저절로 생기데예. 남매를 안 뒀십니꺼.

그런데 자식은 마음대로 안 되데예. 큰 것이 딸내민데, 이 년이 지 어미를 닮아도, 좋은 데는 안 닮고 좋지 않은 것만 쏙 빼닮았던지 중학생이 되더니 슬슬 집을 나가는 날이 늘어나지 뭡니꺼. 아마 모르기는 해도 학교에서 둘째가라면 서러워할 불량소녀가 되어 있었던 모양이라예. 소년원을 제집 드나들듯 드나들지 뭡니까. 둘째 머스마는 그나마 좀 나은가 싶었는데, 코밑에 솜털이 좀 돋아나자 춤으로 세상을 제패하고 말겠다나 뭐라나 그러면서 서울로 올라간다고 집을 나가더니 종무소식입디더. 서울만 가면 누구나 출세하는 것인가, 젊은 것들 입에 서울, 서울 달고 살잖아예. 우리 머스마도 아마 서울 바람이 단단히 든 모양이었십니더. 자식새끼 둘 다 무슨 역마살이 끼었던지 외지를 떠돌며 집에는 코빼기도 뵈 주지 않으니, 이 박복한 년 팔자가 한없이 원망스러웠지예. 딸내미는 얼굴색이 어미를 좀 닮아 그렇다 치지만, 머시마 놈은 지 애비 닮아 멀쩡한 화상이 그러니 환장할 노릇 아니고 무엇이라예. 속이 터져 죽는 것 같았습니더. 그렇지만 어쩝니꺼. 춤으로 세상을 제패하고 말겠다는 원대한 꿈을 지닌 둘째가 어디 있는지나 알아야 코뚜레를 꿰서라도 끌고 오든가 말든가 하지요."

입담이 웬만한 변사 뺨칠 지경이었다. 뭐 세상에 자랑할 만한 내용은 털끝만큼도 없어 보였지만 기세 좋게 주절주절 잘도 엮어댔다. 조문례는 비위도 좋고 담대하기가 시시한 사내 저리 가라 했던 모양이었다.

"새끼들이야 지가 타고난 복대로 장차 살게 되겠지예. 헌데 지가 타고난 복은 아무래도 문출네 복이었던가 보네예. 좀 살 만하면 어딘가 한 구석이 터져도 제대로 터져 맥을 놓게 하니, 이런 박복한 년은 세상 어디에서도 구경하기 힘들 겁니더. 지가 다니던 시트 공장이 부도를 맞고 문을 닫은 것은 그렇다 치고, 박인봉 저 작자도 한심하지, 기계에다 오른팔을 넣을 게 뭐란 말입니꺼. 기계가 팔을 내놓으라 했겠십니꺼. 지가 넣은 거지예. 그래 누굴 원망할 깁니꺼. 다행히 산재 처리가 되어 기계에 먹힌 오른팔 값은 받아 냈지예. 치료기간 동안 병원에서 호강하고 산재보험금을 타 낸 것까지야 요즘 세상 돌아가는 통수가 빤하니 박복한 우리에게도 돌아오기 마련이라 그렇다 치고, 글쎄 산재 보험금이라고 탄 것이 평생 생활보장에는 턱없이 모자라는 기라예.

박인봉 저 작자도 통박은 굴릴 줄 알았던지 한동안 좌불안석, 이리저리 나들이를 하는 눈치더니 딴에는 머리 굴린다고 굴려 살던 아파트 잡혀 대출받고 산재보험금 탄 것 합해 점포 얻어 시설하고 식재료 확보해서 그럴 듯한 식당을 하나 차리지 않았겠십니꺼. '돈(豚)이 좋네, 돈(豚)이 좋아' 돼지갈비집을 차렸지 뭡니꺼. 상호는 그럴싸했지예. 글쎄 돈 싫어할 사람 누가 있겠십니꺼. 하지만 아무리 돈이라 해도 돼지고기 돈은 사람들이 그다지 좋아하는 것이 아니었던 모양입디더. 아니면 외팔이 사내의 몰골과 얼굴 까만 여자 인상이 비위에 맞지 않고 거슬렸던지, 사람들 발길이 뜸해도 너무 뜸했십니더. 궁리 끝에 홀에서 일하는 사람을 따로 쓰고 우리 둘은 홀에는 얼씬도 하지 않고 주방에서만 일을 했는데, 그래도 늘 파리만 날렸습니더. 월말마다 돌아오는 월세다 종업원 월급이다 식재료 대금이다 감당하기 힘들었어예.

서너 달 하고 나서 영 승산이 없을 것 같아 접을 생각을 굴리고 있는데 아니 이게 또 웬 청천벽력입니꺼. 세를 든 건물이 경매에 넘어가 주인이 턱 바뀌고 보니, 이미 빈털터리가 된 원주인의 멱살을 잡고 흔들어 봐야 지가 현금 지급기도 아니고 어디 동전 한 푼 나와야지예. 결국 눈물을 앞세우고 빈손으로 물러날 수밖에 없었어예. 대출금 이자 물어야 하는 처지가 되니 집이라는 것도 얼마 버티지 못할 것 같아 처분하고, 어쩝니꺼. 박인봉 저 작자 멱살을 끌고 이곳 한산도로 들어왔지예. 마음은, 엄마가 그토록 가고 싶어 했으나 한 번 가 보지도 못하고 세상을 뜬 그 원한에 맺힌 추봉도 추원마을로 가고 싶었지만 시커먼 얼굴의 나를 반겨 줄 사람 하나 없을 건 뻔한 것 아닙니꺼. 추봉도를 건너다볼 수 있는 이곳 한산도에 자리를 잡았지예. 타지를 떠도는 새끼들이야 어떻게 챙길 수가 없어 우리 둘만 들어오게 되었지만 어쩌면 그건 잘된 일인지도 모릅니더. 새끼들이 섬에 들어오려고나 했겠십니꺼. 설령 들어온다 하더라도 미역을 따겠십니꺼, 굴 양식을 하겠십니꺼, 성미나 돋궜겠지예.

섬을 몇 바퀴 돌며 자리를 찾던 끝에 죽전마을 저 아래 산기슭에 천막을 쳤지예. 손바닥만 한 산자락을 누가 임자라고 나설 것 같지도 않았고 또 옆에 골짜기가 있어 물이 졸졸 흘러내려 마실 물도 어렵지 않게 구할 수 있어 맞춤했십니더. 엄마와 대변항에 살 때 바다와 웬만큼 친숙해졌던 기억이 되살아나 물이 빠지는 썰물 때에 맞춰 갯가를 돌며 굴을 따고 고둥을 줍고 바위에 붙은 미역을 따는 것으로 부지런을 피웠지예. 갯가 바위나 펄에서 채취한 것을 끓여 먹거나 말려 갈무리해 두었다가 뭍에 나가 팔아서 쌀을 구해 오기도 했지예. 넉넉지는 않았지만 육신을 움직일 수 있는 동안은 그런대로 살 수 있을 것 같은 자신감이 붙었지예.

바다는 늘 우리를 돕는 것 같았어예. 미역도 많이 채취하게 하고 펄에다 댓가지 몇 개 꽂아 두면 파래며 김이 올라붙어 재미를 보게 하기도 하고 또 굴도 곧잘 올라붙어 그걸 따는 재미도 여간 쏠쏠하지 않았습니더. 그뿐입니꺼, 일손이 달리면 굴 양식장이나 우렁쉥이, 미역 양식장에서도 바쁘게 불러댔다아입니꺼. 제 손이 커서 남정네 저리 가라 할 만큼 척척 일을 잘해 냈거든예. 갯가에다 콘크리트 벽을 쌓아 올리고 바닷물을 채운 다음 광어를 키운다, 전복씨를 받아다 키운다, 박인봉이 저 작자도 나름대로 살기 위해 몸부림을 쳤지예. 지 억척스러운 기질에 자극을 받았던지 저 작자도 그럭저럭 움직이며 섬 사람으로 이골이 나기 시작했어예."

무녀의 입을 통해 나온 조문례와 박인봉의 내력은, 이장은 물론 마을사람 어느 누구도 전에 들은 바도 아는 바도 없는 것들이었다.

"뭍에서는 남 눈치 봐 가며 몸부림을 쳐야 겨우 연명할 수 있었지만 바다는 부지런히 움직이기만 하면 가진 것을 우리한테 한없이 베풀었십니더. 우리가 바지런을 피우다 보니 살림이 늘어나고 어느새 천막에서 컨테이너 박스로, 그리고 컨테이너 박스를 치우고 그 자리에 세 칸짜리 콘크리트 벽돌집을 척 세우게 안 됐십니꺼. 비로소 반듯한 집칸을 갖게 되고 보니 일시에 모든 시름 다 사라지는 것 같고, 잠결에도 산다는 것이 이렇게 좋은 것이구나, 느껴워지고는 했지예. 행복이 뭡니꺼. 육신이 고달파도 마음이 편안한 것, 그것이 행복이라예.

그런데 지난 세월 언제나 그래 왔듯 우리에게 행복은 그래 오래 가지 않았십니더. 어디 타고날 것이 없어 복이라는 것들 가운데 박복을 타고날 게 뭐라예. 이월이 되면 미역 철 아입니꺼. 호두에 미역 양식장을 갖고 있는 복운네가 이렛날 미역을 채취하러 가자 안 합니꺼. 일거리를 마다할 지가 아니지예. 물때에 맞춰 새벽에 나가야 한다는 말에 토를 달 지가 아니라예. 호두에서 거룻배를 타고 바다로 나갈 때 옆 사람 얼굴도 잘 식별이 안 되는 새벽이었지예. 캄캄했지만 반들거리는 바다에 떠 있는 부표가 있으니 미역 양식장을 찾는 것은 일도 아니었지예. 미역 양식장에 도착한 복운네와 저는 부표를 표적으로 미역 줄기를 잡고 올려 미역을 따기 시작했는데, 어찌나 미역이 풍성하게 달렸던지 따느라 정신을 차릴 수 없을 정도였지예. 옛날에는 두어 길이 넘는 장대 끝에 밤싱이를 매달아 보이지도 않는 물속에 그것을 넣고 휘젓다가 무엇이 걸리면 끌어올려 미역, 다시마, 청초 구분 없이 땄다는데 요즘이야 어디 그렇십니꺼. 부표를 따라가며 줄기를 걷어 올리면 미역이 줄기마다 산발해 있는 것이 올라오는데 그것을 따기만 하면 됐지예. 세상 이렇게 좋아질 줄 몰랐다는 어른들의 말을 상기하며 미역 따는 데 정신이 없었지예.

그렇게 정신없이 손을 놀리고 있는데 어디선가 발동선 엔진소리가 들려오데예. 하지만 바다를 오고 가는 발동선이 어디 한두 척이라야지예. 미역 따기에 바쁜데 발동선 소리에 고개를 들고 볼 일은 없었지예. 그런데 이게 웬 날벼락이랍니꺼. 쾅, 우지끈 굉음과 함께 몸이 허공중으로 붕 떠오르는 거 아입니꺼. 무엇인가 무서운 소리가 귓전을 크게 스치며 지나가는 순간 저는 까무룩 정신을 놓고 말았십니더. 나중에 안 일이지만 몇백 마력의 속력으로 바다를 가로지르며 달려오던 발동선이 우리가 타고 있던 거룻배의 옆구리를 정통으로 들이박고 훌쩍 뛰어넘어 반대편에 퉁, 처박힌 것 아입니꺼. 거룻배를 두 동강이 내고도 발동선은 관성에 의해 저만치 내달렸지예. 헤엄이라면 남에게 빠지지 않는다 생각하는 제가 정신만 잃지 않았다면 왜 헤엄쳐 나오지 않았겠십니꺼. 놀라 정신을 잃었기 때문에 손도 발도 한번 움직여 보지 못하고, 허푸허푸 물장구도 한번 쳐 보지 못하고 그만 물속으로 가라앉고 말았지예."

이장은 고개를 절레절레 저었다. 미역을 채취하고 있던 복운네와 조문례 두 사람 다 저세상 사람이 되어 사고전말이 전해지지 않았었다. 바닷속에 가라앉은 배가 두 동강 난 것도 마을사람들은 모르고 있었다.

"우리가 타고 있던 거룻배를 작살내고 도망친 것이 누구네 밴줄 아십니꺼? 진두 사는 이두덕네 뱁니더. 뱃머리에 '포세이돈' 이라는 이름을 단 400마력짜리 동력선이지예. 원근에서 가장 빠르고 성능 좋다고 소문난 바로 그 배였십니더. 서울서 온 낚시꾼을 싣고 오곡도 쪽으로 감생이 낚으러 가던 길에 우리를 수중고혼으로 만들어 놓은 것 아입니꺼.

그런데 뱃사람들이나 낚시꾼들 모두 입을 꾹 다물고 있으니, 사고 사실이 세상에 알려지지 않고 묻히고 말 수밖에예. 새벽 캄캄

한 바다에서 일어난 일이지예, 타고 있던 두 사람 다 죽고 없지예, 하늘이 이두덕네를 도와도 크게 도운 거라예. 사고 직후 사고를 낸 '포세이돈' 선장과 이두덕 간에 나눈 이야기를 아십니꺼. 거룻배에 타고 있던 사람이 사고를 낸 것이 자기들 배라는 사실을 알 까닭이 없고, 설령 안다고 하더라도 이것은 어디까지나 어둠 속에서 아무 표시도 없이 작업을 한 거룻배 쪽에 일차적인 책임이 있는 것이지 자기들로서는 책임질 일이 아무것도 없다고 입을 맞추는 거 아입니꺼. 어쩌다 알려져 형사사건으로 비화한다 해도 책임 소재를 밝혀 보면 자기들은 과실 정도만 인정하면 될 뿐이니 아무 걱정할 것 없다 하지 않십니꺼. 그런데 거룻배에 타고 있던 우리 둘 다 수중고혼이 되고 말았으니, 얼씨구나 입을 꾹 다물고 쉬쉬하였지예.

복운네는 다행히 용초 동쪽 끝머리 갯가에 밀려 올라가 있어 시신이나마 찾았지만, 저는 바다 밑에 가라앉아 해류를 따라 이리저리 흘러다닌기라예. 그래서 저 박인봉이라는 작자 애를 태웠지예. 어리석기로 말하면 저 박인봉보다 앞서는 사람 세상에 없을 기라예. 사고 경위를 캐 볼 생각은 하지 않고 미역을 채취하다 배에 탈이 생겨 사고를 당했겠거니 생각하며 시신 찾을 생각밖에 안 하지 뭡니꺼. 사고를 낸 범인을 찾아내 억울하고 분한 마음을 풀어 줄 생각은 하지 않고 아무 쓸데없는 제 시신을 찾아 그 발버둥치는 꼴이라니. 내막 모르는 사람은 지를 사랑하는 마음이 지극해서 그러지 않았겠느냐, 생각할 수도 있겠지만, 아니라예. 저 없이 지 혼자

서 살아갈 앞날이 막막해서 저를 찾아 헤맨 거라예. 설령 사랑 때문이라 해도 그렇지예. 저를 사랑하는 남자라면 혼자 남아서라도 살아생전 지가 못 누린 복까지 다 누리며 떳떳이 살아 내는 모습을 보여야 하는 거라예. 저를 잃자 하늘이라도 무너진 것처럼 절망하는 것, 그것은 사랑이 아니라예. 다시 말하지만 지 시신을 찾는다고 그것이 돈이 되겠십니꺼, 쌀이 되겠십니꺼, 저를 잃은 슬픔을 하루빨리 털어 버려야 하는 거라예.

그런데 제 시신을 찾겠다고 석 달 열흘 식음을 전폐하다시피 하고 용초, 추봉, 비진, 오곡, 죽도 해변을 헤매는 것이 마치 실성한 사람 같았지예. 하지만 해류를 따라 오르내리다 바다 밑 암초 사이에 끼여 물고기 밥이 된 지를 해변 어디서 찾을 수 있을 겁니꺼. 적당히 하다 지치면 단념하고 혼자서라도 잘 살아가리라 생각했는데, 웬걸 석 달 열흘을 채우고 나더니 물속으로 풍덩 뛰어들지 뭡니꺼. 그것이 어디 제정신 가진 사람이 할 노릇입니꺼. 지가 육지로 떼밀어 올려 살려 줄 수 있는 일도 아니고, 저 바보 등신 축귀 같은 못난 작자가 끝내 바닷속으로 뛰어들어 지를 찾아오다니, 억울하고 분한 것이 저 하나에 그치지 않고 저 팔푼이 박인봉에게까지 미치다니, 지가 세상에 대해 원념을 품지 않을 수 있었겠십니꺼. 오늘 다행히 마을 여러 어르신네들이 정성을 들여 갈 곳 없는 저희 두 외로운 넋을 위로하고 극락왕생할 수 있도록 천도해 주시니 고맙고, 고맙십니더. 장차 두고두고 이 은혜 잊지 않고, 영등할만네 행투를 막아 드리겠십니더……."

6

흥미롭게 듣기는 했으나 그 내용에 믿음이 가지는 않았다.

무녀가 잡은 신대에 혼이 내리고, 신대에 내린 넋이 무녀의 입을 빌려 자신이 겪은 억울한 사연을 서리서리 풀어낸 것이라 이장은 주장하지만, 이런 대명천지 문명사회에 있을 법한 일이기나 한가. 굿이나 무녀의 존재 가치를 부정할 생각은 추호도 없다. 그러나 무녀가 배설하는 굿이란 오래 전래된 풍속 중의 하나로서 풍어를 기원하고 마을의 평안과 강녕을 축원하는 행사로 생각될 뿐, 무녀가 신통력을 발휘하는 기적의 장이라 믿어지지는 않았다. 따라서 마을사람들이 들었다고 하는, 저 아래 폐가의 남녀가 겪었다는 비극적인 사고 전말이란 무녀가 이리저리 지어낸 것이겠거니, 그렇게 생각될 뿐이었다.

내 말에 이장은 빙그레 미소 지으며 고개를 저었다.

"무녀가 지어낸 이야기라, 그렇지 않아요. 만약 무녀가 지어낸 이야기라면 거기 등장하는 인물들 이름을 무녀가 어디서 들어 알았단 말입니까. 게다가 무녀는 뭍에서 온 타지 사람인데 어찌 마을마다 지형을 그렇게 잘 알고 있으며 바다 사정을 그렇게 환히 꿰뚫어 알고 있단 말입니까. 신대에 넋이 내렸던 것이 틀림없습니다."

믿음이 확고한 듯 이장의 말투는 확신에 차 있었다.

"그렇다면, 그날 오구굿을 해 준 다음 영등할만제는 잘 치렀습니까?"

"그럼요. 두 남녀의 혼을 달래 극락왕생 시켜 준 다음 영등할만제를 올렸는데 제를 올린 다음 얼굴이 환해진 무녀가 이렇게 잘된 굿은 처음이라 하더라니까요."

이장은 오구굿의 내용을 믿지 않고 부정하는 내가 안타깝다는 듯, 굿 내용을 세세히 묘사하며 자기 믿음의 근거를 제시하려고 애를 썼다. 지금 당장이라도 그 굿을 재연해 보여 줄 수 없는 것이 마냥 아쉽다는 표정을 짓기도 했다.

"굿 내용이 사실이라면, 조문례와 복운네를 죽인 포세이돈 선장과 그 선주에 대해서는 무슨 조처를 취했습니까?"

내 물음이 뜻밖이었던 모양이었다. 이장은 문득 긴장했다. 잠시 생각에 잠긴 눈치더니 조심스럽게 입을 열었다.

"그건 다른 문제지요. 무녀에게 들은 말만으로 어찌 무슨 조처를 취할 수 있단 말입니까. 더구나 선주인 이두덕이 어떤 사람입니까, 한산도에서 떵떵거리는 유지입니다. 그 동생은 쓰리 스타에요. 그런 막강한 사람들을 상대로 어떻게……."

이장은 고개를 설레설레 저었다.

"그래서 하는 말입니다. 방금 이장님도 말씀하셨듯이, 무녀가 한 말을 어찌 사실이라 믿을 수 있겠습니까?"

"그건 또 다른 문제라니까요. 사실은 사실이되 그것을 객관적으로 증명할 수 있는 것이 아니라는 것뿐이지요."

"그래서 제가 하는 말입니다. 만약 그것이 사실이라면 억울하게 죽은 그 두 사람이 굿으로 넋을 달래 주는 것만으로써 어찌 만족할 수 있었다 하겠습니까. 저로서는 납득이 되지 않습니다. 그들의 억울하고 분한 마음을 풀어 주려면 포세이돈 선장과 그 선주에게 사고 책임을 묻고 응분의 조처를 취해도 취했어야, 즉 그들 두 남녀가 입은 피해에 상응하는 어떤 보상이 따랐어야만 그들 넋이 만족할 수 있지 않았겠느냐 하는 말씀입니다. 그런데 넋을 달래는 굿만으로 그들이 한을 풀었다니, 저로서는 이해가 되지 않습니다."

"그렇지만 어떻게 합니까. 우리가 굿판에서 들은 사실을 들이대며 책임을 묻는다고 이두덕이 꿈쩍이나 하겠습니까. 당국에서도 그렇지요. 경찰이나 검찰이나 법원이나 누가 무녀의 공수를 사실로 받아들이겠습니까. 그래서 우리도 어쩔 수 없었습니다."

이장은 다시 도리질을 하며 안타까운 표정을 지었다.

"그렇다면 무녀에게서 들은 사실은 사실로서의 조건을 갖추고 있지 않은 것 아닙니까. 그래서 제가 사실이 아니라고 강조하고 싶은 것입니다."

"그렇지 않습니다. 세상에는 손으로 만질 수 있고 눈으로 볼 수 있는 사실도 있고 손에 잡을 수도 없고 눈에 보이지도 않는 사실도 있다는 것을 우리는 인정하지 않으면 안 됩니다. 우리가 사는 세상, 사람의 능력으로는 이해할 수 없는 것이 어디 한두 가집니까."

이장은 자기도 아무 손을 쓰지 못하고 있는 것이 아쉽고 안타깝다며 천천히 도리질을 했다.

한산수첩 1

대장경 일화

한산도로 내려오기 직전 친구들과 저녁 모임을 가졌다. 30년도 더 오래 사귄 친구들로 감출 것 하나 없이 터놓고 지내는 사이들이었다. 술이 몇 순배 돌고, 서로의 근황을 주고받고, 세상 돌아가는 꼴을 두고 설왕설래하던 화젯거리들도 시들해져 갈 즈음 나는 한산도에 당분간 내려가 있게 된 사정을 슬며시 꺼내 놓았다. 집을 두고 혼자 남쪽 섬으로 멀리 떠난다 하니 친구들은 의아스러운 모양이었다. 정말 혼자 가느냐, 몇 달이나 가 있을 예정이냐는 둥 이것저것 캐물었다. 한 3년 '유배' 나 가 있을 예정이라고 얼버무리자, 유배라는 말이 어떻게 들렸던지 친구들은 입을 다물었다.

나의 한산도행을 두고 나는 '유배' 와 다름없는 것이라 생각했다. '유배' 라는 역사적인 형식 조건을 갖추고 있는 것은 아니지만 아는 사람 하나 없는 천리 밖 외진 섬으로 홀로 떠나 수삼 년 지내게 되는 것이 '유배' 아니면 무엇이겠는가, 그런 속 헤아림 때문이었다. 누가 강제로 등을 떼밀어 보낸 것도 아니고, 내가 원해서 자발적으로 가는 것을 두고 '유배'라 하다니, 그러나 친구들은 '유배'라는 말에서 그 원래의 뜻보다 단단한 내 마음속 결의를 읽은 듯 잠시 숙연했다. 우려먹을 것 다 우려먹고 뽑아낼 것 다 뽑아내 이제 시들 대로 다 시든 빈껍데기뿐인 육신으로 무얼 더 해 보겠다고 분수 모르고 날뛴담, 하고 비웃지 않는 것만도 다행이었다. 오히려, 이 친구 이번에도 무엇인가 한 건 해 올 각오인 모양이라 여기는 듯 부러운 시선을 보내는 것 같아 안도가 되었다. 그리고 두 권짜리 짧지 않은 분량의 장편소설을 출간한 지 한 달여 만에 또 새로운 작업을 하겠다고 연고가 없는 낯선 섬으로 떠나려는 나에게 각기 재치 있는 수사를 동원해 가며 격려를 아끼지 않았다.

나의 한산도행은 아주 쉽게 이루어졌다. 미리 기획한 바도, 언제 한번 염두에 둔 바도 없었다. 어딘가 집을 멀리 떠나 있어야 제대로 일을 할 수 있을 것 같은 막연한 기대야 오랫동안 가슴속에 품고 살아온 터였다. 언제 일이 잘될 때가 한 번이나 있었던가. 평생, 일이 안 될 때가 일이 잘될 때보다 훨씬 많은 나날들이었다. 그러므로 머릿속에 득실거리는 것이란 온갖 잡념들뿐이었다. 집을 떠나면 일이 잘 되려나! 그것은 잡념들에 시달리며 나날을 보내던 어느 어름에 가져 본 막연한 바람이었을 뿐, 실제 현실화되리라고는 한 번도 생각해 본 적이 없었다. 구체적으로 어떤 계획을 세워

본 바도 없었다. 어느 술자리에서 누군가 흘러가는 말처럼 인터넷에 들어갔더니 통영에서 예술가들을 위한 작업 공간을 제공한다는 글이 떠돌아다니는 것 같다는 말을 귓등으로 듣지 않았다면, 그리고 그것을 까맣게 잊고 있다가 어느 날 문득 생각이 나 전화나 한번 해 볼까 하는 생각으로 전화를 걸지 않았다면, 그리고 전화를 받은 사람이 적극적으로 권유하지 않았다면, 내 한산도행은 이루어지지 않았을 것이다. 그렇듯 우연한 계기가 빌미가 되고 일이 우연처럼 쉽게 이루어졌다. 그러자 이번에는 무엇인가 어떤 인연이 미리 정해져 있어 이루어진 일이 아닌가, 그런 미신 같은 생각이 들기도 했다.

그래, 내가 한산도에 와 있게 된 것은 어떤 필연적인 인연에서 비롯된 것 같았다. 그랬다!

혼돈을 털고 가까스로 열린 세상의 시원으로부터 겹겹이 접어 억겁의 켜를 이루고 있다는 연기법은 전생, 현생, 내생을 모두 아우르며 우주 만물의 봉별을 다 응축하고 있다는데, 연기법의 어느 순환의 매듭을 풀면 그 해답을 얻을 수 있을까. 그러나 몇 번이나 고개를 갸웃거리며 생각해 봐도 나의 한산도행은 그런 연기법에 의한 것은 아닌 듯하였다. 그럼 무엇이 어떻게 작용하여 이루어진 일일까. 사람이 한평생 살아가는 동안 수없이 조우하기 마련인 흔한 우연에 지나지 않는 것일까. 그러나 설령 그렇다 하더라도, '우연' 으로 치부해 버리고 말기에는 무슨 필연적인 인연의 결과 같아 마음이 못내 가벼워지지 않았다.

하기야 누가 원주율의 발견을 우연의 결실이라 말하겠는가. 그것은 수백 수천의 날밤을 보내며 수없이 세웠다 지운 가정과 추론 끝에 얻어진 고난과 번민의 수학적 소산인 것이다. 그렇지만 너무나 자명하고 엄정한 수학적 공식으로 이루어진 것이라 할지라도 어디 그것이 사물처럼 구체적이고 실재적인 것이던가. 비록 구체적이고 실재적인 것은 아니지만, 대상을 분석하고 추호의 빈틈도 없이 증명해 내는 것이 원주율 같은 수학공식 외에 또 다른 무엇이 더 있던가. 수학이야말로 사람의 사유가 이룩해 낸 놀라운 추상적 과학 아니고 무엇이던가. 인간의 사유의 소산물이 철학이 아니라 엄정한 수학으로 자리 잡고, 자연과학의 기본언어가 되어 우주의 신비를 풀어내는 열쇠가 되고, 점진적으로 표현 영역을 넓혀 가며 마침내 별들의 음악소리까지 들어 내고 인간 이성의 한계까지 읽어 내지 않았던가. 사람의 내면에 내재되어 있는 어떤 리듬이 우주의 파장과 산허리에 무심코 앉아 있는 굳은 암석의 내재율과 필연적으로 일치하는 것이라는 과학 에세이를 읽은 적이 있었다. 마찬가지로 내가 한산도에 홀로 '유배' 와서 성오스님을 만나게 되고 또 성오스님으로부터 뜻하지 않았던 흥미로운 대장경 경판 반출 사건에 관한 일화를 듣게 된 것 또한 외연은 우연 같지만 필연적 인연에서 비롯된 것이 아닐까, 그런 생각이 들기도 했다.

어쩌면 이렇게 말할 수 있을지도 모르겠다. 사람이란 혼자서만 존재할 수 있는 것이 아니다. 사람이 존재하기 위해서는, 그전에 다른 사람들의 존재가 선행되어야만 하는 것이다. 또한 그 다른 사람들이 존재하기 위해서는 거기에 필요한 자연적 조건이 충분히 갖춰져 있어야만 한다. 즉 사람의 살이란 나무, 꽃, 열매, 물, 불, 바람, 흙, 철 이런 것들이 주위에 존재해야만 가능한 것이다. 그런 선행하거나 동행하는 조건과 엮여야만 삶을 온전히 꾸려 갈 수 있고, 그런 가운데 모름지기 모든 존재들 사이에는 늘 '만남'과 '헤어짐'이 교차하기 마련인 것이다. 어떤 존재들이 평행선을 그으며 달리다 갑자기 양극에서 출렁 흔들리며 동심원을 그릴 때 문득 이루어진 '조우'든, 아니면 존재조건이라는 것이 직선이나 곡선이 아니라 나선형으로 되어 있어, 그 존재조건의 궤적을 오르내리는 과정에서 어쩌다 서로 마주치게 된 '만남'이든, 그런 '것'이 부단히 일어나기 마련일 터였다. 그런 '만남'을 어찌 우연이라 치부하고 말 수 있겠는가. 영원히 만날 수 없을 것 같은 평행선도 마침내 어느 어름에서 만난다 하지 않던가. 나의 한산도행이나 한산도에서 성오스님을 만난 것도 아마 우연과 필연의 어느 접점에서 이루어진 것일 터였다.

한산도에 들어온 후, 대부분의 시간을 책상 앞에 앉아 지내는 내게 걷기는 필수적인 운동이었다. 주로 저녁나절에 집을 나서서 한 시간 남짓 걷기를 했다. 섬 이곳저곳을 기웃거리며 한가롭게 걷는 것이 자연스레 일과의 하나처럼 되었다. 해안도로를 따라 서쪽 방향으로 걷다 보면 야소, 의암, 죽전, 하포, 장작지 등 도로에 인접해 있는 어촌들과 만나고는 했다. 주로 바다를 터전으로 생활하는 사람들이라 사는 것이 다 비슷비슷할 것 같지만, 마을마다 이름이 다르듯 지닌 내력과 특색 또한 다 달랐다. 야소는 옛날 수군영의 무기를 만들었던 내력을 지니고 있었고, 의암은 목화나 삼을 재배하여 군복을 지었으며, 죽전은 대나무가 많은 것으로, 하포는 임진란 당시 진을 쳤던 수군의 군수품을 하역하던 곳이라 하였다.

추봉도의 봉암 몽돌해수욕장을 지나 산비탈을 오르다 한산사라는 작은 절을 만난 것도 걷기운동의 일환인 산책이 가져다준 선물 중의 하나였다.

집만 나서면 마당처럼 펼쳐져 있는 바다는 호수처럼 잔잔했다. 흐린 날보다 갠 날이 더 많아, 햇볕을 받은 바다는 은박지를 구겨놓은 듯 눈부시게 반짝이는 날이 많았다. 귀를 기울이면 언제라도 신비한 이야기를 한없이 들려줄 것 같은 바다 건너의 섬들은 보면 볼수록 정겨웠다. 활처럼 휘어진 해안을 따라 길게 펼쳐진 먹빛 조약돌들이 자그르르 자그르르 물결이 오르내릴 때마다 낮은 음정으로 노래를 속삭이는 봉암 몽돌해수욕장은 마치 시간이 바다를 켜며 연주하는 음악당 같았다. 몇 억겁 시간이 빚어 놓은 몽돌들이 부르는 낮은 음정의 노래에 젖어 있다 보면 문득 시간의 흐름을 놓치고는 했다. 시간의 흐름을 놓치다니, 그보다 벅찬 구원이 또 어디 더 있겠는가. 항상 구원에 목말라 있었기 때문일까, 발길이 그곳 몽돌해수욕장으로 자주 향하고는 했다. 그렇듯 몇 번의 행보 끝에 어느 날 나는 또 다른 구원을 기대하며 몽돌해수욕장이 끝나는 지점에서 시작되는 산길을 따라 비탈을 오르게 되었다. 숨을 고르며 비탈길을 오르던 나는 산중턱 어름에 자리 잡은 한산사와 만났다. 이름은 절이라지만 꼴을 제대로 갖춘 것이라고는 달랑 법당 한 채뿐인 조촐한 규모였다. 그러나 이런 작은 섬에 이만한 규모라도 절이 있다니, 반가웠다. 잠시 주변을 살피던 나는, 너무 외진 곳에 있어 찾아오는 신도가 드물 것 같아 마음이 쓰였다. 나라도 그냥 지나쳐서는 안 될 것 같아 법당으로 들어가 부처님을 뵈었다. 부처님을 뵙고 법당을 나오던 순간 세상의 모든 보석을 모아다 뿌려 놓은 것처럼 눈부시게 반짝이고 있는 바다의 윤슬에 그만 넋을 잃었다. 이렇게 반짝이는 것만으로 가득 펼쳐진 눈부신 세상이 있다니, 한동안 몸을 움직일 수 없었다.

얼마 후, 낯선 인기척에 정신이 제자리로 돌아왔다. 인기척이 난 곳을 바라보았으나 눈이 어려 아무것도 식별할 수 없었다. 눈을 감아 부신 기운을 가라앉히고 나서도 인기척의 임자가 한 노스님임을 알아보는 데는 시간이 걸렸다. 키가 작달막하고 주름살이 얼굴을 온통 뒤덮고 있는 노스님이 나를 말끄러미 바라보고 있었다. 얼른 자세를 바로잡고 합장을 하며 예를 올리자 역시 양손을 모아 가슴 앞에 대고 고개를 약간 숙여 인사를 받았다. 내가 간략하게 자신을 소개하자 노스님은 여기서 겨울 한 철을 보낼 예정인 객승이라고 자기를 소개했다. 객승이라는 말이 순간 나를 사로잡았다. 객승이라면 한 절에 정주하지 않고 구름 따라 여기저기 흘러 다니는 그런 떠돌이 스님이라는 말 아닌가. 나무처럼 한곳에 뿌리 내리지 않고 발길 닿는 대로 여기저기 세상을 떠돈 스님이라면 많은 것을 보고 듣고 하여 견문이 넓을 터였다. 거기에다 연세도 높으므로,

스님의 온몸이 이야기로 가득 채워져 있을 것 같았다. 그러고 보니 얼굴을 뒤덮고 있는 주름살도 하나하나 모두 예사롭지 않아 보였다. 예정은 산을 타고 추원리로 넘어갈 생각이었으나, 발길이 떨어지지 않았다. 공연히 노스님에게 이것저것 말을 붙이며 머뭇거렸다. 나는 급기야 노스님으로부터, 들어가서 차나 한잔 하고 가라는 권유를 받기에 이르렀다. 안 되면 스스로 청하기라도 할 작정이었는데, 그렇게 반가울 수가 없었다. 나는 노스님의 뒤를 따라 법당 아래 요사채로 들어갔다.

요사채라지만 조립식 패널로 엮은 간이 건물이었다. 난방이 시원치 않았던지 방도 썰렁했다. 물을 끓이고 차를 마련하는 동안 나는 노스님에게 이것저것 대중없이 말을 붙였다. 노스님은 귀찮아하는 기색 없이 곧잘 응대해 주었다. 급기야 내 열성적인 태도가 효험을 발휘하기 시작했던지 노스님은 내가 묻지 않아도 스스로 절집 이야기며 스님들의 생활에 관한 이야기를 자상하게 들려주었다. 노쇠한 인상과는 달리 목소리는 카랑카랑 힘이 넘쳐 났고 입담 또한 매우 구수한 편이었다. 내가 잘 알지 못한 절집 이야기에 귀가 솔깃해하자 스님은 더 성심을 베푸는 눈치였다. 들고 나는 사람이 드물어 사람이 그리웠던 것인가, 그 첫날의 대면을 기화로 물색없이 찾아가는 나를 스님은 귀찮아하는 기색 하나 없이 늘 반색하였다.

"처사께서 이야기를 지어내는 전기수라니까, 내 평생 업처럼 지고 다니며 공들여 다듬어 온 이야기가 하나 있는데, 들어 보시겠나?"

일부러 한과나 떡 같은 것을 마련하여 그것을 들고 스님을 찾아간 것이 여남은 번쯤이나 됐을까. 어느 날 차를 마시며 요즘 시속이 어떻다느니, 인심이 예전 같지 않다느니, 이런 한갓진 섬 구석에 처박혀 있으니 세상 더 편할 수가 없다느니, 그런 해도 되고 안 해도 될 이야기를 이것저것 나누던 끝에, 노스님께서 잠시 시선을 찻잔에 주고 있더니 넌지시 물었다. 평생 업처럼 지고 다니며 공을 들여 다듬어 온 이야기라니, 스님이 소설이라도 지었다는 말인가!

"보여 주시면 제가 읽어 보겠습니다."

"문장으로 엮어 둔 것이 아니라, 내 가슴속에만 있는 이야기일세."

그렇다면 소설을 써 두었다는 말은 아니었다. 가슴속에 어떤 이야기를 간직하고 있다는 말이었다. 그런데 왜 굳이 공들여 다듬어 온 이야기가 있다고 한 것일까. 이야기를 짓는다는 것이 어떤 것인지 잘 알고 있는 것 같지는 않았다. 그리고 말투에서 오는 느낌이, 실제 있었던 사실이나 경험을 말하려는 것도 아닌 듯하였다. 아니, 실제 있었던 일이나 경험이라 할지라도 그것을 지어낸 것으로 여겨 주기를 바라는 것 같기도 하였다. 아니, 자기 이야기가 아무리 실제 있었던 일이거나 경험한 것이라 할지라도 듣는 내가 믿어 주지 않으리라는 짐작을 깔고 미리 방어벽을 치고 있는 듯도 하였다. 그것도 아니라면, 어쨌든 종잡기가 어려웠다.

스님의 속뜻이 그렇다면 굳이 이야기를 꺼내 서로를 번거롭게 만들 까닭이 없지 않은가. 그러나 번거로움을 무릅쓰고 수고를 아끼지 않으려는 눈치 같았다. 왜, 무엇 때문에 번거로움을 무릅쓰고 수고를 아끼지 않으려는 것일까. 무엇인가 입 밖에 내서는 안 될 어떤 기밀을 누설하려는 사람처럼 표정을 가다듬는 저 진지한 표정과 태도는 또 무엇이란 말인가. 잠시 뜸을 들이던 스님은 마침내 입을 열어 말하기 시작했다.

"전에도 말했지만 이 험한 세상을 팔십 년 남짓 살았으므로 나는 겪고 듣고 본 것이 많아서 이야깃거리 또한 많아요. 전문학교 1학년이던 열아홉 살에 입산한 후 내가 만나거나 뵌 고승들의 행적만도 다 이야기하려면 몇 달은 걸릴걸. 괴각승도 많이 보았고 정말 부처가 된 훌륭한 스님들도 많이 보았어. 훌륭한 스님들을 스승으로 모신 나는 초기에는 모범적인 수행생활을 했고 여러 스님들로부터 사랑과 신뢰도 받았어. 하지만 그런 이야기를 하려는 것이 아닐세. 몇 해 전 내가 중건한 절을 불한당한테 빼앗긴 사례도 한바탕 이야깃거리로 부족함이 없겠지만 그런 이야기도 아닐세. 그런 이야기라면 내가 하지 않아도 다른 데서도 흔히 들을 수 있을 것이거든."

행자 생활은 길고 힘들었다. 마음과 몸을 바닥에 낮추어 조신해야 하고, 가급적 입은 봉하고 눈으로만 말을 해야 하고, 맨 나중에 돌아오는 대궁밥으로 간신히 연명이나 해야 하는 행자 생활은, 수도자가 되기 위해서는 반드시 거쳐야 하는 필수 과정이지만 심신이 감내해 내기에는 벅찼다. 아무리 고진감래라지만 그런 험난한 과정 뒤에 오는 달콤함이란 그저 사양하고 싶은 유혹이 수없이 거듭 찾아와 마음을 괴롭혔다. 그러나 그는 결국 고난의 과정을 무사히 다 마쳤다. 다른 이들에 비해 그 기간이 짧은 편이었다. 입산한 지 두 해가 저물 무렵 감빛 행자 옷을 벗고 잿빛 승복으로 갈아입는 행운이 그를 찾아왔다. 그 성취는 지난 고난의 기억을 훌훌 날려 버리고도 남음이 있었다. 대신 의기양양한 기운이 온몸을 채웠다. 온몸이 터질 듯 충만해 있는 의기양양한 기운이 혹시라도 겉으로 드러날까 저어하여 그는 애써 고개를 숙이고 말을 삼갔다. 강원이면 강원, 선방이면 선방, 어디에 가져다 놓아도 그는 다른 사람보다 앞섰다. 전문학교 문턱을 넘나든 학력이 있고, 열성은 몸에 배어 있는 습성이었다. 어려서 서당공부를 했으므로 주로 한자로 되어 있는 경전도 해독이 어렵지 않았다. 어머니를 따라 일찍부터 절집 출입을 빈번히 하여 스님들의 생활도 낯설지 않아 남달리 빨리 적응해 내었다. 아무리 득도의 길이 까마득하고 험난하다지만, 감빛 행자복으로 지내는 동안 언제 이 노릇을 벗어나 제대로 승려가 되려나 생각하면 늘 아득하기만 했었다. 그런 아득한 행자생활 두 해 만에 잿빛 치의로 전신을 감싸게 되다니 감개무량할 따름이었다. 다른 누구보다도 늦게 잠자리에 들고 누구보다도 일찍 일어나 예불에 참례하고 경전을 읽고 경을 외고 오체투지를 하는 데 부지런을 피웠다. 부지런을 피울수록 피로감이 씻어지고 신이 나고 즐거웠다. 열심히 닦고 행할수록 수도생활의 보람과 긍지는 더 생생해졌다. 깨달음이 무엇인지 어찌 쉽게 알 수 있으랴. 앞을 바라보면 까마득하고 무엇 하나 손에 잡히지 않아 헛손질만 해대는 것 같고 오리무중이었으나, 좌충우돌 천방지축 날뛰다 보면 멀지 않은 장래에 문득 어떤 경지에 오를 수 있으리라, 그런 기대와 자신감도 없지 않았다.

그러던 어느 날, 그는 운명처럼 근엄한 수도생활에 암영을 던지는 일과 조우하게 되었다.

절집 생활도, 하루이틀 같은 보조로 뜨고 지는 해와 행보를 함께 하다 보면 그것이 익숙해진다. 익숙한 생활을 되풀이하다 보면 그것이 모르는 새 습관으로 굳어진다. 습관으로 굳어지면 그것이 곧 일상이 된다. 수도생활도 매우 규칙적인 것이므로 얼마 있지 않아 습관적인 일상이 되고 말았다. 절집 생활은 세속과 다른 일상으로 영영 이어지리라 생각했던 것이 잘못이었다. 꼭 그렇지만은 않았다.

절집에도 저자의 인가에서처럼 철따라 꽃이 피고 졌다. 이른 봄 수줍은 듯 살짝 아미를 들고 미소 짓는 매화에 이어 소복단장으로 활짝 피어 맵시를 자랑하던 목련이 그러나 끝내 푸른 낭군을 상면하지 못하고 안타깝게 훌훌 지고 나면, 잊고 있던 기억이 되살아나듯 진달래가 피었다. 진달래에 이어 복사꽃과 자두, 철쭉이 차례로 피어 바람이 꽃길을 따라 몇 번 내왕하고 나면 함박꽃과 접시꽃도 잊어버리지 않고 제 길을 찾아 한발 늦게나마 세상을 찾아왔다. 시원한 바람에 수국이 꽃잎의 수분을 잃어 갈 무렵이 되면, 국화가 가을 향기를 짙게 내뿜으며 피어났다. 가을을 장식한 국화는 시든 꽃 대궁에 눈을 털모자처럼 쓰고 매화가 다시 찾아올 때까지 혹독한 겨울 추위를 견뎠다. 그렇듯 계절이 꽃이 찾아오는 순서대로 왔다가 꽃이 떠나는 순서대로 바뀌기는 절집도 저자와 다름없었다.

그런 절집이지만 그 생활과 흐름을 달리하는 또 다른 흐름이 있다는 사실을 그는 나중에서야 알게 되었다.

그 뒤늦은 깨달음은 지족암의 맨 구석방에 기거하던 노스님이 열반한 후에 가까스로 그에게 찾아왔다. 그 노스님이 열반하자 장례를 그가 맡아 치르게 되었던 것이다. 절집의 장의절차에 따라 다비를 치를 수도 있었으나 그 노스님은 그런 대우를 받을 처지가 아니었다. 출가본사라 주장하지만 큰절 승적 어디에도 그 노스님은 올라 있지 않았다. 노스님이 전하는 도반들에 관한 일화나 이미 열반에 든 지 오랜 큰스님들의 소싯적 일화들이 적실하여 출가본사라는 그의 주장을 의심할 수 없었고, 또 다른 수행처에서 만난 여러 스님들에 관한 일화들도 직접 보고 겪지 않고서는 알 수 없는 내용들로 되어 있어, 법랍이 예순이라는 주장 또한 하나 의심할 바 없어 보였다. 그러나 승적이 없었으므로 종무소에서는 노스님의 처리에 대해 두고두고 고심하였다. 애매한 승적에도 불구하고 종무소에서 고심 끝에 노스님에게 지족암 구석방이나마 내주어 기거하게 한 것은 그의 주장의 기연가미연가하는 희미한 약발 때문이었다.

이러다 보니 그 노스님을 달갑게 여기고 가까이하려는 승려는 애시당초 드물었다. 행적도 미심쩍은 데다 연로하여 서로 어울려 재미가 있을 리 없었고 어쩌다 마주쳐 이야기를 나누다 보면 끝에 꼭 이상한 이야기를 달고 나오는 것도 병탈이었다. 입 밖에 내 엮어 낸다고, 다 이야기가 되는 것은 아니다. 이야기라는 것도 형식요건을 갖추어야 한다. 이야기의 형식요건이란 무엇보다 그럴싸해야 한다. 반드시 사실일 필요야 없지만 그 자체로서 설득력을 지녀야 한다. 그런데 노스님은 자신이 입을 열어 말하는 것이 '진짜 사실' 이라고, 진짜라는 말에 특히 힘을 주어 강조하고는 했으나, 진짜처럼 그럴싸하기는커녕 도무지 곧이들리지가 않았다. 정말 그런 사실이 있었다면 세상에 한마디도 전해지지 않고 소리 소문 없이 깡그리 지워졌을 리 없었다. 그런 놀라운 사실이(그것이 사실이라면 놀라는 것으로 그칠 일이 아니다) 실제 일어났다면 소문이 아니라 전설로서 후대에 전해져 오고도 남을 법한 일이었다.

그러나 전설은 고사하고 세상에는 그 비슷한 소문 한마디도 떠도는 것이 없었다. 불가에 널리 회자되고 있는 저명한 큰스님들의 갖가지 행적이나 행각에 대해서는 들을 만한 것이 없지 않았지만, 말을 시작했다 하면 끝에 꼭 꼬리처럼 달아내는 '진짜 사실' 이라는 그 이야기는 아무리 접어 두고 들어도 그 내용이 괴이쩍고 용납이 되지 않는, 맹랑하기 짝이 없는 것이었다. 그 말을 할 때면 노스님은 으레 눈에 힘을 주고 상대를 쏘아보며 애써 목소리를 가다듬고 말을 또박또박 맺고 끊듯이 뱉어 내고는 했는데, 그 엄숙한 표정은 차라리 노망든 사람처럼 여기게 하였다. 그가 진짜라고 강조해 말하는 일이 터무니없고 맹랑하며 시답잖은 것처럼 그 또한 터무니없고 맹랑하며 시답잖은 존재려니 여기게 되고도 남음이 있었다. 한두 번도 아니고 볼 때마다 그 이야기를 꺼내니 돌아도 단단히 돌았다고 여긴 다른 승려들은 그가 눈에 띄면 피하기 바빴다.

그런 까닭에 줄곧 백안시당한 그는 20여 년 동안 지족암 구석방에 처박혀 적적한 세월을 보내야 했다. 그리고 입적하고 나서도 며칠이 지난 후에야 겨우 열반에 든 사실이 알려졌다. 그런 처지였으므로 다비식 같은 예우를 받기는 아예 틀린 일이었다. 그냥 거적에 둘둘 말아 산속 깊은 곳에 내다 버리는 식의 풍장으로 노스님은 만족해야 했다. 그 험한 소임을 하필 그가 맡은 것이었다.

노스님이 열반에 든 곳은 뒤꼍으로 돌아가 요사채 끝 방이라고 했다. 그 방은 문이 활짝 열려 있었다. 준비한 장구를 들고 방으로 갔더니 앳된 비구니 하나가 앉아 있었다. 옆모습의 비구니는 그림 속 인물처럼 한동안 꼼짝을 하지 않았다. 손에 공책이 들려 있었고, 그것을 뚫어져라 들여다보고 있었다. 공양각이나 정재소에서 가끔 마주친 적이 있는 소심(素心)비구니였다. 그의 인기척을 느끼지 못한 모양이었다. 밀어낸 무명초 밭은 햇볕 받은 하얀 모래밭 같고 볼은 발갛게 상기되어 있었다. 무릎 옆에는 열반에 든 노스님의 비품인 듯 서책 몇 권과 해진 납의와 속옷 몇 벌이 개켜져 있었다. 그가 일부러 기침을 하자 그제서야 소심비구니는 화들짝 놀랐다.

"내 정신 좀 보라지. 또 암주스님께 불호령이 떨어지겠네."

소심비구니는 무릎 옆에 놓아두었던 노스님의 비품을 와락 끌어안고 벌떡 일어났다.

"뭘 그렇게 놀라십니까?"

"아, 스님 이걸 좀 맡아 주시겠습니까?"

"뭔데 그러십니까?"

"암주스님께서 노스님의 비품을 챙겨 다 태우라 했는데, 이것은 태워서는 안 될 것 같아 그럽니다."

"무엇입니까?"

"노스님이 남긴 기록입니다."

"빈승이 봐도 되는 것입니까?"

"스님께서 검토하시고 노스님의 유지를 받들 수 있을지 알아봐 주시면 좋겠습니다."

"그래요. 그럼 어디 한번 살펴봅시다."

그는 장례절차를 마친 후 틈이 나면 한번 살펴볼 요량으로 공책을 받아 두었다.

장례는 제대로 절차를 밟아 치르는 것이 아니어서 걱정했던 것보다 한결 수월하게 끝났다. 염을 하거나 수의를 입히지도 않았다. 걸쳐져 있던 넝마를 벗기고 종무소에서 받아 온 잿빛 승복으로 갈아입히는 것이 절차 중 가장 까다로운 것이었다. 스님은 종이처럼 가벼웠다. 붙이고 있던 살을 다 내려 버리고 물기 없는 뼈만 남은 데다 마음까지 다 비우면 이렇게 가벼워지는 것인가. 산에 올라가 널찍한 너럭바위에 올려놓거나 적당한 노송 가지 위에 묶어 놓아도 될 게야. 노스님의 뒤처리를 그에게 맡긴 종무소 총무스님의 말이었다. 달리 풀이하면 아무렇게나 가져다 버리라는 말과 다르지 않았다. 뒤가 없는 행려 스님에게 어떻게 더 좋은 대우를 하란 말인가. 짜증스런 표정을 감추려 하지 않고 시틋한 투로 말했다.

주검 앞에서 경건해지는 마음은 누구나 같으리라. 손길은 조심스럽고 무엇인가 더해 주어야 할 것이 없나 거듭 살피게 되기 마련이었다. 마음은 그렇듯 짠했으나 현실적으로는 무엇을 어떻게 더 해 줄 수 있는 입장이 아니었다. 마음은 잘해 주고 싶었지만 결국 총무스님 말대로 산으로 지고 올라가 노송 가지에다 묶어두고 내려온 것으로 절차를 끝냈다. 너럭바위가 보였으나, 갖은 짐승들이 쉽게 접근할 수 있는 너럭바위 위에 버리지 않고 튼튼하고 잘 생긴 노송 가지를 물색하여 그 위에다 모셔 둔 것만으로도 그로서는 할 도리는 다한 셈이리라, 스스로 위안하였다. 주검은 짚단처럼 가벼웠으나 한 손으로 훌쩍 들고 갈 수 있는 것은 아니었다. 마침 기골이 장대한 행자가 나서서 거적으로 둘둘 만 주검을 함께 산으로 모셔 갈 수 있었고, 그의 듬직하고 날렵한 몸은 주검을 노송 가지에 모시는 데도 결정적 역할을 하였다. 행자의 도움으로 장례절차는 새참 끝나듯 언제 끝난 줄도 모르게 끝났다.

노스님이 남겼다는 노트를 본 것은 장례를 치른 후 두어 달 정도 지난 어느 날 밤이었다. 초짜 납자의 하루는 스물여덟 시간, 아니 서른 시간으로도 모자랐다. 하루가 쉰 시간쯤은 되어야 할 일을 다 할 수 있었다. 새벽 예불에 이어 법당 안팎 청소하랴, 강원에 들어가 경전 수강하랴, 걸핏하면 호출하는 울력에서 땀 흘리랴, 큰스님

시봉 들랴, 사방에서 불러 이것 하라, 저것 하라, 눈코 뜰 새 없이 바빴다. 그렇다고 노트의 존재를 까맣게 잊고 지낸 것은 아니었다. 다만 그것을 펼쳐 볼 겨를을 갖지 못한 것이었다. 노트를 건네줄 때의 소심비구니의 다급하고 절박한 표정과 은밀한 부탁이 잊혀지지 않았다. 놀라운 사실이 기록되어 있다고 했는데, 무엇을 두고 놀라운 사실이라고 하는 것인지 한시도 궁금증이 떠나지 않았다. 한시라도 빨리 그 궁금증을 풀고 싶었으나 마음이 한가하지 않고서야 노트를 펼쳐 보아 무슨 소용이랴, 그런 생각 때문에 계속 미뤄 왔었다.

그러던 어느 날 잠자리에 들려다 소지품 속에서 노트가 눈에 띄자 자연스레 손길이 그쪽으로 갔다. 하루를 탈 없이 온전히 지내려면 잠을 푹 자 두어야 했다. 잠을 설치면 반드시 다음날 잠의 보복을 당했다. 정신이 어디론가 훌쩍 나들이를 가거나, 손이나 발이 마음을 배반하기를 예사로 했다. 그런 실수를 저지르지 않기 위해서는 몸에 가장 좋은 약인 잠을 푹 자 두어야만 했다. 그러나 노트를 몇 장 읽어 나갔을까, 순식간에 잠이 멀리 달아나 버렸다. 아무리 몸에 좋은 약이라 할지라도 그 약을 멀리할 수밖에 없었다. 그 노트는 치명적인 줄 알면서도 가까이할 수밖에 없는 마약 같은 힘을 지니고 있었다.

"납자의 잠을 뺏어 간 치명적인 내용이 무엇인지 들어 보시겠나?"

내가 청하지 않아도 스스로 말하지 않고서는 배겨 내지 못할 것이 뻔한 눈치인데도 일단 이쪽의 동의를 구하는 것은 이야기의 중요성을 강조하고 싶은 까닭인 모양이었다.

"처사께서도 일제시대에 우리나라가 겪은 치욕적인 수모와 수난은 두루 아시고 계시겠지. 사람은 말할 것도 없고 산천초목, 길바닥에 굴러다니는 돌멩이 하나까지 시달림받지 않은 것이 없는 고난의 시절이었으니, 뒤돌아보면 부끄럽지 않은 것 하나 없는 암흑 같은 시대였지. 그리고 우리 문화재들이 겪은 치욕과 수난 또한 막심하였지."

일제시대의 무슨 절집 이야기라도 씌어 있었다는 것인가. 아니면 무슨 문화재에 얽힌 어떤 수난의 내용이 씌어 있었다는 것인가. 나는 속으로 떠름했다. 스님은 노트를 읽고 지득한 사실을, 자기만의 독점적 지식이나 정보로 간직하고 있는 것으로 믿고 있는 모양이지만, 일제시대에 겪은 치욕적인 사건이라면 어디 절집 이야기뿐이겠는가. 그리고 일본 사람들이 침탈해 간 우리 문화재에 얽힌 사연이라면 나도 웬만큼은 알고 있었다. TV보다 신문을 더 가까이하며 세상 돌아가는 속 켜를 헤집어 보는 편인 나는 신문에서 간간이 문화재 반환소식을 접하고는 했다. 거기에는 으레 그 문화재의 반출에 얽힌 에피소드도 곁들여 있었다. 가끔은 반출된 후 돌아오지 않는 다른 문화재의 소식들이 그 기사와 함께 소상히 소개되어 있을 때도 있었다. 반환을 촉구하는 그 기사는 으레 의분, 강개로 일관해 있었고, 나도 자연 거기에 심정적 동의를 느끼고 분노에 사로잡히고는 했다. 그런 경험이 수다한 터라 나는 구미가 반감되는 기분이 들었다. 그렇지만 스님의 기분을 감안, 잠자코 있을 수만은 없었다.

"무슨 이야기인데 그렇게 뜸을 들이는지요?"

일부러 관심이 있는 척했다.

"우리 문화재에 관한 이야기일세."

"문화재라면, 당시 탐나는 것이 있으면 남김없이 모두 가져갔다고 봐도 무방할 것입니다. 도자기나 불상은 말할 것도 없고, 심지어 평양 팔경의 하나인 애련당이며 경복궁 자선당 등 건축물까지 헐어서 가져갔으니 더 말할 나위 없었겠지요."

내 시틋한 반응에도 불구하고 스님은 빙그레 미소 지었다.

"처사께서도 그 방면에 관심이 많았던 모양이구려?"

"특별히 그 방면에 관심이 많았다기보다 가끔 신문을 읽고 알고 있었습니다."

"그래요. 나는 오십여 년 전 노스님의 노트를 통해 그런 사실이 있었다는 걸 처음 알았는데, 얼마나 막되어 먹었으면 부소산 경천사지 10층 석탑까지 헐어서 훔쳐갔을까, 사람 욕심이 시키는 것이 이런 정도인 것인가, 그때 나는 어안이 벙벙할 따름이었어요."

아마 스님의 상념은 이 땅이 치른 치욕의 울타리를 벗어나 있지는 않을 것이다. 자기가 눈으로 보거나 읽고 귀로 직접 들은 것에 한정되어 있을 것이리라. 불륜과 폭정으로 일관하다 암살된 칼리굴라도, 왕위 찬탈을 노려 부왕을 칼로 찔러 살해한 왕자의 패덕도, 권력 유지를 위해 몇백, 몇천만 명의 고귀한 생명을 희생시킨

히틀러나 스탈린 같은 독재자의 악랄함도, 평화의 미명 아래 남의 나라를 폐허로 만들어 버린 침략자의 야욕 같은 참혹한 다른 나라의 역사적 사실 따위는 감안하지 않은, 비교적 주관적 감정에 사로잡혀 하는 말일 것이리라. 그렇다 하더라도 당시 일제의 만행이 어디 문화재 분야에만 국한되어 있었던 것인가. 총독부의 정책에 반대하는 인사들이 당한 박해는 인륜도덕의 범위를 한참 벗어난 가혹한 것이었고, 징발령에 의한 재산 침탈 또한 까닭 모르게 자주 일어났던 저주스런 행패였다. 생명과 재산을 함부로 침탈당한 당시 사람들로서는 문화재 반출 정도야 일도 아니라 여겼을 수도 있었다.

"……그렇지만 해방 후, 노트를 읽은 오십여 년 전만 해도, 반일감정이 팽배해 있던 사회적 분위기의 영향도 없지 않았겠지만, 여간 분하고 억울하지 않았었네. 영토는 회복되었고, 인물도 다 바뀌어 안정을 찾아가던 때였으므로 그때로서는 보상 문제가 가장 첨예하게 문제가 되어 있었고, 그래서 문화재 반환도 반드시 이루어져야 한다는 생각이 나를 사로잡았던 것이겠지. 그런데 처사께서는, 일제가 팔만대장경을 반출해 가기 위해 백방으로 설쳤다는 사실은 들은 적 없었나?"

"예, 팔만대장경을 반출하기 위해 일제가 백방으로 설쳤어요?"

금시초문이었다.

"당시 총독부에서 해인사 주지를 회유하여 은밀히 대장경 경판 반출을 획책했었다네."

"그래요?"

저도 모르게 무릎걸음으로 스님 앞으로 다가앉았다. 말을 듣고 보니, 과연 팔만대장경판을 가져갈 수도 있었는데 왜 가져가지 않았던 것일까, 하는 의문이 불끈 솟아올랐다. 당시, 세상은 총독부가 마음먹은 대로 주무를 수 있는 세상이었다. 저수지를 막는다, 길을 뚫는다, 철로를 깐다, 그런 구실로 마을을 통째로 옮겨 놓는 일을 한둘 해낸 것이 아닌 무소불위의 권력을 행사해 온 총독부에서 그들이 마음먹은 일이라면 무엇 하나 못할 일이 없었다. 그들이 하려고 한 일 가운데 하지 못한 일이 무엇이 있었던가. 그런데 지금까지 팔만대장경판은 탈 없이 온전히 간직되어 오고 있다. 그렇다면 당시 조선총독부에서 하려던 일을 못한 것도 있었다는 것인가. 그랬던가?

"노스님께서 남긴 노트에 그 사실이 세세히 적혀 있었다네. 일본 조동종과 총독부 세력을 등에 업고 삼십팔 본산 총책을 맡은 당시 주지스님이 대장경판을 몰래 빼내 일본으로 반출하려던 계획의 전말이 소상히 적혀 있었어."

노트에 의하면, 일본이 태종 8년(1408년)부터 중종 4년(1509년)에 이르는 100여 년 동안, 무려 83회에 걸쳐 대장경판을 양도해 주기를 끈질기게 요구해 왔다고 했다.

노트에는, 불교를 배척하고 유교를 숭상하는 조선에서 대장경판이 무슨 소용인가. 불교를 무엇보다 중시하는 일본에 더 필요한 것이므로 양도해 준다면 동해안을 노략질하는 왜구를 막아 주는 것은 물론 수용 중인 조선인을 풀어 주겠다는 조건을 내세운 내용도 있었다. 세종대왕께서는 일본조정에서 사신 규주를 보내 대장경판의 하사를 간곡히 청하자 그것을 내주려고까지 했다는 내용도 있었다. 비록 유학을 신봉하였으나 대장경판의 중요성을 간파하고 있던 집현전 학사들이 상소를 올려 그 불가함을 주장하여 임금께서 마음을 돌리셨다는 내용도, 사태의 추이가 불리하게 돌아가자 사신 규주가 대마도에 연통하여 무력으로 대장경판을 탈취해 갈 계획을 세웠고, 그것이 천만다행으로 중도에 발각되어 봉변을 당하고 쫓겨나는 수모를 당하였다는 내용도 있었다. 조선 오백년 동안 대장경 인경본 예순세 부를 일본에 하사하였을 뿐 대장경판은 끝까지 지켜 냈다는 사실도 기록되어 있었다.

"그러한 선행 사실로 미루어 보아, 합방도 한 터, 조선을 마음대로 주무를 수 있게 되었으니 다른 문화재보다 대장경판에 눈독을 들였을 것은 불문가지 아니었겠나."

듣고 보니 과연 그럴듯하였다. 총독부는 다른 어떤 문화재보다 대장경판에 눈독을 더 들였을 수도 있었다. 그런데 아직 대장경판을 일본이 가져가려 했다는 말은 어디서도 들어 본 적이 없었다. 궁금하게 여겨 본 적도 없었다. 대장경판의 반출을 시도했을 개연성은 매우 높아 보였다. 무소불위의 권력을 휘두르던 총독부의 힘이었다면 반출하기는 손바닥을 뒤집는 것보다 더 쉬운 일이었을 것이다.

그런데 이 나이에 이르도록 그런 일이 있었다는 말은 들어 본 적이 없었다. 그런 사실이 있었는데, 기록으로 남아 있는 것도 소문으로 전해 오는 것도 없었다. 이해가 되지 않았다. 왕권 같은 절대 권력을 이용하여 막무가내로 시도한다면 기록은 막을 수 있을지 모르지만 소문까지 막을 수는 없는 것이 사람의 일이지 않는가. 눈으로 보고 귀로 들은 일은 아무리 무겁고 완강한 입이라 할지라도 마침내는 열어 놓고 만다. 그렇지 않았다면 전설과 설화와 민담이 어찌 전해져 왔겠는가. 그런 사실이 없었으니 전해지지 않았지, 그런 일이 있었다면 어떤 형태로든 후세에 전해 오지 않았을 턱이 없었다.

그렇다면 스님의 말은 사실이 아닐 수도 있었다. 더구나 대장경 경판은 아무 탈 없이 지금까지 장경각에 수백 년 동안 고이고이 소장되어 오고 있지 않은가. 아무리 그렇다 하더라도 스님의 말은 구미가 당겼다. 일본 사람들이 대장경판에 쏟아 온 집념은 역사적 사실을 배경으로 살펴볼 때 의심할 나위 없었고, 그들의 집요함에 비추어 볼 때 충분히 그 반출을 시도했음 직했고 그 가능성은 매우 높았다. 그런데 반출해 가지 못하고 그대로 남겨 둘 수밖에 없었다니, 거기에는 필경 피치 못할 어떤 까닭이 숨어 있었을 것이리라. 더구나 소문 하나 남기지 않고 반출시도 사실을 세상의 기억으로부터 지워 버리려는 필사적인 노력이 있지 않고서는 그 소문이 전해지지 않았을 까닭이 없었다. 그렇다면 무슨 일이 어떻게 일어났고, 그것이 어떻게 마무리 되었으며, 기록은 물론 소문까지 까맣게 지우고자 한 세력은 누구이며, 그것은 어떻게 성공을 거둔 것일까.

생각할수록 궁금하고 구미가 당겼다. 스님은 나의 기색을 한번 살핀 후 희미하게 미소 지었다.

"대장경 경판이 오늘날까지 온전히 보존되어 오고 있으므로 아무도 이상하게 여기는 사람이 없지만, 짐짓 그것이 온전히 보존되어 오늘까지 전해져 내려온 이면에는 많은 사람들의 희생이 따랐다네. 반출해 가려는 세력에 대항하여 목숨을 내놓고 저항한 사람들이 있었는데, 그들의 희생이 반출을 막아 낸 것이었다네. 그런데 그때 희생된 사람들은 세상에 태어나지도 존재하지도 않은 사람들로 처리되고 말았어. 민적에서도 승적에서도 지워진 사람들이 되고 말았다는 것이지. 따라서 그 사건 또한 없었던 것으로 쉬쉬하며 영원히 묻어 버리려 했지. 총독부와 그때 교계를 쥐락펴락했던 실세들의 은밀한 계략이 그들을 무존재로 만들고 말았다네."

"노트에 그 사실이 기록되어 있었단 말씀이군요?"

스님은 입술을 꾹 다물며 고개를 위아래로 끄덕였다.

"그 노트를 좀 보여 줄 수 있겠습니까?"

스님은 고개를 저었다. 머리를 쳐들어 천장에 눈을 박았다. 한동안 꼼짝하지 않고 있더니 천천히 고개를 바로하고 나를 바라보았다.

"아닐세. 보는 사람마다 필경 다치게 되어 있다네. 그 노트로 인해 망가지는 사람이 더 있어서는 안 되지."

"노트를 보면 왜 안 된다는 말입니까?"

"그것을 보면 거기 적힌 사실을 믿게 되고, 그것을 믿으면 무엇인가 행동으로 옮기고 싶어지기 마련이지. 그것을 행동으로 옮기려다 보면 세상으로부터 따돌려지고 마침내 망가지게 되어 있어."

"무슨 말인지 잘 못 알아듣겠습니다."

"기록을 남긴 그 노스님의 생애에 대해 대략 말하지 않았나. 승적에도 없고 민적에도 없을 뿐만 아니라, 이십 년이 넘도록 작은 암자 구석방에 처박혀 시들어 갔다 하지 않았어. 왜 그랬겠나."

"……?"

"빈승의 비극도 그 노트에서 비롯되었다네. 노트에 기록된 사실을 실제 있었던 일로 여기고 그것을 입으로 떠벌리고 다닌 것이 비극의 단초였어. 그 때문에 내 수행생활은 끝내 엉망으로 꼬이고 말았다네."

"사실을 말하는데 그것이 비극이 되다니요?"

"사실이란 믿어 주는 사람이 있을 때 비로소 사실로 성립하는 것이라네."

아무리 명백한 사실일지라도, 사실 여부와는 하등 관계없이 아무도 믿어 주지 않으면 사실이 되지 않는다, 모순된 것 같지만 듣고 보니 그럴 수도 있겠다는 생각이 들었다.

"열반에 든 그 노스님께서 바로 대장경판 반출을 막은 당사자 중 한 사람이었다네. 그런 공을 세웠으나 그것을 입 밖에 내서는 안 되었어. 입 밖에 내면 일제의 본색을 세상에 다 드러내게 되고, 삼십팔 본산 소속 모든 스님들에게 불이익이 돌아가게 되어 있었던 만큼 철저하게 입막음, 귀 막음을 시켰던 것이지. 그런데 그 노스님이 그 사실을 떠벌리고 다녔으니 무문관에 가두고 철문으로 막아 두기도 하고, 은밀히 약을 쓰기도 했지. 명줄이 질겨 그런 해코지를 다 면하고 서른 해가 넘어 세상에 나오기는 했지만 그 노스님은 이미 존재하지 않는 허구적 존재였다네. 노스님은 그렇게 그늘에서 그늘을 전전하다 간신히 세상을 떠난 것일세."

스님의 다음 말은 듣지 않아도 알 것 같았다. 그 노트를 읽고 난 스님 또한 그 기록을 사실로 믿고 세상에 알리려고 노력했으나 아무도 귀를 기울여 주는 사람이 없었다. 대신 미치광이 취급을 당하며 쓸쓸하게 지냈다. 절집에서 괴각승 정도로 경원당해 온 것이다. 그리고 잿빛 치의를 걸친 납자로서의 구실을 한 번도 제대로 해 보지 못하고 말사의 구석방으로 밀려다니며 겨우 연명하다, 세수 여든을 넘기고 갈 데 없어 이런 한미한 섬의 갯가 작은 절에 한 철 의탁하고 있다는 것일 터였다.

"그 기록을 보면 제가 다칠 것을 염려하여 보여 주지 않겠다는 말씀 잘 알겠습니다. 하지만 요즘이 어떤 세상입니까. 대명천지, 문명사회 아닙니까. 믿어 줄 사람 구하기는 일도 아닙니다. 신문이나 방송도 있지 않습니까. 그런 매체에서 믿어 주지 않는다면 인터넷도 있습니다. 개인 블로그에 올려놓아도 세상에 널리 퍼뜨리는 데 부족함이 없을 것입니다."

스님은 고개를 저었다.

"다 지난 일일세. 이제 그것을 세상에 알려 본들 무슨 소용 있겠나. 다 쓸데없는 짓이야. 그 스님과 나를 망쳐 놓은 것으로 됐지,

처사까지 머리가 살짝 돈 미치광이로 만들어 놓을 수야 없는 일 아닌가."

"세상이 달라졌다고 하지 않습니까. 제게 한번 보여 주십시오."

"다른 사람에게 피해를 주지 않기 위해 태워 없앴어. 오래 됐지. 하지만 처사께서 이야기를 짓는 전기수라니까, 내가 말한 것만으로도 이야기 한 편 짓는 것이야 넉넉하지 않겠나? 예부터 전기(傳奇)란 그렇게 짓는 것이라 들은 바 있었네만?"

자기가 지금까지 들려준 사실만으로도 이야기 한 편을 짓고도 남음이 있지 않겠느냐는 노스님의 말에 나는 어안이 벙벙했다. 그래 지금까지 들은 이야기만으로 소설 한 편을 짓지 못할 바는 아니었다. 그러나 그러려면 더 많이 안다고 해서 나쁠 것이 없었다. 아무리 많이 안다 해도 넘쳐 나는 경우는 없지만 늘 모자라는 것이 작업에 필요한 자료였다. 스님은 찾아갈 때마다 새로 기억해 낸 것을 내게 들려주고는 했다. 그러나 언제나 모자라 갈증은 갈수록 더 깊어졌다.

스님은 자기가 업으로 지고 온 것을 내게 부려 놓는 일을 게을리 하지 않았다.

그러한 와중에 나는 얼떨결에 스님의 업을 계승한 것이 되고 말았다. 내가 어렵사리 그 사실을 바탕으로 이야기라도 한 편 꾸려 내 그 업으로부터 자유로워질 수 있을는지, 아니면 끙끙 속이나 앓다 말는지, 그걸 생각하면 앞이 아득할 따름이었다.

그런데 이야기를 듣고 나서 생각할 때마다, 스님의 의도가 심히 알쏭달쏭하였다. 대장경판 반출사건의 전말에 관해 많은 이야기를 들었지만 어느 것 하나 구체적으로 엮이어 재구성되는 것이 없었다. 그 까닭이 무엇일까.

이야기하는 스님의 어법이 자꾸만 걸렸다. 무엇인가 중요한 것은 말하지 않고 남겨 두는 듯한 말투였다. 말을 마친 뒤에 함축적인 여운을 남기는 것도 의도적인 것 같았다. 적당히 이쪽의 궁금증을 유발시키고 스스로 퍼즐을 맞추어 나가듯 그 궁금증을 풀어 한 편의 전기(소설)로 꾸려 내기를 바라는, 그런 일종의 전략이 숨어 있었던 것인가. 무서운 기밀을 누설하지만 그것을 듣고 판단하는 것은 이야기를 듣는 쪽 책임이지 이야기를 하는 쪽의 책임은 아니라고 미리 발뺌해 두려는 전략이 숨어 있는 것인가. 정말 스님의 어법이 그랬던 것인가. 은근슬쩍 자기 책임은 모면하고 이쪽에다 책임을 다 떠넘기려는 영오한 고단수의 전략을 구사한 것이었을까. 아마 그런 것 같았다.

그런가!

해설

고독과 산책

전성욱(문학평론가)

1.

성찰이란 자기 자신을 타자화하여 사유의 대상으로 삼는 일이다. 그러므로 글 쓰는 자에게는, 무엇보다 글쓰기에 대한 사유가 곧 자기의 성찰이다. 유익서에게 성찰은 글쓰기의 자의식을 고뇌하는 것과 더불어, 예술이란 무엇인가를 한없이 질문하는 일이다. 그런데 그 집요한 질문은 끝이 없다. 왜냐면 그것은 답을 구하는 질문이 아니라, 질문 그 자체를 통해 자기를 반성하는 것이기 때문이다. 일흔을 바라보는 나이에도, 여전히 그 질문 안에서 글을 쓰고 있다는 사실에 놀란다. 이토록 오랫동안 같은 질문을 되풀이하면서, 그토록 철저하게 자기를 성찰하는 작가는 흔하지 않기 때문이다.

2.

김현은 유익서의 『표류하는 소금』(한겨레, 1988)을 읽고, 1988년 그해 마지막 날의 독서 일기에 이렇게 적었다. "그의 세계관은 병적 낭만주의라 부를 수 있는 것인데, 그 원리는 진정한 예술적 세계(진실한 세계)는 현실 속에서는 이루어지지 않는다라는, 혹은 그 세계를 이룬 사람은 이름없이 사라진다는 것이다. 그래서 그의 예술가 소설들은 김동인의 광화사에 가깝다. 자신의 이름을 지우며 진실의 세계를 완성한다."[1] 이 애틋한 문장들은, 나의 눈길을 저 활자들 위에 오래도록 붙잡는다. 왜 어떤 사람은, '진정한 예술적 세계' 라는 그 불가능한 세계를 꿈꾸게 되는 것일까?

'진실한 세계' 에 대한 애타는 동경은 세속을 부정하는 형이상적 열망이다. 그것은 지금의 이 불완전한 세계를 변혁하겠다는, 그런 식의 진보적 열정과는 아무런 관계가 없다. '진정한 예술적 세계' , 그러니까 그 '진실한 세계' 는 현실에서는 결코 이루어질 수 없는 세속 너머의 피안이다. 「국화무늬 그림자-한산수첩 5」는 사물과 그림자, 사실과 진실이라는 그 완고한 경계의 언저리에서, 예의 그 현상과 본질의 형이상학을 더듬는다. 진리는 재현될 수 있는 실체인가?

---

1 김현, 『행복한 책읽기』, 문학과지성사, 1992, 195쪽.

지역 방송국의 PD 김기승, 그는 이 지역의 대표 문인이자 자기의 아버지인 김장후 시인을 소재로 다큐멘터리를 제작하게 된다. 취재를 하던 가운데 시인의 지인들은 한 선생이야말로 그에 대해 가장 믿을 만한 사실들을 알려줄 사람이라고 추천한다. 소설은 한 선생과 김기승의 대화를 통해 저 '진실한 세계'의 재현 가능성을 묻는다. 전화 통화로 취재를 부탁하자, 한 선생은 느닷없는 수련 이야기를 꺼내 놓는다. "알맞은 각으로 품을 벌리고 노란 술을 싸고 있는 하얀 수련 꽃은 언제나 정결해 보이지. 붉은 보랏빛을 띠는 수련 꽃도 해질녘에 보면 썩 운치가 있고. 그런 수련 꽃을 보고 있으면 나는 무엇인가 늘 완결된 것의 형상을 보고 있는 것 같다네. 더 보탤 것도 없고 어디 더 덜어 낼 데도 없는, 그 어떤 완결성 말이네. 사람은 누구나 삶의 끝을 맞이하지만 그처럼 완결된 모습으로 죽는 사람이 드문 것 같더군!" 이것은 김장후 시인의 다큐멘터리를 제작하는 것에 대한 완곡한 반대다. 절대적 완결성은 진실(진리)의 조건이다. 그러나 사망 10주기를 맞는 김장후 시인의 삶은 사실과 진실로 분열되어 있다. 그는 시인으로서 "한때 세상을 속이는 것을 삶의 방편으로 삼았던 것이다." 존재는 분열 속에서 유기적인 전체로 완결될 수 없다. 광고판과 선거판이라는 세속에서 거짓말에 이골 난 삶을 살았던 김장후 시인의 삶은, 미학적인 재현 가능성의 여부와는 별개로 윤리적으로 진실의 조건에 미달한다.

페르시아전이 열리고 있는 중앙박물관에서 만난 두 사람, 그들은 사실과 진실의 분별로 치열하다. 한 선생이 묻는다. "다큐멘터리란 사실을 확보하려는 것인가, 아니면 진실을 구현하려는 것인가? 아니 내 말이 좀 복잡하게 들렸나. 바꿔 말한다면, 다큐멘터리란 사실을 중시하는 것인가, 아니면 진실을 중시하는 것인가?" 이어서 묻는다. "그럼, 자네는 아버지 초상을 그리고 싶은가? 시인의 모습을 담고 싶은가?" 이 두 개의 질문 앞에서 김기승은 생각한다. "아버지를 사실로, 시인을 진실로 대칭적으로 위치시켜 생각해야 한다는 주문 앞에 서 있음을 나는 직감했다. 가급적 항상 눈을 똑바로 뜨고 지내려는 내면의 이성은 다큐멘터리를 제작할 때마다, '현실 세계의 창조적 진술' 이라는 테제를 전제로 해 왔다. 사실을 발견하고 발굴해 리포트하는 것이 뉴스라면 다큐멘터리는 사실의 이면에 잠복해 있는 인과, 또는 필연을 찾아내 사실을 더 깊이 있게 이해하게 하는 데 복무하는 것이라 믿어 왔다. 사실의 이면에 잠복해 있는 보다 깊은 의미를 발견하고 발굴해 전달하는 데 그치지 않고, 거기에다 욕심을 더 부려 그것이 사회에 보탬이 되기를, 보다 많은 사람들의 삶에 도움이 되기를 바라기도 했었다." 이렇게 패기만만한 김기승에게 진실은 '사실의 이면에 잠복해 있는 인과, 또는 필연' 이며, 동시에 그것은 '사회에 보탬' 이 되는 실천이다. 그렇다면 사실은 진실의 단서일 터인데, 사실의 진위는 어떻게 가려지는가? 사실이라고 믿는 것이 거짓이라면, 사실 이면의 진실이란 무망한 것이 되고 만다. 그래서 그는 "사실이 반드시 진실이 되는 것일까?" 라는 한 선생의 물음에 말문을 닫을 수밖에 없었던 것이다. 그리고 "무엇보다 내가 눈으로 보고 있는 아주 사소한 일부에서 사실을 다 알아본다는 착각은 하지 않아야 할 것이라는" 한 선생의 말은, 진리에 대한 그의 소박한 믿음을 아프게 흔든다. 사실의 차원이란 이렇게 모호함으로써 복잡하다. 그에게는 여전히 "형상과 그림자의 다름"이 불가해한 아포리아다.

우연하게 마주친 사실의 단편들에서 진실을 유추하는 것, 그것이 세속의 인식론이다. 그렇다면 아마도, 그것에 대한 한 선생의 반박은 이런 것이 아니었을까? "우연이 우리 앞에 모습을 드러내고 있는 것들만을, 그 표면만을 본 것에 지나지 않는다는 사실을 알아차렸어야지. 그렇지 않나. 진실과 필연은 항상 모습을 감추고 있거나 자리를 비켜 있다네." 「더듬거리는 필연-한산수첩 6」은 우연을 가장한 사실들의 단편들이, 실은 필연의 조화라는 것을 이야기한다. 자기의 모든 삶이 우연의 소산이라고 믿는 소설의 남자는, 재미있게도 김장후 시인이 한때 그랬던 것처럼, 평생을 '거짓말' 하는 광고에 몸 바친 것으로 되어 있다. 그리고 그의 인생에서 결정적이었던 세 번의 우연 중 첫 번째가, 의미심장하게도 '퇴적된 시간의 존재' 에 전율했던 '박물관' 에서 이루어졌음을 기억해 두자.

한 선생은 마치 진리를 깨친 구도자처럼 말한다. 그에게 있어 진리란 완결된 것이고 필연적인 것이며, 무엇보다도 영원한 것이다. 약속 장소로 삼은 박물관이란, 오랜 시간을 견디어 보편의 경지(원형)에 이르게 된 사물들을 모아놓은 곳이다. 그것들은 세속의 시간을 벗어나 영원하며, 지금의 시간을 거슬러 시원의 자리에 놓여 있다. 김기승의 사념에 이미 그 뜻이 담겨 있었다. "그래 박물관이란 **일상을 뛰어넘어 있는 존재**일 것이다. 이미 소멸한 시간의 존재를 힘주어 강조해 되풀이 말하고 있는, 과거의 어떤 매듭들의 전시공간일 것이다. 그러나 비록 현실과 사뭇 동떨어진 장소이기는 하겠지만, 현재 살아 있는 것들의 시간이나 삶과 전혀 무관한 장소는 아닐 것이다. 전시물들이 **영원에 비견되는 오랜 과거에 쓰인 유물들**인지라 현재 사용되는 물건들과 안팎의 형상이 꼭 같을 수는 없을 것이다. 용기나 도구는 필연적으로 편의를 위해 진화하기 마련이므로 형상이 달라진 것은 당연한 귀결일 것이다. 그러나 **형상은 달라져 왔을지라도 본질과 함의는 달라지지 않았을 터였다. 그러므로 그 전시물들에서 우리는 우리의 시원을 읽어 내야 하고**, 시간의 힘을 명확히 인식해 알아야 하고, 기술의 시작과 진화과정을 파악해야 할 것이었다. 거기 전시된 유물들에 응축되어 있는 환유에서 오늘의 삶과 유관한 의미를 찾아내지 못한다면, 인류문화의 변천과 발견의 흔적을 어디서 찾아볼 수 있겠는가."(강조는 인용자) 한 선생에게 진리는 시간을 견디는 것이다. 그래서 사실의 진실이 드러나기까지는 시간을 흘려보내며 기다릴 줄 알아야 한다. 그래서 "한 선생은 사실의 때를 벗고 그리움의 옷으로 갈아입을 때까지 기다리는 것이 현명할 것이라고 당부했었다."

지금까지 진리 혹은 진실이라고 말해온 것은, 예술의 본질을 일컫는 것이기도 하다. 완결되고 필연적이며 영원한 것, 이렇게 예술은 보편적인 진리가 그런 것처럼 세속을 넘어 이상적인 탈속의 세계를 향한다. 그렇게 한 선생의 탈속적 예술가론은 이런 대화 속에 잘 응축되어 있는 것 같다. "시인이 무엇인가? 일상의 구속을 벗어나려는 존재 아닌가. 일상으로부터 탈출하여 보다 이상적인 세상을 갈망하고 늘 꿈꾸는 존재들 아닌가. 다른 예술과 마찬가지로 시도 세상과 늘 불화하는 존재라네. 인간에게 주어진 조건을 늘 부정하고 저항하는 그런 불온한 존재지." 세속을 벗어나 이렇게 고고한 예술론은, 인간의 정념과 욕망을 괄호 치고, 무질서한 일상의 불미함을 가볍게 뛰어넘는다. 진정으로 세상과 늘 불화하는 것이 예술이라면, 그것은 탈속의 공간에서 홀로 고상한 것이 아니라 세속의 한가운데서 누추할 것이다. 유익서의 소설들은 바로 그 엇갈림의 자리에 대한 성찰이다. 다시 말하건대, 그의 인물들은 저 탈속의 고고한 예술을 위해 세속과 불화한다. 김현의 말을 빌리자면 '자신의 이름을 지우며 진실의 세계를 완성한다.' 그것은 세속으로부터의 관념적인 초월이 아니라, 자기의 유한성과 더불어 구도하는 수행자의 고행에 가깝다.

3.

철저한 고립은 구도를 위한 고행의 조건이다. 그것은 구도자들의 출가처럼, 세속의 일상과 단절함으로써 영원한 불멸의 세계에 잇닿으려는 간절한 기도다. 한산도 혹은 비진도, 그러니까 섬은 완성을 위한 구도의 성소다. 어떤 의미에서 '한산수첩'은, 작가의 그런 의도적인 고립의 체험 속에서 쓰인 비망록이다. 「통학선-한산수첩 7」의 화가 휘도, 그렇게 3년을 자기 유폐의 시간으로 보내며, 심심함을 견디는 가운데 예술의 '완성'을 염원했던 것이다. 다시, 섬이란 무엇인가? "쉬지 않고 흐르는 물을 거스르며 굳건히 같은 자리에 서서 영구히 아픔을 견디고 앓아야 하는 섬도 예외가 아니라네. 지구의 내재적 리듬을 가장 생생히 느낄 수 있는 곳이 어디라 생각하나. 속으로 영구히 아픔을 견디며 앓고 있는, 섬이라네." 쉬지 않고 흐르는 일상의 시간을 거슬러, 영구히 아픔을 견디고 앓는 것이 섬이다. 진리 혹은 예술의 완성이란, 이 소설 속의 지독한 '안개'처럼 언제나 식별 불가능한 것으로 모호하다. 안개를 헤쳐 겨우 진리에 닿을 때, 세속의 인간은 지워진다. 진리, 그것은 존재 말소의 대가로만 주어지는 불가능한 체험이다. "어떤 사람의 발자취에도 더럽혀져서는 안 되는 신성한 성소"이며 "은밀한 성소로 영원히 보존되어야" 하는 비진도(比珍島)의 선유대, 그 지성소에 발을 들여놓은 휘가 주검으로 발견된 것은, 그러므로 어쩌면 당연한 일이다.

"휘는 비진도에서 그의 작품세계를 완성해 내리라 장담했었다. 이제 그가 꾸어 온 오랜 꿈을 이룰 수 있을 만큼 넉넉히 시간이 흐르지 않았는가." 되풀이해서 말하자면, 완성의 세계는 시간의 흐름을 견뎌 보편성의 지평에 도달할 때라야 이룰 수 있는 꿈이다. 그는 이미 속인들의 세계에서는 "귀신이 씌었거나 무엇인가에 넋이 빠져 있는 사람" 이었고, "세상 참 거꾸로 사는 사람" 이자 심지어는 "세상에 쓸모없는 사람" 이었다. 이렇게 점점 세속과 어긋나는 휘에게서는 당연히 "땅을 딛고 살지 않는 사람의 어떤 탈속적인 분위기" 가 짙게 배어 났다. 휘가 깨달았다고 하는 것들, 예컨대 "어떤 풍경도 아침, 낮, 저녁에 그 모습을 각기 달리 짓" 기에, 현상하는 사실이란 그 무궁한 변화의 한 단편에 지나지 않고, 그러므로 사물의 진상은 변화 속에서도 변하지 않는 그 무엇이라는 것, 이런 것들이 섬사람들에게는 "사람 살아가는 데 무슨 소용이 있다는 것인" 지 도통 알 수 없었다.

"아름다움의 구현이 진실의 구현에 이르지 못한다는 생각 또한 무슨 강박관념처럼 평생 그를 지배했다." 이런 강박 속에서 방황했던 휘는, 드디어 비진도에서 진실(철학)로 고양된 아름다움(예술), 그러니까 진리에 육박하는 아름다움에 이를 수 있었던 것일까? "세상 누구도 알 수 없는 어떤 대상" 을 좇아 평생을 살아온 휘에게 있어 보배에 견줄 만한 그곳 비진도는, 세속의 문명 너머 완전한 자연의 아름다움에 눈뜨게 한 깨달음의 장소가 아니었을까? '나' 가 꿈에서 본, 휘의 실루엣이 겹쳐지는 그 도끼 든 사내는, 〈엉클 분미〉(아피찻퐁 위라세타쿤, 2010)에 나오는 붉은 눈의 괴생명체를 떠오르게 한다. 원시적 자연과 인간의 교감을 주제로 한 그 영화처럼, 진실로 고양된 아름다움이란 세속에 때 묻지 않은 원초적 생명과 같은 것이 아닐까? "나무와 풀, 바위, 산에 사는 고라니와 토끼, 뱀, 까마귀, 까치, 솔새, 동박새, 벌, 나비의 날갯짓도, 개미나 풍뎅이들도 다 환히 보인다는" 그 꿈속의 사내는, 아마도 휘의 환영이 아니겠는가. 이처럼, 절대적인 아름다움은 죽음이 아니라면 꿈속의 환영으로만 만날 수 있는 것일까? 「그 못난 사람-한산수첩 8」은 마치 그런 질문에 대한, 작심한 대답처럼 읽힌다.

「그 못난 사람-한산수첩 8」의 '나'는 지금, 회한과 허탈감 속에서 한산도에 내려와 있다. 아무도 알아주지 않는 전통음악을 붙들고 한평생을 살아왔지만, '생활의 밧줄'에 옭아매어 뜻을 이룰 수 없었다. 그도 역시 다른 연작의 인물들처럼, 이제 자기를 유폐시킴으로써 지금의 한계를 초월하고 싶은 것이다. 그럼에도 그는 뭍(세속)에의 인연에서 여전히 자유롭지 못하다. 그는 스스로 "문명으로부터 한참 외진 이런 데 살 사람으로는 보이지 않는다"고 생각한다.

통영의 윤이상 국제음악제에서 본 가극 〈오르페오와 에우리디체〉는 그를 세속의 인정으로부터 더욱 절망하게 만들었다. 시장이 세상을 좌우하게 되고 번성하는 서양음악에 비해 시장성 없는 전통음악은 수요가 없어 쓸쓸하다. "우리는 서양에서 수입한 문화로 살아온 지 오래이다. 세상살이의 제도와 문화가 서양에서 도입한 양식으로 거의 이루어져 있다. 전통의 때가 끼지 않은 외래 것은 고급문화의 위상을 누리고 있고 전통이 잔존해 있는 우리 것은 하류취급을 받으며 천덕꾸러기로 전락해 있다. 이렇듯 우리 문화를 지워 버리고 서양에서 수입한 문화로 사유하며 살아온 것이 약 한 세기에 이른다. 음악도 예외가 아니어서 그동안 우리는 서양음악 중심으로 교육받고 그것만을 즐겨 왔다. 그리하여 서양음악 애호가가 인위적으로 대량생산된 것이다. 앞으로 30년 또는 50년, 음악교육을 전통음악 중심으로 시행한다면, 혹시 그런다면 30년 또는 50년쯤 후에는 우리 전통음악도 현재 서양음악처럼 많은 애호가들로부터 융숭한 대접을 받으며 영광을 누리게 될는지 모를 일이다. 그렇지만, 이런 강고한 세계화 시대에 어찌 그런 요행을 바랄 수 있겠는가. 생각하면 생각할수록, 치유 불능의 신병을 비관하는 중환자처럼 마음이 자꾸만 약해져 갔다." 이런 비판은 유익서의 문학에서 오랜 연원을 갖고 있다. 그것은 이미 『민꽃소리』의 김태권 교수에 의해 이렇게 비판되었다. "우리나라 음악 교육은 몇 세대에 걸쳐 제도적으로 국민들에게 서양 음악을 사랑하도록 가르쳐왔을 뿐 우리 음악을 사랑하도록 가르치지 않았던 것이다." 달라진 것이 있다면, 이제는 교육으로도 바꿀 수 없을 만큼 세계화가 가속화되어 전통이 궁지로 몰리게 되었다는 점이다.

예술은 점점 더 진귀한 형상으로 자극적인 동시에 오락과 정보 전달의 유용한 도구로 변질되었다. 이런 가운데, 무언의 전달 혹은 침묵의 사유로 표현되는 예술은 야단스런 '종언'의 풍문들 속에서 뜨악하다. "모든 예술은 무언의 소통행위라는 면을 가지고 있다. 다만 음악이 그것을 가장 순수하게 구현하고 있을 뿐이다. 그리하여 모든 예술은 음악의 상태를 지향한다는 말이 나온다."[2] 유

2 김우창, 「예술은 말없는 세계인가」, 『성찰』, 한길사, 2011, 174쪽.

익서에게도 예술은 역시 음악에 다름없는 것이었다. 이른바 『새남소리』(1981), 『민꽃소리』(1989), 『소리꽃』(2009)에 이르는 소리 삼부작은, 전통과 소리(음악)에 대한 유익서의 오랜 탐구가, 예술의 본질에 대한 집요한 물음과 잇닿아 있는 일종의 장관을 연출한다. 그러나 세속의 인간에게 영원한 예술의 세계는 언제나 멀고도 아득하다. 「그 못난 사람-한산수첩 8」의 '나'는, 그런 의미에서 유익서의 자기 모습이 가장 직접적으로 투영된 인물로 보인다. "이렇게 끝낼 수만은 없지, 무슨 수를 내야지. 그 공백에다 무슨 그림이라도 그려 넣어야 해. 능력이 모자라 아름다운 그림을 그려 넣지 못한다면 하다못해 무슨 무늬나 아니면 진흙발자국이라도 찍어 넣어야 해. 그렇지 않고서야, 애탄지탄 고생으로 일관해 온 지난날이 모두 무의미해지고 말 터인데 이렇게 끝내기에는 너무 억울하지 않은가. 그래서 이제라도 생각의 바다에 빠져 마음껏 허우적거릴 작정으로 집을 등지고 멀리 이곳 남쪽 섬으로 내려온 것이었다." 같은 맥락에서, 소설에 나오는 군소와 해삼의 이야기는 예술가로서 살아온 자기 삶의 어떤 어긋남, 그 불화와 좌절의 알레고리로 읽힌다.

극장에서 같은 가극을 보았던 여자를 섬으로 들어가는 배에서 다시 보자, '나'는 그것이 우연이 아니라고 믿는다. "우연이겠지만 우연 같지가 않았다. 어떤 필연적인 인연의 연결고리가 작용하고 있는 것인가." 유익서의 예술론에서 세상의 진실은 우연을 가장한 필연의 조화로 드러나며, 그것은 또한 완전하고 영원한 것이다. 여자는 사랑했던 남자의 흔적을 좇아 여기에 왔다. 진실은 언제나 흔적으로만 만나게 되는 것일까? 여자를 보면서 '나'는 자기의 생각을 함부로 투영한다. "당치않은 상상인지 모르지만, 자기 시간의 진행을 멈추기 위해 와 있을 것 같다는 인상이 짙었다. 다른 사람과 눈을 마주치려 하지 않는 도피적 태도, 가까운 데 있는 것에는 관심을 두지 않고 늘 먼 데다 눈을 주고 있는 아득한 시선, 마치 바람을 견디고 있는 것처럼 스산한 여자의 모습이 그런 위태한 느낌을 갖게 했다." 이것은 '나'의 욕망을 여자에게 투사한 것이 분명하다. 자기 시간의 진행이 멈추어 자신의 유한성이 극복되기를 바라고, 가까운 일상 너머의 먼 곳(완전한 예술의 세계)을 향하는 마음은 명백하게 '나'의 것이다. "시들지 않는 영원한 젊음을 지닌 신화적 존재에 대한 선망과 노쇠와 죽음이라는 한계를 지닌 인간이 필연적으로 겪는 비극에 깊은 원망"은, 인간의 그 유한성으로부터 비롯되는 영원불멸의 형이상학을 표현한다. 물 흐름의 한가운데서도 변하지 않고 우뚝한 섬과 마찬가지로, 오랜 시간을 견뎌 그 내구성의 형상으로 단단하고 둥근 몽돌은 바로 그 영원성의 형이상학에 대한 환유다. 그러니까 몽돌은 "시간의 시달림을 견뎌 온 인내의 결정체"이다. "오랜 자연의 운행과 시간이 공들여 빚어낸 그 몽돌은 작지만 세상 이치를 다 함축하고 있다고 속삭이고 있는 듯했다. 그 돌은 지상의 모든 존재의 아픔을 깊이 품고 있는 것 같았다." 여자의 그 남자는 몽돌을 일컬어 "영원을 품고 있는 돌"이라 했고, 그것에서 "과거, 현재, 미래를 다 아우르는, 영원이라는 실재하지 않는 시간을 명상"했다. 그리고 그 남자, 아니 '그 못난 사람'은 이 섬에서 영원히 사라져버렸다. "사람이 살아 있고서는 흐르는 시간을 멈출 방법은 없을 것이리라." 그렇다면 인간은 결국 죽음을 통해서만 영원할 수 있는 것일까?

여자의 남자, '그 못난 사람'은 '이상주의자'로 간주된다. 그는 전형적으로 형이상학적인 관념론자였다. 그래서 그는 여자에게 못난 사람이다. "그는 신화나 전설을 무대에 올리는 데 열정적이었어요. 과거는 소멸한 것이고 현재는 실재하는 것이며 미래는 희망의 대상이라는 사실을 그는 받아들이려 하지 않았어요. 과거는 현재의 거울이고 현재는 과거의 재현이며 미래 또한 과거의 연장이라 굳게 믿고 있는 것인지, 우리가 살고 있는 이 엄연한 현상계의 질서와 법칙에는 관심을 별로 두지 않았어요. 논리와 이성이 가닿지 않는 신비한 비실재의 현상을 보다 근원적인 것이라 맹신하며 거기에 경도되어 현실을 무시했어요. 걸핏하면 '위너스 네버 퀴트 앤드 퀴터스 네버 윈'이라는 경구를 입에 달고 다니며 꽁무니에 불이라도 붙은 듯 허겁지겁 정신없이 뛰었지만 현실이 배제된 관념의 세계를 누가 신뢰하고 호감을 갖거나 공감을 하겠어요." 유익서의 소설 속 인물들은 대개 불완전한 현실에 대한 상대적 견해(doxa)를 부정하고, 완전하고 영원한 시원의 세계에 대한 절대적 앎(episteme)을 구한다. 그러나 그것은 죽음이 아니고서는 도달하기 힘든 불가능한 세계다. 그 불가능한 꿈을 포기할 줄 모르는 '나'는 기실 그 못난 남자다. 하지만 나는 이런 자책이, 작가의 자기비판이라고는 생각하지 않는다.

4.

에로스는 유한성의 초극을 염원하는 인간의 원초적 정념이다. 매혹적인 너를 사랑함으로써 나는 너와 함께 우리가 되고, 그 에로스의 절정에서 우리는 생명을 잉태한다. 오르페오와 에우리디체의 이야기는, 죽음(thanatos) 앞에서도 두려움 없는 사랑(eros)의 힘을 찬양한다. 그러나 유익서의 소설에서 사랑은 대체로 이루어지지 않는다. 그것은 잉태하지 못하는 불임의 사랑이다. 둘 사이에 예술이 가로놓일 때, 그들은 따로 또 다른 생명의 필요를 느끼지 않는다. 그의 소설에서 유한성의 초극은, 사람에 대한 에로스가 아니라 예술의 영원성에 대한 열망으로 드러난다. 「죽도 별신굿-한산수첩 4」에서도 예술에 대한 여자의 집념은, 기어이 남자의 사랑을 단념시킨다. 그러나 여자에게 사랑을 불러일으키고 또 예술의 집념을 갖게 한 것도 남자였다.

죽도의 섬마을 고샅길 초입에는 사람들이 포구나무라 부르는, 종잡을 수 없이 특이하게 생긴 팽나무가 한 그루 있다. 마을 사람들은 "나무가 저렇게 못생긴 까닭은 이 섬과 풍상을 견디며 고락을 함께 해 왔기 때문"이라고 믿는다. "섬이 지닌 곡절"에는, 아마도 "지난해 마을이 겪은 여러 험난한 사고들"도 포함될 것이다. 죽도의 별신굿은 그렇게 섬의 불행을 위로하고 복을 발원하는 자리이며, 바로 그 해원과 상생의 장소에서 스물세넷 두 청춘남녀의 사랑이 싹튼다. 여자는 "제어할 수 없는 어떤 충동적인 감정"으로 "달뜨고 감미로운 느낌"에 빠져들고, 곁에서 노인과 그가 주고받는 이야기에 귀를 기울인다. "노인의 말에는 전에 모르고 있던 우리 전통예술에 관한 내용이 들어 있어 귀를 기울이지 않을 수 없었고, 그의 말에는 그의 신상에 관한 정보가 담겨 있었으므로 한마디도 놓치지 않고 새겨들었다. 그는 극작을 전공하고 있고, 전통예술과 현대예술의 이상적인 접목이 자신의 장래 포부라고 노인에게 밝혀 말했다. 그의 말 한마디 한마디가 그녀의 가슴에 깊이 새겨지고 뿌리를 내렸다." 여자는 굿패를 따라다니는 해금 악사로 살아왔다. "저는 해금을 쥔 이래 한 번도 행중을 벗어나 본 적이 없어요. 그래서 견문이 형편없어요. 바깥세상이 늘 궁금하고 그립답니다." 바깥세상에 대한 그리움, 그것이 여자가 남자에게 느끼는 정분의 의미인지도 모른다. 그러므로 세속에 대한 그리움이 다하면, 여자는 사랑을 뒤로하고 다시 음악의 세계로 돌아오게 되는 것이다. "그래, 저는 포구나무 곁, 해금이 있어야 할 제 본자리로 돌아왔습니다." 예술적 이상이 있는 한, 사랑이라는 세속의 정념은 '제 본자리', 그 시원으로 회귀하는 것을 결코 가로막지 못할 것이다.

5.

「그 못난 사람-한산수첩 8」에서처럼, 「대장경 일화-한산수첩 1」과

「바람신-한산수첩 2」의 화자들도 역시 홀로 섬으로 들어온 소설가다. 2010년부터 한산도에 머무르며 글을 써온 작가의 자기 반영인 셈이다. 그들의 일상에서 산책은 의미심장한 시간인 듯싶다. "산책은 일석이조의 효과를 거뒀다. 몸을 가볍게 하는 운동으로서도 효력이 있었지만, 낯선 섬의 여러 마을을 구경하며 마을주민들과 이야기를 나눌 수 있는 매우 소중하고 유익한 기회 또한 얻을 수 있었다." 보행과 산책의 철학자 김영민은 말한다. "내가 말하는 '산책' 은 이 전일화한 자본주의적 삶의 양식을 배경으로 해서만 성립하는 어떤 태도와 실천을 뜻한다. 그 '걷는 주체' 는 자본제적 셈평의 교환 속에서 우선적으로 '상처받은 사람' 을 가리킨다. 산책은, 내가 '세속' 이라는 표현으로 표상한 자본주의적 체제와의 마찰로 인한 상처의 각성에서 출발하기 때문이다."[3] 작가의 한산도행 자체가 '상처받은 사람' 의 산책이라 할 수 있는데, 「대장경 일화-한산수첩 1」에서 산책은 구원의 길을 더듬는 것이다. "몇 억겁 시간이 빚어 놓은 몽돌들이 부르는 낮은 음정의 노래에 젖어 있다 보면 문득 시간의 흐름을 놓치고는 했다. 시간의 흐름을 놓치다니, 그보다 벅찬 구원이 또 어디 더 있겠는가. 항상 구원에 목말라 있었기 때문일까, 발길이 그곳 몽돌해수욕장으로 자주 향하고는 했다. 그렇듯 몇 번의 행보 끝에 어느 날 나는 또 다른 구원을 기대하며 몽돌해수욕장이 끝나는 지점에서 시작되는 산길을 따라 비탈

---

3 김영민, 『산책과 자본주의』, 늘봄, 2007, 15쪽.

을 오르게 되었다." 생활로부터 배신당한 자의 분노, 그것이 이 무정한 세계에 대한 보복처럼 영원성의 완전한 세계(진정한 예술)에 집착하게 만든 것은 아닐까? 물론 세속으로부터의 무기력한 도피나 대책 없는 낭만주의적 탈속이 '산책'은 아니다. 산책은 시장의 가치가 다른 여타의 가치를 압도하는 자본제적 일상에 균열을 일으키는 실천이다. 그러므로 산책은 근대에 적대적이다.

「바람신-한산수첩 2」는 한국전쟁이라는 근대의 역사가 낳은 혼혈 여성의 비참한 일생을, 오구굿에서 무녀의 공수로 그 원혼의 목소리를 재현한다. "대명천지 문명사회"에 있을 법한 일이 아니라지만, 바람(원시적인 자연의 힘)을 두려워하며 살아온 섬사람들에게는 영등제나 오구굿이 자본주의적 쓸모의 차원을 훨씬 능가한다. "미신이라고 관에서 엄금하여 영등제뿐만 아니라 마을에서 공동으로 올리던 모든 제를 오랫동안 올리지 못했지요. 새마을운동이다 바르게살기운동이다 뭐다 해서 굿은 말할 것도 없고 제를 올리는 것도 엄두를 못 냈어요. 대신 예배당이 하나둘 들어서기 시작하더니, 네 개 리에 스무 개 작은 마을로 되어 있는 이 섬에, 주민이라야 겨우 삼천여 명뿐인데, 한때 예배당이 무려 열다섯 개나 있었습니다. 한 개 리에 네 개 꼴로 예배당이 들어선 것이지요." 이것은 문명과 자연, 근대와 전/반근대의 갈등을 주제로 한 김동리의 「무녀도」를 떠오르게 하는 대목이다. "세상에는 손으로 만질 수 있고 눈으로 볼 수 있는 사실도 있고 손에 잡을 수도 없고 눈에 보이지도 않는 사실도 있다는 것을 우리는 인정하지 않으면 안 됩니다. 우리가 사는 세상, 사람의 능력으로는 이해할 수 없는 것이 어디 한두 가집니까." 이장의 말이다.

한국전쟁과 더불어 일제의 식민지배는, 한반도의 근대화 속에서 막대한 폭력의 기억을 남겼다. 「대장경 일화-한산수첩 1」은 일제의 대장경 유출 시도를 저지한 이야기다. 소설가인 '나'가 성오 스님으로부터 전해 듣는 액자식의 구성으로, 두 사람의 만남은 "'우연'으로 치부해 버리고 말기에는 무슨 필연적인 인연의 결과"처럼 여겨진다. 산책의 길에서 우연하게 만나는 기구한 사연들, 그러나 사연의 주인들은 대개 이야기만 남기고 세상을 떠났다. 다시 김현의 문장을 떠올리면, 진실한 세계를 이룬 사람들은 이름 없이 사라지기 마련이다. 「꽃배-한산수첩 3」 역시 액자식의 구성으로 이루어진 소설로, 죽은 자가 남긴 이야기(죽음으로 꽃피운 것)의 의미를 묻고 있다. 세속의 쓰임과 동떨어진 그 이야기들은 진실과 거짓말 사이에서 사람들을 불편하게 만든다. 글로 세상을 속이는 것의 난처함을 이야기한 것일까?

6.

예술의 창작이란, 무언가를 만들어내는 그 행위의 고단한 과정 속에서 절대적 완성에 도달하지 못하는 자기의 무능(한계)을 절망적으로 깨닫는 부조리한 경험이다. 그렇게 자기의 취약함을 진정으로 받아들일 때라야, 비로소 영원과 불멸이라는 완전성의 세계를 염원할 수 있다. 그러므로 예술은, 유한성의 자각으로 영원불멸을 꿈꾸는 자기 고양(초극)의 한 형식이다.

난폭한 세상의 비참함에 저항하는 방법에도 여러 가지가 있다. 완전한 예술의 세계에 대한 집념 어린 동경은, 이 속악한 세계에 대한 강렬한 증오의 표현이다. 대체로 정치적인 구호처럼 치기 어린 작품들은, 세계의 부조리를 일차원적으로 비난하는 데 그친다. 유익서의 소설은 대체로, 엄격한 자기 응시 속에서 숭고한 세계를 꿈꾸는 고독한 사람들의 이야기다. 무참하게 상처받은 자의 가망 없는 외로움이, 세속 너머의 저 어딘가를 낭만주의적인 동경 속에서 헤매게 한다. 그 헤맴이 산책이라면, 역시 산책이란 '상처받은 사람'의 보행이다. 그러므로 우리는 그것을 두고 쉽게 초월이나 도피라고 말해서는 안 된다. 그 한 걸음 한 걸음은, 외로운 자의 신음처럼 아프기 때문이다.

작가의 말

한산도, 유배생활 3년째다.
주로, 사유와 서사의 장으로 호출한
'正名' 을 가까이 두고 함께 뒹굴었다.
밤에는 물론 낮에도 꿈이 찾아왔다.
그 가운데, 여덟 가지를 선별해
둥글거나 네모나게 모양을 부여했다.
종심을 눈앞에 둔 늙마에 꿈이라니,
'지나온 길' 은 늘 미흡하고 겸연쩍기 마련인가…….

다섯 번째 소설집을 고향에서 출간,
묵은 빚이라도 청산한 듯 홀가분한데,

시정 넘치는 바다의 땅, 통영.
가슴속에 걸려 있는 여러 폭 그림의 흔들림!

2012년 한여름

유익서